RETRATO DO ARTISTA QUANDO JOVEM

JAMES JOYCE

1916

Traduzido por Sheila B Koerich

CAPÍTULO I

"Era uma vez, e foi em um tempo muito bom, que havia uma vaquinha descendo a estrada e esta vaquinha que estava descendo ao longo da estrada encontrou um garotinho simpático chamado Bebê Tuckoo..."

Seu pai lhe contava essa história: seu pai olhava para seu reflexo através de um vidro. Ele tinha um rosto barbudo.

"Ele era o Bebê Tuckoo. A vaquinha desceu a estrada onde morava Betty Byrne: ela vendia torta de limão."

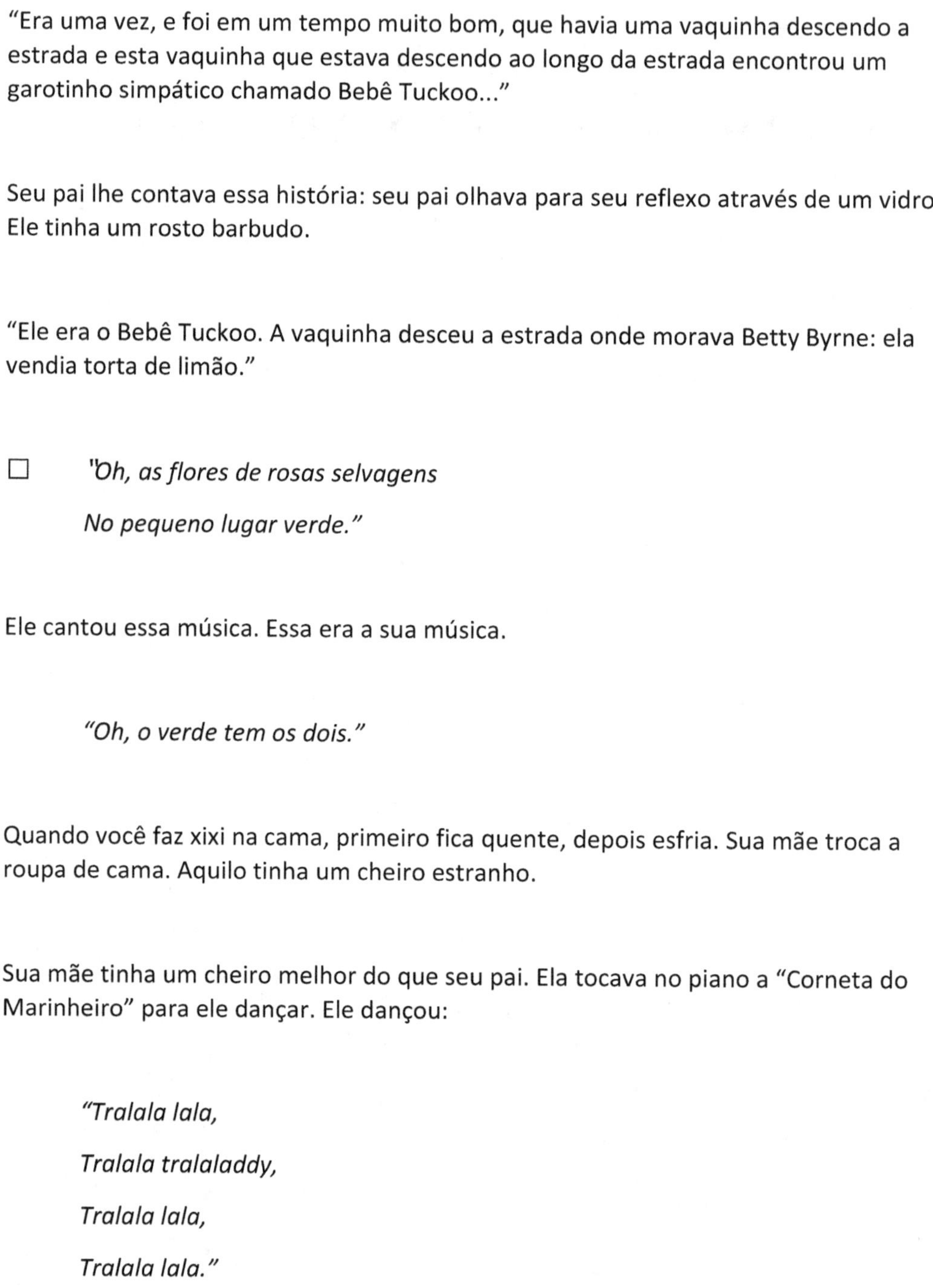

"Oh, as flores de rosas selvagens

No pequeno lugar verde."

Ele cantou essa música. Essa era a sua música.

"Oh, o verde tem os dois."

Quando você faz xixi na cama, primeiro fica quente, depois esfria. Sua mãe troca a roupa de cama. Aquilo tinha um cheiro estranho.

Sua mãe tinha um cheiro melhor do que seu pai. Ela tocava no piano a "Corneta do Marinheiro" para ele dançar. Ele dançou:

"Tralala lala,

Tralala tralaladdy,

Tralala lala,

Tralala lala."

Tio Charles e a Dante aplaudiam. Eles eram mais velhos do que seu pai e sua mãe, mas o tio Charles era mais velho que a Dante.

Os Vances moravam no número sete. Eles tinham um pai e uma mãe diferentes. Eles eram o pai e a mãe de Eileen. Quando eles crescessem, ele iria se casar com Eileen. Ele se escondeu embaixo da mesa. Sua mãe disse:

"Ah, Stephen deve pedir desculpas."

A Dante disse:

"Oh, se não, virão as águias e arrancarão seus olhos."

> *"Puxe seus olhos,*
>
> *Desculpe-se,*
>
> *Desculpe-se,*
>
> *Arranque seus olhos.*
>
> *Desculpe-se,*
>
> *Puxe seus olhos,*
>
> *Retire os olhos dele,*
>
> *Desculpe-se."*

***

Os amplos parquinhos estavam apinhados de meninos. Todos gritavam e os professores os incitavam com gritos fortes. O ar da noite estava pálido e frio e, após cada carga e chute dos jogadores de futebol, a bola de couro gordurosa voava como um pássaro pesado através da luz cinza. Ele se manteve à margem de sua linha, fora da vista dos professores, fora do alcance dos pés rudes, fingindo correr de vez em quando. Ele sentia seu corpo pequeno e fraco em meio à multidão de jogadores e seus olhos estavam fracos e lacrimejantes. Rody Kickham não era assim: ele seria o capitão da terceira linha, todos os companheiros diziam.

Rody Kickham era um sujeito decente, mas Nasty Roche era um fedor. Rody Kickham dividia seus torresmos com todos no refeitório. Roche desagradável tinha mãos grandes. Ele chamava o pudim das sexta-feira de comida para cachorro. E um dia ele perguntou:

"Qual o seu nome?"

Stephen respondeu: "Stephen Dedalus."

Então Nasty Roche disse:

"Que nome é esse?"

E quando Stephen não foi capaz de responder, Nasty Roche perguntou:

"Quem é o seu pai?"

Stephen respondeu:

"Um cavalheiro."

Então Nasty Roche perguntou:

"Ele é magistrado?"

Ele se arrastava de um ponto a outro na orla de sua linha, fazendo pequenas corridas de vez em quando. Mas suas mãos estavam azuladas de frio. Ele manteve as mãos nos bolsos laterais de seu terno cinza. Havia um cinto em seu bolso. Este cinto servia para usar em algum colega. Um dia, um sujeito disse a Cantwell:

"Eu te acertaria com este cinto em um segundo."

Cantwell respondeu:

"Tente! Dê um cinto ao Cecil Thunder. Eu gostaria de te ver. Ele lhe daria um pé na bunda!"

Essa não era uma expressão agradável. Sua mãe lhe disse para não falar com os meninos rudes do colégio. Boa mãe! No primeiro dia no saguão da escola, quando ela se despediu, ela colocou o véu duplo sobre o nariz para beijá-lo: e seu nariz e olhos estavam vermelhos. Mas ele fingiu não ver que ela ia chorar. Ela era uma boa mãe, mas não era tão boa quando chorava. E seu pai lhe dera duas moedas de cinco xelins como uma mesada. E seu pai havia lhe dito que se ele quisesse alguma coisa, era para escrever para ele e, o que quer que ele fizesse, nunca deletasse um companheiro. Então, na porta da escola, o reitor apertou a mão de seu pai e sua mãe, sua batina tremulando com a brisa, e o carro partiu com seu pai e sua mãe. Eles choraram por ele do carro, acenando com as mãos:

"Adeus, Stephen, adeus!"

"Adeus, Stephen, adeus!"

Ele foi pego no turbilhão de uma luta corpo a corpo e, com medo dos olhos cintilantes e das botas enlameadas, se abaixou para olhar por entre as pernas. Os companheiros estavam lutando e gemendo e suas pernas estavam esfregando, chutando e batendo os pés. Então as botas amarelas de Jack Lawton desviaram da bola e todas as outras botas e pernas correram atrás. Ele correu atrás deles um pouco e então parou. Era inútil continuar correndo. Logo eles estariam indo para casa nas férias. Depois do jantar na sala de estudos, ele alteraria o número anotado em sua escrivaninha de setenta e sete para setenta e seis.

Seria melhor estar na sala de estudos do que lá fora no frio. O céu estava pálido e frio, mas havia luzes internamente. Ele se perguntou de qual janela Hamilton Rowan havia jogado seu chapéu e se naquela época havia canteiros de flores sob as janelas. Um dia, quando foi chamado na reitoria, o mordomo mostrou-lhe as marcas das balas dos soldados na madeira da porta e deu-lhe um pedaço de pão amanteigado para comer. Era bom e quente ver as luzes do colégio. Era como algo em um livro. Talvez a Abadia de Leicester fosse assim. E havia frases bonitas no Livro de Ortografia do Dr. Cornwell. Eram como poesia, mas eram apenas frases para aprender a soletrar.

"Wolsey morreu na Abadia de Leicester

Onde os abades o enterraram.

Corroer é uma doença que dá nas plantas,

Câncer nos animais."

Seria bom deitar na lareira diante do fogo, apoiando a cabeça nas mãos, e pensando nessas frases. Ele estremeceu como se houvesse água fria e pegajosa perto de sua pele. Foi maldade de Wells empurrá-lo para a vala quadrada porque não trocaria sua caixinha de rapé pela castanha de Wells, o conquistador dos quarenta. Como a água estava fria e pegajosa! Certa vez, um sujeito vira um grande rato pular na escória. Mamãe estava sentada perto do fogo com a Dante, esperando que Brigid trouxesse o chá. Ela estava com os pés no para-lamas e seus chinelos estavam tão quentes e cheiravam tão bem! A Dante sabia muitas coisas. Ela havia sido sua educadora. Ela lhe ensinou onde ficava o Canal de Moçambique, qual era o maior rio da América e qual era o nome da montanha mais alta da lua. O Padre Arnall sabia mais do que a Dante porque era padre, mas tanto o pai quanto o tio Charles diziam que a Dante era uma mulher inteligente e bem-educada. E quando a Dante fez aquele barulho depois do jantar e levou a mão à boca: aquilo foi azia.

Uma voz gritou no parquinho:

"Dentro!"

Em seguida, outras vozes gritaram da linha inferior e da terceira:

"Dentro! Dentro!"

Os jogadores se aproximaram, corados e enlameados, e ele entrou no meio deles, feliz por entrar. Rody Kickham segurou a bola pela renda gordurosa. Um sujeito pediu-lhe que lançasse uma última vez, mas ele continuou andando, sem nem mesmo responder ao sujeito. Simon Moonan disse a ele para não fazer isso porque o reitor estava olhando. O sujeito voltou-se para Simon Moonan e disse:

"Nós todos sabemos por que você fala. Você é o chupador."

Chupador era uma palavra esquisita. O sujeito chamava Simon Moonan. Ele costumava amarrar as mangas falsas do reitor nas costas e o reitor costumava demonstrar raiva. Mas o som era feio. Uma vez ele lavou as mãos no lavatório do Wicklow Hotel e seu pai puxou a tampa e a água suja desceu pelo buraco da pia. E quando tudo desceu lentamente, o buraco na bacia fez um som assim: "chup!". Apenas mais alto.

Lembrar-se disso e da aparência branca do banheiro o fez sentir frio e depois quente. Na torneira havia duas saídas de água: fria e quente. Ele sentiu frio e depois um pouco de calor, e podia ver os nomes impressos na torneira. Isso era uma coisa muito estranha.

E o ar no corredor também o gelou. Era estranho e úmido. Mas logo o gás seria aceso e, ao acendê-lo, emitiria um leve ruído como uma pequena canção. Sempre igual: e quando os companheiros parassem de falar na brinquedoteca, você ouviria.

Era a hora das somas. O Padre Arnall escreveu uma soma definitiva no quadro e disse:

"Agora, quem vai ganhar? Vá em frente, York! Vá em frente, Lancaster!"

Stephen tentou o seu melhor, mas a soma era muito difícil e ele se sentiu confuso. O pequeno emblema de seda com a rosa branca preso no peito de sua jaqueta começou a tremular. Ele não era bom em somar, mas fazia o possível para que York não perdesse. O rosto do Padre Arnall parecia muito negro, mas ele não estava em cera: estava rindo. Então Jack Lawton estalou os dedos e o Padre Arnall olhou para seu caderno e disse:

"Direito. Bravo Lancaster! A rosa vermelha vence. Vamos, York! Siga em frente!"

Jack Lawton olhou de lado. O pequeno emblema de seda com a rosa vermelha parecia muito rico porque ele estava com uma blusa de marinheiro azul. Stephen também sentiu seu próprio rosto vermelho, pensando em todas as apostas sobre quem ficaria em primeiro lugar nos elementos, Jack Lawton ou ele. Algumas semanas Jack Lawton recebia o cartão primeiro e algumas semanas ele recebia o cartão primeiro. Seu distintivo de seda branca esvoaçava enquanto ele trabalhava na soma seguinte e ouvia a voz do Padre Arnall. Então, toda a sua ansiedade passou e ele sentiu seu rosto esfriar. Ele pensou que seu rosto devia estar branco porque estava muito frio. Ele não conseguiu obter a resposta da quantia, mas não importava. Rosas brancas e rosas vermelhas: eram cores lindas de se pensar. E as cartas do primeiro lugar, segundo e terceiro lugares também eram de cores lindas: rosa, creme e lavanda. Lavanda, creme e rosa eram cores lindas de se pensar. Talvez uma rosa silvestre seja como essas cores e ele se lembrou da canção sobre as flores de rosas silvestres no pequeno lugar verde. Mas você não poderia ter uma rosa verde. Mas talvez em algum lugar do mundo você pudesse.

A campainha tocou e as turmas começaram a sair das salas e seguir pelos corredores em direção ao refeitório. Ele ficou olhando para as duas pegadas de manteiga em seu prato, mas não conseguiu comer o pão úmido. A toalha da mesa estava úmida e mole. Mas bebeu o chá quente e fraco que o desajeitado ajudante de cozinha, cingido com um avental branco, despejou em sua xícara. Ele se perguntou se o avental do ajudante de cozinha também estava úmido ou se todas as coisas brancas estavam frias e úmidas. Roche desagradável e Saurin bebiam cacau que seu povo lhes enviava em latas. Eles disseram que não podiam beber o chá; que era besteira. Seus pais eram magistrados, disseram os companheiros.

Todos os meninos lhe pareciam muito estranhos. Eles tinham pais e mães e roupas e vozes diferentes. Ele queria estar em casa e deitar a cabeça no colo da mãe. Mas ele não podia: e por isso ansiava que a cena, o estudo e as orações terminassem e estivesse na cama.

Ele bebeu outra xícara de chá quente e Fleming disse:

"E aí? Você está com dor ou o que está acontecendo com você?"

"Não sei," Stephen respondeu.

"Doente como casca de pão," disse Fleming, "porque seu rosto está branco."

"Ah sim," Stephen disse.

Mas ele não estava doente. Ele pensou que seu coração estava doente, se alguém pudesse ficar doente naquele lugar. Fleming foi muito decente em perguntar a ele. Ele queria chorar. Ele apoiou os cotovelos na mesa e tampou e destampou as orelhas. Então ele ouvia o barulho do refeitório toda vez que destampava as orelhas. Fazia um rugido como um trem à noite. E quando ele fechou as abas, o rugido foi interrompido como um trem entrando em um túnel. Naquela noite em Dalkey, o trem rugiu daquele jeito e então, quando entrou no túnel, o rugido parou. Ele fechou os olhos e o trem continuou, rugindo e depois parando; rugindo novamente, parando. Foi bom ouvi-lo rugir e parar e, em seguida, rugir para fora do túnel novamente e depois parar.

Em seguida, os camaradas da linha superior começaram a descer ao longo do tapete no meio do refeitório, Paddy Rath e Jimmy Magee e o espanhol que tinha permissão para fumar charutos e o pequeno português que usava o gorro de lã. E então as tabelas da linha inferior e as tabelas da terceira linha. E cada pessoa tinha uma maneira diferente de andar.

Ele se sentou em um canto da brinquedoteca fingindo assistir a um jogo de dominó e uma ou duas vezes conseguiu ouvir por um instante o cantinho do gás. O reitor estava na porta com alguns meninos e Simon Moonan estava dando um nó em suas mangas falsas. Ele estava dizendo a eles algo sobre Tullabeg.

Então ele se afastou da porta e Wells se aproximou de Stephen e disse:

"Diga-nos, Dedalus, você beija sua mãe antes de ir para a cama?"

Stephen respondeu:

"Sim."

Wells voltou-se para os outros companheiros e disse:

"Oh, eu digo, aqui está um sujeito que diz que beija a mãe todas as noites antes de ir para a cama!"

Os outros companheiros pararam o jogo e se viraram, rindo. Stephen corou sob seus olhos e disse:

"Eu não!"

Wells disse:

"Ah, eu digo, aqui está um sujeito que diz que não beija a mãe antes de ir para a cama!"

Todos eles riram novamente. Stephen tentou rir com eles. Ele sentiu todo o seu corpo quente e confuso em um momento. Qual era a resposta certa para a pergunta? Ele tinha dado duas e ainda assim Wells riu. Mas Wells deve saber a resposta certa, pois ele estava no terceiro grau de gramática. Ele tentou pensar na mãe de Wells, mas não ousou erguer os olhos para o rosto de Wells. Ele não gostava do rosto de Wells. Foi Wells quem o empurrou para a vala quadrada no dia anterior porque ele não trocaria sua caixinha de rapé pela castanha de Wells, o conquistador de quarenta. Foi uma coisa ruim de se fazer; todos os companheiros disseram que sim. E como a água estava fria e pegajosa! E um sujeito uma vez viu um grande rato pular na espuma.

O lodo frio da vala cobriu todo o seu corpo; e, quando a campainha tocou para o estudo e as filas saíram das salas de jogos, ele sentiu o ar frio do corredor e da escada dentro de suas roupas. Ele ainda tentava pensar qual era a resposta certa. Era certo beijar sua mãe ou errado beijar sua mãe? O que significava beijar? Ele levantava o rosto para dizer boa noite e então a mãe dele abaixava o rosto. Isso era para beijar. Sua mãe colocava os lábios em sua bochecha; os lábios dela eram macios e umedeciam sua bochecha; e eles faziam um barulhinho: beijo. Por que as pessoas fazem isso com seus dois rostos?

Sentado na sala de estudos, ele abriu a tampa de sua escrivaninha e mudou o número colado dentro de setenta e sete para setenta e seis. As férias de Natal estavam muito distantes: mas uma vez chegaria porque a terra sempre se movia.

Havia uma foto da Terra na primeira página de seu livro de Geografia: uma grande bola no meio das nuvens. Fleming tinha uma caixa de giz de cera e uma noite durante o estudo livre ele coloriu a terra de verde e as nuvens de marrom. Era como as duas escovas na prensa de Dante, a escova com costas de veludo verde para Parnell e a escova com costas de veludo marrom para Michael Davitt. Mas ele não disse a Fleming para colorir aquelas cores. Fleming tinha feito isso sozinho.

Ele abriu o livro de Geografia para estudar a lição; mas ele não conseguia aprender os nomes dos lugares na América. Mesmo assim, eram todos lugares diferentes com nomes diferentes. Eles estavam todos em países diferentes e os países estavam em continentes e os continentes estavam no mundo e o mundo estava no universo.

Ele se virou para a folha de rosto do livro e leu o que havia escrito ali: ele mesmo, seu nome e onde estava.

"Stephen Dedalus

Classe Elementar

Clongowes Wood College

Sallins

Condado de Kildare

Irlanda

Europa

O mundo

O universo."

Isso estava em sua escrita: e Fleming uma noite, havia escrito na página oposta:

"Stephen Dedalus é o meu nome,

A Irlanda é minha nação.

Clongowes é minha morada

E o céu é minha expectativa."

Ele leu os versos ao contrário, mas eles não eram poesia. Em seguida, leu a folha de rosto de baixo para cima até chegar ao seu próprio nome. Era ele: e leu a página novamente. O que havia depois do universo? Nada. Mas havia algo em volta do universo para mostrar onde ele terminava antes que o lugar do nada começasse? Não poderia ser uma parede; mas pode haver uma linha tênue ao redor de tudo. Era muito grande pensar em tudo e em todos os lugares. Só Deus poderia fazer isso. Ele tentou pensar que grande pensamento deve ser; mas ele só conseguia pensar em Deus. Deus era o nome de Deus, assim como seu nome era Stephen. *Dieu* era a palavra francesa para Deus e esse era o nome de Deus também; e quando alguém orava a Deus e dizia *Dieu*, então Deus sabia imediatamente que era um francês que estava orando. Mas, embora houvesse nomes diferentes para Deus em todas as diferentes línguas do mundo e Deus entendesse o que todas as pessoas que oravam diziam em suas diferentes línguas, ainda assim Deus permaneceu sempre o mesmo Deus e o verdadeiro nome de Deus era Deus.

Ele sempre ficava muito cansado de pensar dessa maneira. Isso o fazia sentir sua cabeça muito grande. Ele virou a folha em branco e olhou com ar cansado para a terra redonda e verde no meio das nuvens marrons. Ele se perguntou o que era certo, ser para o verde ou para o marrom, porque a Dante havia arrancado o veludo verde da escova que era para Parnell um dia com sua tesoura e disse a ele que Parnell era um homem mau. Ele se perguntou se eles estavam discutindo em casa sobre isso. Isso foi chamado de política. Havia dois lados nisso: a Dante estava de um lado e seu pai e o Sr. Casey estavam do outro lado, mas sua mãe e tio Charles estavam de lado nenhum. Todos os dias havia algo no jornal sobre isso.

No entanto, lhe doía não saber bem o que significava política e não saber onde terminava o universo. Ele se sentia pequeno e fraco. Quando ele seria como os colegas de Poesia e Retórica? Eles tinham vozes grandes e botas grandes e estudavam trigonometria. Isso estava muito longe. Primeiro viram as férias e, em seguida, o próximo semestre e, em seguida, as férias novamente e, em seguida, outro semestre e, em seguida, novamente as férias. Era como um trem entrando e saindo de túneis e era como o barulho dos meninos comendo no refeitório quando você abria e fechava as orelhas. Quão longe estava! Era melhor ir dormir. Apenas orações na capela e depois na cama. Ele estremeceu e bocejou. Seria ótimo ficar na cama depois que os lençóis esquentassem um pouco. Antes eles estavam tão gelados. Ele estremeceu ao pensar como eles estavam gelados antes. Mas então eles esquentaram e ele conseguiu dormir. Era maravilhoso estar cansado. Ele bocejou novamente. Orações noturnas e depois a cama: ele estremeceu e teve vontade de bocejar. Seria ótimo em alguns minutos. Ele sentiu um brilho quente subindo dos lençóis frios e trêmulos, cada vez mais quente até que se sentiu quente por toda parte, muito quente e ainda assim ele estremeceu um pouco e ainda queria bocejar.

O sino tocou para as orações noturnas e ele saiu da sala de estudos atrás dos outros e desceu a escada e ao longo dos corredores até a capela. Os corredores estavam mal iluminados e a capela mal iluminada. Logo tudo estaria escuro e dormindo. Havia ar frio noturno na capela e os mármores eram da cor do mar à noite. O mar estava frio dia e noite, mas era mais frio à noite. Estava frio e escuro sob o quebra-mar ao lado da casa de seu pai. Mas a chaleira estaria no fogão para fazer ponche.

O mestre da capela orou acima de sua cabeça e sua memória sabia as respostas:

> *"Ó Senhor, abra nossos lábios*
>
> *E nossas bocas anunciarão Teu louvor.*
>
> *Inclina-te em nosso auxílio, ó Deus!*

Havia um cheiro frio de noite na capela. Mas era um cheiro sagrado. Não era como o cheiro dos velhos camponeses que se ajoelhavam no fundo da capela na missa dominical. Era um cheiro de ar, chuva, turfa e veludo. Mas eles eram camponeses muito santos. Eles respiraram atrás dele em seu pescoço e suspiraram enquanto oravam. Eles moravam em Clane, disse um sujeito: havia pequenas cabanas ali e ele vira uma mulher parada na porta de uma cabana com uma criança nos braços quando os carros passaram de Sallins. Seria adorável dormir uma noite naquela cabana diante do fogo de turfa fumegante, na escuridão iluminada pelo fogo, na escuridão quente, respirando o cheiro dos camponeses, do ar e da chuva e da turfa e do veludo. Mas, ó, a estrada ali entre as árvores estava escura! Ele estaria perdido no escuro. Ficava com medo de pensar em como era.

Ele ouviu a voz do mestre da capela dizendo a última oração. Ele orou também contra a escuridão lá fora, sob as árvores.

"Visita, nós Te suplicamos, ó Senhor, esta habitação e afasta dela todas as armadilhas do inimigo. Que Teus santos anjos habitem aqui para nos preservar em paz e que Tua bênção esteja sempre sobre nós por Cristo nosso Senhor."

Seus dedos tremiam enquanto ele se despia no dormitório. Ele disse a seus dedos para se apressarem. Ele teve que se despir e então se ajoelhar e dizer suas próprias orações e estar na cama antes que o gás baixasse para que ele não fosse para o inferno quando morresse. Ele tirou as meias e vestiu o pijama rapidamente e se ajoelhou tremendo ao lado da cama e repetiu suas orações rapidamente, temendo que o gás diminuísse. Ele sentiu seus ombros tremerem enquanto murmurava:

Ele se abençoou e subiu rapidamente na cama e, enfiando a ponta do pijama sob os pés, se enrolou sob os frios lençóis brancos, tremendo e tremendo. Mas ele não iria para o inferno quando morresse; e o tremor pararia. Uma voz desejou boa noite aos meninos no dormitório. Ele espiou por um instante por cima da colcha e viu as cortinas amarelas redondas e diante de sua cama que o isolavam por todos os lados. A luz foi baixada silenciosamente.

O som dos sapatos do reitor foram embora. Onde? Desceram a escada e ao longo dos corredores ou para seu quarto no final? Ele viu a escuridão. Era verdade sobre o cachorro preto que andava por ali à noite com olhos tão grandes quanto lâmpadas de carro? Diziam que era o fantasma de um assassino. Um longo arrepio de medo percorreu seu corpo. Ele viu o escuro hall de entrada do colégio. Velhos criados com roupas velhas estavam na sala de passar roupa acima da escada. Isso foi há muito tempo. Os antigos criados estavam quietos. Houve um incêndio lá, mas o corredor ainda estava escuro. Uma figura subiu a escada vindo do corredor. Ele usava o manto branco de um marechal; seu rosto estava pálido e estranho; ele manteve a mão pressionada ao lado do corpo. Ele olhou com olhos estranhos para os velhos criados. Eles olharam para ele e viram o rosto e a capa de seu mestre e sabiam que ele havia recebido seu ferimento mortal. Mas apenas a escuridão estava onde eles olhavam: apenas o ar escuro e silencioso. Seu mestre havia recebido seu ferimento mortal no campo de batalha de Praga, bem longe, no mar. Ele estava no campo; sua mão estava pressionada ao lado do corpo; seu rosto estava pálido e estranho e ele usava o manto branco de um marechal.

Oh, como era frio e estranho pensar nisso! Toda a escuridão estava fria e estranha. Havia rostos estranhos e pálidos ali, olhos grandes como lâmpadas de carruagem. Eles eram os fantasmas de assassinos, as figuras de marechais que receberam seus ferimentos de morte em campos de batalha longínquos no mar. O que eles queriam dizer com seus rostos tão estranhos?

"Visite, nós Te imploramos, ó Senhor, esta habitação e afaste-nos de todo o mal..."

Voltar para casa nas férias! Isso seria adorável: os companheiros haviam dito a ele. Subir nos carros no início da manhã de inverno, fora da porta do colégio. Os carros estavam rolando no cascalho. Saudações ao reitor!

Viva! Viva! Viva!

Os carros passaram pela capela e todos os chapéus foram levantados. Eles dirigiram alegremente ao longo das estradas rurais. Os motoristas apontaram com seus chicotes para Bodenstown. Os companheiros aplaudiram. Eles passaram pela casa da fazenda do Jolly Farmer. Alegria após alegria, após alegria. Através de Clane eles dirigiram, aplaudindo e aplaudindo. As camponesas ficavam nas portas, os homens ficavam aqui e ali. O cheiro adorável que havia no ar invernal, o cheiro de Clane: chuva e ar invernal e turfa fumegante e veludo.

O trem estava cheio de companheiros: um longo trem de chocolate com revestimento de creme. Os guardas iam e vinham abrindo, fechando, trancando, destrancando as portas. Eles eram homens em azul escuro e prata; eles tinham apitos prateados que faziam uma música rápida: clique, clique: clique, clique.

E o trem disparou sobre as terras planas e passou pela Colina de Allen. Os postes telegráficos estavam passando, passando. O trem seguiu em frente. Ele sabia. Havia lanternas no corredor da casa de seu pai e cordas de galhos verdes. Havia azevinho e hera em volta do vidro do píer e azevinho e hera, verde e vermelho, entrelaçados nos lustres. Havia azevinho vermelho e hera verde em volta dos velhos retratos nas paredes. Azevinho e hera para ele e para o Natal.

Amável...

Todas as pessoas: "Bem-vindo ao lar, Stephen!" Barulhos de boas-vindas. Sua mãe o beijou. Isso estava certo? Seu pai era um marechal agora: mais alto que um magistrado. "Bem-vindo ao lar, Stephen!"

Barulhos...

Ouviu-se um barulho de aros de cortina correndo ao longo das hastes, de água sendo espirrada nas bacias. Ouviu-se um barulho de se levantar, se vestir e se lavar no dormitório: um barulho de palmas enquanto o reitor subia e descia dizendo aos companheiros para ficarem atentos. Uma pálida luz do sol mostrou as cortinas amarelas puxadas para trás, as camas jogadas. Sua cama estava muito quente e seu rosto e corpo estavam muito quentes.

Ele se levantou e se sentou ao lado da cama. Ele estava fraco. Ele tentou puxar a meia. Tinha uma sensação horrível e áspera. A luz do sol estava estranha e fria.

Fleming disse:

"Você não está bem?"

Ele não sabia; e Fleming disse:

"Volte para a cama. Direi a McGlade que você não está bem."

"Ele está doente."

"Quem é?"

"Diga a McGlade."

"Volte para a cama."

"Ele está doente?"

Um sujeito segurou seus braços enquanto ele afrouxava a meia que prendia a seu pé e subia de volta na cama quente.

Ele se agachou entre os lençóis, feliz com seu brilho morno. Ele ouviu os companheiros falarem entre si sobre ele enquanto se vestiam para a missa. Foi uma coisa maldosa jogá-lo na vala quadrada, diziam eles.

Então suas vozes cessaram. Eles tinham ido. Uma voz em sua cama disse:

"Dedalus, não me delate, certo?"

O rosto de Wells estava lá. Ele olhou para ele e viu que Wells estava com medo.

"Não era a minha intenção. Tem certeza de que não vai me delatar?"

Seu pai havia lhe dito, independentemente do que ele fizesse, para nunca entregar com um companheiro. Ele balançou a cabeça, respondeu que não e ficou feliz.

Wells disse:

"Não era minha intenção. Foi só uma brincadeira. Eu sinto muito."

O rosto e a voz foram embora. Ele o desculpou porque estava com medo. Com medo de que fosse alguma doença. Corroer-se era uma doença das plantas e o câncer dos animais: ou outra diferente. Isso foi há muito tempo, nos parquinhos à luz do entardecer, rastejando de um ponto a outro na orla de sua linha, um pássaro pesado voando baixo através da luz cinza. A Abadia de Leicester se iluminava. Wolsey morreu lá. Os próprios abades o enterraram.

Não era o rosto de Wells, era o do reitor. Ele não estava brincando. Não, não: ele estava doente de verdade. Ele não estava brincando. E ele sentiu a mão do reitor em sua testa; e ele sentiu sua testa quente e úmida contra a mão fria e úmida do reitor. Era assim que um rato se sentia, viscoso, úmido e frio. Cada rato tinha dois olhos para olhar. Casacos lustrosos e pegajosos, pezinhos dobrados para cima para pular, olhos negros pegajosos para olhar para fora. Eles poderiam entender como pular. Mas a mente dos ratos não conseguia entender a trigonometria. Quando morriam, deitavam-se de lado. Seus casacos secavam então. Eles eram apenas coisas mortas.

O reitor estava lá de novo e era a sua voz que dizia que ele devia se levantar, que o padre tinha dito que ele devia se levantar, se vestir e ir para a enfermaria. E enquanto ele se vestia o mais rápido que podia, o reitor disse:

"Precisamos ir para o irmão Michael, porque temos um caso de nervosismo estomacal!"

Ele foi muito decente em dizer isso. Isso tudo foi para fazê-lo rir. Mas ele não conseguia rir porque suas bochechas e lábios estavam todos trêmulos: e então o reitor teve que rir sozinho.

O reitor gritou:

"Rápido, em marcha!"

Eles desceram juntos a escada, seguiram o corredor e passaram pelo banheiro. Ao passar pela porta, ele se lembrou com um vago medo do pântano quente e cor de turfa, do ar quente e úmido, do barulho dos mergulhos, do cheiro das toalhas, como remédio.

O irmão Michael estava parado na porta da enfermaria e da porta do armário escuro à sua direita vinha um cheiro de remédio. Isso vinha das garrafas nas prateleiras. O reitor falou com o irmão Michael e o irmão Michael respondeu e chamou o reitor de senhor. Ele tinha cabelos ruivos misturados com grisalhos e uma aparência esquisita. Era estranho que ele sempre fosse um irmão. Também era estranho que você não pudesse chamá-lo de senhor porque ele era um irmão e tinha uma aparência diferente. Ele não era santo o suficiente ou por que não conseguiu alcançar os outros?

Havia duas camas no quarto e em uma cama havia um companheiro: e quando eles entraram, ele gritou:

"Olá! É o jovem Dedalus! Estás bem?"

"A febre está alta," o irmão Michael disse.

Ele era um sujeito da terceira aula de gramática e, enquanto Stephen se despia, pediu ao irmão Michael que lhe trouxesse uma rodada de torradas com manteiga.

"Ah, faça!" ele disse.

"Manteiga para você!" disse o irmão Michael. "Você receberá seus documentos de alta pela manhã, quando o médico vier."

"Eu vou?" o sujeito disse. "Ainda não estou bem."

O irmão Michael repetiu:

"Você vai pegar seus papéis para andar. Te digo."

O irmão Michael se abaixou para acender o fogo. Ele tinha costas compridas como as de um cavalo de tração. Ele balançou o atiçador gravemente e acenou com a cabeça para o colega da terceira aula de gramática.

Então o irmão Michael foi embora e depois de um tempo o colega da terceira aula de gramática virou-se para a parede e adormeceu.

Essa era a enfermaria. Ele estava doente então. Eles escreveram para casa para contar à mãe e ao pai? Mas seria mais rápido para um dos padres ir pessoalmente contar a eles. Ou ele escreveria uma carta para o padre levar.

"Querida mãe,

Estou doente. Eu quero ir para casa. Por favor, venha e me leve para casa. Eu estou na enfermaria.

Seu filho querido, ▢

Stephen. ▢"

Quão longe eles estavam! Havia um sol frio do lado de fora da janela. Ele se perguntou se ele morreria. Poderia morrer da mesma forma em um dia ensolarado. Ele poderia morrer antes mesmo da chegada de sua mãe. Em seguida, ele teria uma missa de mortos na capela, como os companheiros lhe disseram que aconteceu quando Little havia morrido. Todos os companheiros estariam na missa, vestidos de preto, todos com rostos tristes. Wells também estaria lá, mas nenhum sujeito olharia para ele. O reitor estaria lá com uma manta preta e dourada e haveria velas altas amarelas no altar e ao redor do catafalco. E eles carregariam o caixão para fora da capela lentamente e ele seria enterrado no pequeno cemitério da comunidade perto da avenida principal de limões. E Wells então se arrependeria pelo que fizera. E o sino tocaria lentamente.

Ele podia ouvir o estrondo. Ele disse para si mesmo a música que Brigid lhe ensinara.

"Dingdong! O sino do castelo!

Adeus, minha mãe!

Enterre-me no antigo cemitério da igreja

Ao lado do meu irmão mais velho.

Meu caixão deve ser preto,

Seis anjos nas minhas costas,

Dois para cantar e dois para orar

E dois para levar minha alma embora."

Como isso era lindo e triste! Como eram lindas as palavras onde diziam "Enterre-me no antigo cemitério!" Um tremor percorreu seu corpo. Que triste e que lindo! Ele queria chorar baixinho, mas não por si mesmo: pelas palavras, tão belas e tristes, como a música. O sino! O sino! Até a próxima! O adeus!

A fria luz do sol estava mais fraca e o irmão Michael estava de pé ao lado da cama com uma tigela de caldo de carne. Ele estava feliz por sua boca estar quente e seca. Ele podia ouvi-los brincando no pátio. E o dia estava passando no colégio como se ele estivesse lá.

Então o irmão Michael estava indo embora e o sujeito da terceira aula de gramática disse-lhe para voltar depois para contar-lhe todas as novidades no jornal. Ele disse a Stephen que seu nome era Athy e que seu pai mantinha muitos cavalos de corrida que eram ótimos saltadores e que seu pai daria uma boa gorjeta ao irmão Michael a qualquer momento que ele quisesse, porque o irmão Michael era muito decente e sempre lhe contava as notícias do jornal. Havia todo tipo de notícia no jornal: acidentes, naufrágios, esportes e política.

"Agora é tudo sobre política nos jornais," ele disse. "Seu pessoal também fala sobre isso?"

"Sim," Stephen disse.

"O meu também," ele disse.

Então ele pensou por um momento e disse:

"Você tem um nome esquisito, Dedalus, e eu também tenho um nome esquisito, Athy. Meu nome é o nome de uma cidade. Seu nome é como latim."

Então ele perguntou:

"Você é bom em charadas?"

Stephen respondeu:

"Não muito bom."

Então ele disse:

"Você pode me responder esta? Por que o condado de Kildare é como a perna da calça de um sujeito?"

Stephen pensou qual poderia ser a resposta e então disse:

"Eu desisto."

"Porque tem uma coxa aí," ele disse. "Você vê a piada? Athy é a cidade no condado de Kildare e uma coxa é a outra coxa."

"Ah, entendo," disse Stephen.

"Isso é um enigma antigo," ele disse.

Depois de um momento, ele disse:

"Eu digo!"

"O quê?" perguntou Stephen.

"Sabe," Athy disse, "você pode perguntar esse enigma de outra forma."

"Você pode?" disse Stephen.

"O mesmo enigma," ele disse. "Você conhece outra maneira de perguntar?"

"Não," Stephen disse.

"Você não pensa no outro jeito?" Athy disse.

Ele olhou para Stephen por cima da roupa de cama enquanto falava. Então ele se deitou no travesseiro e disse:

"Tem outro jeito, mas não vou te dizer qual é."

Por que ele não contou? Seu pai, que mantinha os cavalos de corrida, deve ser um magistrado também, como o pai de Saurin e o pai de Nasty Roche. Pensou no próprio pai, em como cantava enquanto a mãe tocava e em como sempre lhe dava um xelim quando pedia seis pence e sentia pena dele por não ser magistrado como os pais dos outros meninos. Então, por que ele foi enviado para aquele lugar com eles? Mas seu pai havia lhe dito que ele não seria um estranho ali porque seu tio-avô fizera um discurso ao libertador cinquenta anos antes. Se poderia conhecer as pessoas daquela época por seus vestidos antigos. Pareceu-lhe uma época solene: e ele se perguntou se aquela era a época em que os camaradas em Clongowes usavam casacos azuis com botões de latão e coletes amarelos e gorros de pele de coelho e bebiam cerveja como adultos.

Ele olhou para a janela e viu que a luz do dia estava mais fraca. Haveria uma luz cinzenta nublada sobre o pátio. Não havia barulho lá. A classe deveria estar fazendo os temas ou talvez o Padre Arnall estivesse lendo o livro.

Era estranho que não lhe tivessem dado nenhum remédio. Talvez o irmão Michael o trouxesse de volta quando ele viesse. Disseram que se bebia coisas fedorentas quando se estava na enfermaria. Mas ele se sentia melhor agora do que antes. Seria bom melhorar lentamente. Ele poderia ler um livro então. Havia um livro na biblioteca sobre a Holanda. Nela havia adoráveis nomes estrangeiros e fotos de cidades e navios de aparência estranha. Isso o fez se sentir tão feliz.

Como a luz estava pálida na janela! Mas isso era bom. A sombra do fogo subia e descia na parede. Era como ondas. Alguém colocou carvão e ele ouviu vozes. Elas estavam conversando. Era o barulho das ondas. Ou as ondas conversavam entre si enquanto subiam e desciam.

Ele viu o mar de ondas, longas ondas escuras subindo e descendo, escuras sob a noite sem lua. Uma minúscula luz cintilou na ponta do cais por onde o navio estava entrando: e ele viu uma multidão de pessoas reunidas à beira das águas para ver o navio que estava entrando em seu porto. Um homem alto estava no convés, olhando para a terra plana e escura: e pela luz no topo do cais ele viu um rosto, o rosto triste do irmão Michael.

Ele o viu levantar a mão em direção ao povo e o ouviu dizer em alta voz de tristeza sobre as águas:

"Ele está morto. Nós o vimos deitado sobre o catafalco." Um lamento de tristeza subiu do povo.

"Parnell! Parnell! Ele está morto!"

Eles caíram de joelhos, gemendo de tristeza.

E ele viu a Dante em um vestido de veludo marrom e com um manto de veludo verde pendurado em seus ombros andando orgulhosa e silenciosamente pelas pessoas que se ajoelhavam à beira da água.

***

Uma grande fogueira, elevada e vermelha, acendeu na lareira e sob os ramos entrelaçados de hera do lustre, a mesa de Natal estava espalhada. Eles haviam chegado em casa um pouco tarde e o jantar ainda não estava pronto: mas em um instante, sua mãe aprontaria tudo. Esperavam que a porta se abrisse e os criados entrassem, segurando os grandes pratos cobertos com pesadas tampas de metal.

Todos estavam esperando: Tio Charles, que estava sentado à sombra da janela, a Dante e o Sr. Casey, que estava sentado nas poltronas de cada lado da lareira, Stephen, sentado em uma cadeira entre eles, com os pés apoiados no para-lamas. O Sr. Dedalus olhava para si mesmo no espelho acima do consolo da lareira, enrolando as pontas do bigode e então, abrindo as pontas do casaco, ficando de costas para o fogo incandescente: e ainda de vez em quando ele retirava a mão da cauda do casaco para enrolar uma das pontas de seu bigode. O Sr. Casey inclinou a cabeça para o lado e, sorrindo, bateu na glândula do pescoço com os dedos. E Stephen sorriu também, pois sabia agora que não era verdade que o Sr. Casey tinha um saco de moedas de prata no bolso. Ele sorriu ao pensar como o barulho prateado que o Sr. Casey costumava fazer o havia enganado. E quando ele tentou abrir a mão do Sr. Casey para ver se o saco de prata estava escondido lá, ele viu que os dedos não podiam ser esticados: e o Sr. Casey disse a ele que ele tinha aqueles três dedos entrevados porque estava fazendo um presente de aniversário para a Rainha Vitória.

O Sr. Casey bateu no saco de moedas de pratas e sorriu para Stephen com olhos sonolentos. E o Sr. Dedalus disse-lhe:

“Sim. Bem, agora está tudo bem. Oh, demos uma boa caminhada, não foi, John? Sim... eu me pergunto se há alguma probabilidade de jantar esta noite. Sim... Oh, bem agora, nós temos uma boa lufada de ozônio em volta da cabeça hoje.”

Ele se virou para a Dante e disse:

“Você não se mexeu, senhora Riordan?”

Dante franziu a testa e disse brevemente:

“Não.”

O Sr. Dedalus largou a aba do casaco e foi até o aparador. Ele tirou um grande garrafão de uísque do armário e encheu a garrafa lentamente, curvando-se de vez em quando para ver quanto ele havia derramado. Em seguida, recolocando o garrafão no armário, ele despejou um pouco do uísque em dois copos, acrescentou um pouco de água e voltou com eles para a lareira.

“Uma dose, John,” ele disse, “só para abrir o apetite.”

O Sr. Casey pegou o copo, bebeu e colocou-o perto dele sobre a lareira. Então ele disse:

"Bem, não consigo deixar de pensar no nosso amigo Christopher fabricando..." ele teve um ataque de riso e tosse e acrescentou: "fabricando aquele champanhe para aqueles cavalheiros."

O Sr. Dedalus riu alto.

"É Christy? ele disse. "Há mais astúcia em uma daquelas verrugas em sua cabeça calva do que em um bando de raposas."

Ele inclinou a cabeça, fechou os olhos e, lambendo os lábios profusamente, começou a falar com a voz do dono do hotel.

"E ele tem uma boca tão agradável quando está falando com você, você não sabe. Ele é muito desbocado geralmente, que Deus o abençoe."

O Sr. Casey ainda estava lutando contra seu ataque de tosse e risos. Stephen, vendo e ouvindo o dono do hotel através do rosto e da voz de seu pai, riu.

O Sr. Dedalus ergueu os óculos e, olhando para ele, disse baixinho e gentilmente:

"Do que você está rindo, seu cachorrinho?"

Os criados entraram e colocaram os pratos na mesa. A Sra. Dedalus o seguiu e os lugares foram organizados.

"Sentem-se," ela disse.

O Sr. Dedalus foi até o final da mesa e disse:

"Agora, Sra. Riordan, sente-se. John, sente-se, meu caro."

Ele olhou em volta para onde o tio Charles estava sentado e disse:

"Pois bem, senhor, tem uma bela ave aqui esperando por você."

Quando todos se sentaram, ele colocou a mão na capa e disse rapidamente, retirando-a:

"Agora, Stephen."

Stephen se levantou em seu lugar para dizer a graça antes das refeições:

"Abençoa-nos, Senhor, e estes Teus dons que pela Tua generosidade estamos prestes a receber por Cristo nosso Senhor."

Todos se abençoaram e o senhor Dedalus com um suspiro de prazer tirou do prato a tampa pesada perolada em volta da borda com gotas brilhantes.

Stephen olhou para o peru rechonchudo que estava deitado, amarrado e espetado na mesa da cozinha. Ele sabia que seu pai pagou um guinéu por ele no Dunn's da D'Olier Street e que o homem o cutucava com frequência no esterno para mostrar como era bom: e ele se lembrou da voz do homem quando disse:

"Leve essa, senhor. Essa é a verdadeira Ally Daly."

Por que o Sr. Barrett em Clongowes chamava aquela ave de peru? Mas Clongowes estava longe: e o cheiro forte e quente de peru, presunto e aipo subia dos pratos e travessas e o grande fogo estava aceso e vermelho na lareira e a hera verde e azevinho vermelho faziam você se sentir tão feliz e quando o jantar terminasse, o grande pudim de ameixa era carregado, cravejado de amêndoas descascadas e ramos de azevinho, com calda azulada correndo ao redor e uma bandeirinha verde hasteada no topo.

Era sua primeira ceia de Natal e ele pensava em seus irmãos mais novos que estavam esperando no quarto das crianças, como ele sempre esperava, até que o pudim chegasse. O colarinho profundo e baixo e a jaqueta Eton faziam-no sentir-se esquisito e velho: e naquela manhã, quando sua mãe o trouxe para a sala de visitas, vestido para a missa, seu pai chorou. Isso porque ele estava pensando em seu próprio pai. E o tio Charles também o dissera.

O Sr. Dedalus cobriu o prato e começou a comer com fome. Então ele disse:

"Pobre Christy, ele está quase desequilibrado agora com malandragem."

"Simon," disse a Sra. Dedalus, "você não ofereceu nenhum molho para a Sra. Riordan."

O Sr. Dedalus agarrou a molheira.

"Não ofereci?" ele perguntou. "Sra. Riordan, tenha pena dos pobres cegos."

A Dante cobriu o prato com as mãos e disse:

"Não, obrigada!"

O Sr. Dedalus virou-se para o tio Charles.

"Como vai, senhor?"

"Certo como o correio, Simon."

"Você, John?"

"Estou bem. Vá em frente."

"Mary? Aqui, Stephen, aqui está algo para deixar seu cabelo ondulado."

Ele derramou molho livremente no prato de Stephen e colocou a molheira novamente na mesa. Então ele perguntou ao tio Charles se estava gostoso. Tio Charles não conseguia falar porque sua boca estava cheia, mas ele acenou que sim.

"Essa foi uma boa resposta que nosso amigo deu ao cônego. O quê?" disse o Sr. Dedalus.

"Não achei que ele tivesse tanto nele," disse o senhor Casey.

"Pago sua dívida, padre, quando você deixar de transformar a casa de Deus em cabine de votação."

"Bela resposta," disse a Dante, "para qualquer homem que se diz católico dar ao seu padre."

"Eles só têm a culpa deles," disse o senhor Dedalus suavemente. "Se eles seguissem o conselho de um tolo, limitariam sua atenção à religião."

"É religião," a Dante disse. "Eles estão cumprindo seu dever de advertir o povo."

"Vamos à casa de Deus," o senhor Casey disse, "com toda humildade para orar ao nosso Criador e não ouvir discursos eleitorais."

"É religião," a Dante disse novamente. "Eles estão certos. Eles devem dirigir seus rebanhos."

"E pregar política do altar, não é?" perguntou o Sr. Dedalus.

"Claro," a Dante disse. "É uma questão de moralidade pública. Um padre não seria padre se não dissesse ao seu rebanho o que é certo e o que é errado."

A Sra. Dedalus largou o garfo e a faca, dizendo:

"Pelo amor de Deus e pelo amor de Deus, não tenhamos nenhuma discussão política neste dia sagrado."

"Muito bem, senhora," disse o tio Charles. "Agora, Simon, isso é o suficiente. Nenhuma outra palavra agora."

"Sim, sim," disse o senhor Dedalus rapidamente.

Ele descobriu o prato com ousadia e disse:

"Agora então, quem quer mais peru?"

Ninguém respondeu. A Dante disse:

"Boa linguagem para qualquer católico usar!"

"Sra. Riordan, apelo a você," disse a Sra. Dedalus, "para deixar o assunto morrer agora."

A Dante se virou para ela e disse:

"E devo sentar aqui e ouvir os pastores da minha igreja serem desprezados?"

"Ninguém fala nada contra eles," disse o senhor Dedalus, "desde que não se metam na política."

"Os bispos e padres da Irlanda falaram," disse Dante, "e devem ser obedecidos."

"Que deixem a política em paz," o senhor Casey disse; "ou as pessoas podem deixar sua igreja em paz."

"Você ouve?" disse a Dante virando-se para a Sra. Dedalus.

"Senhor Casey! Simon!" disse a Sra. Dedalus. "Vamos acabar com isso agora."

"Muito ruim! Muito ruim!" disse o tio Charles.

"O quê?" perguntou o Sr. Dedalus. "Deveríamos abandoná-lo a pedido do povo inglês?"

"Ele não era mais digno de liderar," disse a Dante. "Ele era um pecador público."

"Somos todos pecadores," disse o senhor Casey friamente.

"Ai do homem por quem vem o escândalo!" disse a Sra. Riordan. "Seria melhor para ele que uma pedra de moinho fosse amarrada em seu pescoço e que ele fosse lançado nas profundezas do mar, do que escandalizar um destes, meus pequeninos. Essa é a linguagem do Espírito Santo."

"E palavrões, se quer saber," disse o senhor Dedalus friamente.

"Simon! Simon!" disse o tio Charles. "Atenção ao menino."

"Sim, sim," disse o senhor Dedalus. "Eu quis dizer sobre o... eu estava pensando na linguagem imprópria do carregador da ferrovia. Bem, agora está tudo bem. Aqui, Stephen, alcance-me seu prato, meu velho. Coma agora. Aqui."

Ele amontoou a comida no prato de Stephen e serviu tio Charles e o Sr. Casey em pedaços grandes de peru e salpicos de molho. A Sra. Dedalus comia pouco e a Dante estava sentada com as mãos no colo. Ela estava com o rosto vermelho. O Sr. Dedalus enraizou com os entalhadores no final do prato e disse:

"Tem um pedaço gostoso aqui que chamamos de nariz do papa. Se alguma senhora ou cavalheiro..."

Ele segurou um pedaço de ave na ponta do garfo. Ninguém falou. Ele colocou em seu próprio prato, dizendo:

"Bem, vocês não podem dizer, mas você foi perguntado. Acho que é melhor eu mesmo comer porque não estou bem de saúde ultimamente."

Ele piscou para Stephen e, recolocando a tampa do prato, começou a comer novamente.

Houve um silêncio enquanto ele comia. Então ele disse:

"Bom, o dia continuou bom afinal. Havia muitos estranhos lá embaixo também."

Ninguém falou. Ele disse novamente:

"Acho que havia mais estranhos do que no Natal passado."

Ele olhou em volta para os outros cujos rostos estavam voltados para seus pratos e, não recebendo resposta, esperou um momento e disse amargamente:

"Bem, meu jantar de Natal está estragado de qualquer maneira."

"Não pode haver sorte nem graça," a Dante disse, "em uma casa onde não há respeito pelos pastores da igreja."

O Sr. Dedalus jogou a faca e o garfo ruidosamente no prato.

"Respeito!" ele disse. "É para Billy com o lábio ou para o tanque de tripas em Armagh? Respeito!"

"Príncipes da igreja," disse o senhor Casey com lento desdém.

"O cocheiro do senhor Leitrim, sim," disse o senhor Dedalus.

"São os ungidos do Senhor," a Dante disse. "Eles são uma honra para seu país."

"Tubo de tripa," disse o senhor Dedalus asperamente." Ele tem um rosto bonito, vejam bem, em repouso. Vocês deveriam ver aquele sujeito lambendo seu bacon e repolho de um dia frio de inverno. Oh, Johnny!"

Ele torceu suas feições em uma careta de pesada bestialidade e fez um barulho de lambida com os lábios.

"Sério, Simon, você não devia falar assim diante do Stephen. Não está certo."

"Ah, ele vai se lembrar de tudo isso quando crescer," disse a Dante com veemência. "A língua que ouvia contra Deus e contra a religião e os padres em sua própria casa."

"Que ele se lembre também," gritou o senhor Casey para ela do outro lado da mesa, "a linguagem com que os padres e os peões dos padres partiram o coração de Parnell e o perseguiram até o túmulo. Que ele se lembre disso também quando crescer."

"Filhos da puta!" exclamou o Sr. Dedalus. "Quando ele caiu, eles se voltaram contra ele para traí-lo e despedaçá-lo como ratos em um esgoto. Cães humildes! E eles parecem isso! Por Cristo, eles parecem isso!"

"Eles se comportaram bem," gritou a Dante. "Eles obedeciam a seus bispos e padres. Honra a eles!"

"Bem, é perfeitamente terrível dizer que nem mesmo por um dia do ano," disse a Sra. Dedalus, "podemos nos livrar dessas disputas terríveis!"

Tio Charles ergueu as mãos suavemente e disse:

"Vamos, vamos, vamos! Não podemos ter nossas opiniões, sejam elas quais forem, sem esse mau humor e essa linguagem imprópria? Certamente é muito ruim."

A Sra. Dedalus falou com a Dante em voz baixa, mas a Dante disse em voz alta:

"Não direi nada. Defenderei minha igreja e minha religião quando for insultada e cuspida por católicos renegados."

O Sr. Casey empurrou o prato rudemente para o meio da mesa e, apoiando os cotovelos diante de si, disse em voz rouca ao anfitrião:

"Me diga, eu te contei aquela história de um cuspe muito famoso?"

"Você não fez isso, John," disse o senhor Dedalus.

"Ora, então, o senhor Casey, é uma história muito instrutiva. Aconteceu há não muito tempo no condado de Wicklow, onde estamos agora."

Ele parou e, voltando-se para a Dante, disse com uma indignação silenciosa:

"E posso lhe dizer, senhora, que eu não sou católico renegado. Eu sou um católico como meu pai foi e seu pai antes dele e seu pai antes dele novamente, quando nós desistimos de nossas vidas em vez de vender nossa fé."

"Quanto mais vergonha para você agora," disse a Dante.

"A história, John..." disse o senhor Dedalus sorrindo. "Deixe-nos ter a história de qualquer maneira."

"Católico mesmo!" repetiu a Dante ironicamente. "O mais negro protestante do país não falaria a língua que ouvi esta noite."

O Sr. Dedalus, ainda sussurrando e balançando a cabeça, começou a cantar em um tom nasal grunhido:

"Oh, venham todos vocês católicos romanos! Isso nunca foi à missa."

Ele pegou a faca e o garfo novamente de bom humor e começou a comer, dizendo ao Sr. Casey:

"Conte-nos a história, John. Isso nos ajudará a digerir."

Stephen olhou com afeto para o rosto do Sr. Casey, que olhava para o outro lado da mesa com as mãos unidas. Ele gostava de se sentar perto dele perto do fogo, olhando para seu rosto escuro e feroz. Mas seus olhos escuros nunca foram ferozes e sua voz lenta era boa de se ouvir. Mas por que então ele estava contra os padres? Porque a Dante deve estar certa então. Mas ele ouviu o pai dizer que ela era uma freira mimada e que saíra do convento nas Alleghanies quando o irmão dela pegou o dinheiro dos selvagens para as bugigangas e as correntes. Talvez isso a tornasse severa contra Parnell. E ela não gostava que Stephen brincasse com Eileen, porque Eileen era protestante e quando ela era pequena, ela conheceu crianças que brincavam com protestantes e os protestantes zombavam da ladainha da Santíssima Virgem. Torre de Marfim, costumavam dizer, Casa de Ouro! Como uma mulher pode ser uma torre de marfim ou uma casa de ouro? Quem estava certo então? E ele se lembrou da noite na enfermaria em Clongowes, das águas escuras, da luz na cabeceira do cais e do gemido de tristeza das pessoas quando ouviram.

Eileen tinha mãos brancas e compridas. Uma noite, quando estava brincando, ela colocou as mãos sobre os olhos dele: longas, brancas, finas, frias e suaves. Isso era marfim: uma coisa branca e fria. Esse era o significado de Torre de Marfim.

"A história é muito curta e doce," o senhor Casey disse. "Era um dia em Arklow, um dia frio e amargo, não muito antes de o chefe morrer. Que Deus tenha misericórdia dele!"

Ele fechou os olhos com cansaço e fez uma pausa. O Sr. Dedalus tirou um osso de seu prato e arrancou um pouco de carne com os dentes, dizendo:

"Antes de ele ser morto, você quer dizer."

O Sr. Casey abriu os olhos, suspirou e continuou:

"Ele estava em Arklow um dia. Estávamos lá em uma reunião e, depois que a reunião acabou, tivemos que nos encaminhar para a estação de trem em meio à multidão. Tantas vaias, meu caro, você nunca ouviu. Eles nos chamaram de todos os nomes do mundo. Bem, havia uma senhora idosa, e certamente uma velha megera bêbada, que prestou toda a atenção em mim. Ela continuou dançando ao meu lado na lama, berrando e gritando na minha cara: 'Caçador de sacerdotes!'."

"E o que você fez, John?" perguntou o Sr. Dedalus.

"Eu a deixei berrar," disse o senhor Casey. "Era um dia frio, e para manter o coração batendo, eu tinha (salvo a sua presença, senhora) uma libra de Tullamore na boca e com certeza não poderia dizer uma palavra de qualquer maneira porque minha boca estava cheia de suco de tabaco."

"Bem, John?"

"Continuando... eu a deixei berrar, para o contentamento de seu coração, até que finalmente ela chamou aquela senhora de um nome que não vou manchar esta mesa de Natal, nem seus ouvidos, senhora, nem meus próprios lábios por repetição."

Ele fez uma pausa. O Sr. Dedalus, levantando a cabeça do osso, perguntou:

"E o que você fez, John?"

"O que eu fiz?" disse o Sr. Casey. "Ela mostrou sua cara feia e velha para mim quando disse isso e eu fiquei com a boca cheia de suco de tabaco. Eu me abaixei para ela e Phth! Cuspi nela assim."

Ele se virou e fez o ato de cuspir.

"Phth! Digo eu para ela assim, bem nos olhos dela."

Ele levou a mão ao olho e deu um grito rouco de dor.

"'Oh Jesus, Maria e José!' disse ela. 'Estou cega! Estou cega e afogada!'."

Ele parou em um acesso de tosse e risada, repetindo:

"'Estou totalmente cega!'."

O Sr. Dedalus riu alto e recostou-se na cadeira enquanto o tio Charles balançava a cabeça de um lado para outro.

A Dante parecia terrivelmente zangado e repetia enquanto eles riam:

"Muito agradável! Ha! Muito agradável!"

Não foi legal sobre o cuspi no olho da mulher.

Mas qual era o nome que a mulher dizia que o Sr. Casey não repetiu? Stephen pensou no Sr. Casey caminhando no meio da multidão e fazendo discursos de uma carrocinha. Foi por isso que ele tinha estado na prisão e lembrou-se de que uma noite o sargento O'Neill tinha entrado em casa e ficado no corredor, falando em voz baixa com seu pai e mastigando nervosamente a aba de seu chapéu. E naquela noite o Sr. Casey não tinha ido para Dublin de trem, mas um carro apareceu na porta e ele ouviu seu pai dizer algo sobre a estrada de Cabinteely.

Ele era pela Irlanda e por Parnell, assim como seu pai: e a Dante também por uma noite na banda na esplanada ela bateu na cabeça de um cavalheiro com sua sombrinha porque ele havia tirado o chapéu quando a banda tocou "Deus salve a Rainha" no final.

O Sr. Dedalus bufou de desprezo.

"Ah, John," ele disse. "É verdade para eles. Somos uma raça infeliz dominada por sacerdotes e sempre fomos e sempre seremos até o final do capítulo."

Tio Charles balançou a cabeça, dizendo:

"Um mau negócio! Um mau negócio!"

O Sr. Dedalus repetiu:

"Uma raça abandonada por Deus, dominada por sacerdotes!"

Ele apontou para o retrato de seu avô na parede à sua direita.

"Está vendo aquele velhote aí, John?" ele disse. "Ele era um bom irlandês quando não havia dinheiro nem trabalho. Ele foi condenado à morte como um menino branco. Mas ele tinha um ditado sobre nossos amigos clericais, que nunca permitiria que um deles colocasse os dois pés sob seu mogno."

A Dante interrompeu com raiva:

"Se formos uma raça dominada por sacerdotes, devemos nos orgulhar disso! Eles são a menina dos olhos de Deus. 'Não toque neles,' diz Cristo, 'pois são a menina dos Meus olhos'."

"E então não podemos amar o nosso país?" perguntou o Sr. Casey. "Não devemos seguir o homem que nasceu para nos guiar?"

"Um traidor de seu país!" respondeu a Dante. "Um traidor, um adúltero! Os padres estavam certos em abandoná-lo. Os padres sempre foram os verdadeiros amigos da Irlanda."

"Eram eles, em fé?" disse o Sr. Casey.

Ele jogou o punho na mesa e, franzindo a testa com raiva, projetou um dedo após o outro.

"Os bispos da Irlanda não nos traíram na época da união, quando o Bispo Lanigan fez um discurso de lealdade ao marquês Cornwallis? Os bispos e padres não venderam as aspirações de seu país em 1829 em troca da emancipação católica? Eles não denunciaram o movimento feniano do púlpito e na sala de confissões? E eles não desonraram as cinzas de Terence Bellew MacManus?"

Seu rosto estava brilhando de raiva e Stephen sentiu o brilho subir em sua própria bochecha enquanto as palavras faladas o emocionavam. O Sr. Dedalus soltou uma gargalhada de desprezo grosseiro.

"Oh, por Deus!" ele exclamou. "Eu esqueci o velhinho Paul Cullen! Outra menina dos olhos de Deus!"

A Dante se curvou sobre a mesa e gritou para o Sr. Casey:

"Certos! Certos! Eles estavam sempre certos! Deus, a moralidade e a religião vêm em primeiro lugar."

A Sra. Dedalus, vendo sua empolgação, disse a ela:

"Sra. Riordan, não se anime respondendo a eles."

"Deus e religião antes de tudo!" a Dante chorou. "Deus e religião perante o mundo."

O Sr. Casey ergueu o punho cerrado e o derrubou sobre a mesa com um estrondo.

"Muito bem então!" gritou ele com voz rouca. "Se for o caso, não há Deus para a Irlanda!"

"John! John!" gritou o Sr. Dedalus, agarrando seu convidado pela manga do casaco.

A Dante olhou através da mesa, suas bochechas tremendo. O Sr. Casey lutou para se levantar da cadeira e se curvou sobre a mesa em direção a ela, limpando o ar diante de seus olhos com uma mão como se estivesse rasgando uma teia de aranha.

"Nenhum Deus para a Irlanda!" ele exclamou. "Tivemos muito de Deus na Irlanda. Fora com Deus!"

"Blasfêmia!" gritou a Dante, começando a se levantar e quase cuspindo em seu rosto.

Tio Charles e o Sr. Dedalus puxaram o Sr. Casey de volta para sua cadeira novamente, falando com ele de ambos os lados razoavelmente. Ele olhou para frente com seus olhos escuros e flamejantes, repetindo:

"Fora com Deus, eu falei!"

A Dante empurrou violentamente a cadeira para o lado e saiu da mesa, virando o guardanapo que rolou lentamente pelo tapete e pousou no pé de uma poltrona. A Sra. Dedalus se levantou rapidamente e a seguiu em direção à porta. Na porta, a Dante se virou violentamente e gritou pela sala, as bochechas dela coradas e tremendo de raiva:

"O diabo fora do inferno! Nós ganhamos! Nós o esmagamos até a morte! Demônio!"

A porta bateu atrás dela.

O Sr. Casey, libertando os braços das mãos, de repente curvou a cabeça sobre as mãos com um soluço de dor.

"Pobre Parnell!" ele gritou alto. "Meu rei morto!"

Ele soluçou alto e amargamente.

Stephen, erguendo o rosto aterrorizado, viu que os olhos do pai estavam cheios de lágrimas.

***

Os companheiros conversaram em pequenos grupos.

Um colega disse:

"Eles foram pegos perto da colina de Lyon."

"Quem os pegou?"

"Senhor Gleeson e o ministro. Eles estavam em um carro."

O mesmo colega acrescentou:

"Um camarada da classe superior me contou."

Fleming perguntou:

"Mas por que eles fugiram? Conte-nos!"

"Eu sei o motivo," Cecil Thunder disse. "Porque eles haviam roubado dinheiro da sala do reitor."

"Quem fez isso?"

"Os irmão do Rody Kickham. E todos eles participaram."

"Mas isso foi roubo. Como eles podem ter feito isso?"

"Muito você sabe sobre isso, Thunder!" Wells disse. "Eu sei por que eles fugiram."

"Diga-nos por quê!"

"Pediram-me para não contar," Wells disse.

"Vá em frente, Wells. Você pode nos dizer. Não vamos deixar isso sair daqui."

Stephen inclinou a cabeça para ouvir. Wells olhou em volta para ver se alguém estava vindo. Então ele disse secretamente:

"Vocês sabem sobre o vinho do altar que guardam na sacristia?"

"Sim."

"Bem, eles beberam aquilo e descobriu-se que o fizeram pelo cheiro. E é por isso que eles fugiram, se vocês querem mesmo saber."

E o sujeito que havia falado primeiro disse:

"Sim, foi o que também ouvi do camarada da classe superior."

Todos os companheiros ficaram em silêncio. Stephen estava entre eles, com medo de falar, ouvindo. Uma leve sensação de medo o fez sentir-se fraco. Como eles podem ter feito isso? Ele pensou na sacristia escura e silenciosa. Não era a capela, mas ainda assim era preciso falar baixinho. Era um lugar sagrado. Ele lembrou-se da noite de verão em que estivera ali para se vestir de coroinha, a noite da procissão até o pequeno altar no bosque. Um lugar estranho e sagrado. O menino que segurava o incensário o balançava suavemente para frente e para trás perto da porta com a tampa prateada levantada pela corrente do meio para manter as brasas acesas. Chamava-se carvão: e queimava silenciosamente quando o sujeito o balançava suavemente e exalava um leve cheiro azedo. E então, quando todos estavam vestidos, ele ficou estendendo o incensário para o reitor e o reitor colocou uma colher de incenso nele e ele assobiou nas brasas vermelhas.

Os companheiros conversavam em pequenos grupos aqui e ali no pátio. Mas não havia jogo no campo de futebol porque o críquete estava chegando: e alguns disseram que Barnes seria o professor e outros disseram que seria Flowers. E em todos os campos eles estavam jogando bolas. E dali e dali vinham os sons dos tacos de críquete pelo ar cinzento e suave. Eles faziam: pick, pick, pick. Pequenas gotas de água em uma fonte caindo lentamente na tigela cheia.

Athy, que estava calado, disse baixinho:

"Vocês estão errados."

Todos se viraram para ele ansiosamente.

"Por quê?"

"Você sabe?"

"Quem te contou?"

"Fale para a gente, Athy."

Athy apontou para o pátio onde Simon Moonan caminhava sozinho chutando uma pedra à sua frente.

"Perguntem para ele," ele disse.

Os companheiros olharam lá e disseram:

"Por que ele?"

"Ele está junto nessa?"

Athy baixou a voz e disse:

"Vocês sabem por que esses caras fogem? Eu vou lhes dizer, mas vocês não devem deixar ninguém saber."

"Fale, Athy. Continue. Você pode confiar."

Ele parou por um momento e disse misteriosamente:

"Eles foram pegos com Simon Moonan e Tusker Boyle na praça uma noite."

Os companheiros olharam para ele e perguntaram:

"Pegos?"

"O que você está dizendo?"

Athy disse:

"Desonra!"

Todos os colegas ficaram em silêncio, e Athy disse:

"E é por causa disso."

Stephen olhou para os rostos dos rapazes, mas todos olhavam para o pátio. Ele queria perguntar a alguém sobre isso. O que isso significava sobre a desonra na praça? Por que os cinco colegas da classe superior fugiram por causa disso? Era uma piada, ele pensou. Simon Moonan tinha roupas bonitas e uma noite mostrou a ele uma bola de doces cremosos que os caras do futebol quinze rolaram para ele ao longo do tapete no meio do refeitório quando ele estava na porta. Era a noite da partida contra os Bective Rangers; e a bola era feita como uma maçã vermelha e verde, só que se abria e estava cheia dos doces cremosos. E um dia Boyle disse que um elefante tinha duas presas e era por isso que ele se chamava "Presas" Boyle, mas alguns companheiros o chamavam de Lady Boyle porque ele estava sempre lixando as unhas.

Eileen também tinha mãos longas e finas e brancas, porque era uma menina. Elas eram como marfim; apenas macias. Esse era o significado de Torre de Marfim, mas os protestantes não conseguiam entendê-lo e zombavam dele. Um dia ele ficou ao lado dela olhando para o terreno do hotel. Um garçom subia correndo uma trilha de bandeirolas no mastro de bandeira e um cão corria de um lado para o outro no gramado ensolarado. Ela colocou a mão no bolso onde a mão dele estava e ele sentiu como a mão dela era fria, fina e macia. Ela havia dito que bolsos eram coisas engraçadas de se ter: e então, de repente, ela se soltou e correu rindo pela curva inclinada do caminho. Seu cabelo loiro esvoaçava atrás dela como ouro ao sol. Torre de Marfim. Casa de Ouro. Ao pensar nas coisas, você poderia entendê-las.

Mas por que na praça? Se ia lá quando se queria fazer algo. Era tudo placas grossas de ardósia e a água escorria o dia todo de pequenos orifícios e havia um cheiro estranho de água velha ali. E atrás da porta de um dos armários havia um desenho a lápis vermelho de um homem barbudo em um vestido romano, com um tijolo em cada mão e embaixo estava o nome do desenho:

"Balbus estava construindo um muro."

Algum sujeito desenhou isso lá. Ele tinha uma cara engraçada, mas era muito parecido com um homem com barba. E na parede de outro armário estava escrito no verso em uma bela letra:

"Júlio César escreveu 'The Calico Belly'."

Talvez por isso estivessem ali, porque era um lugar onde alguns companheiros escreviam coisas. Mesmo assim, foi estranho o que Athy disse e a maneira como o disse. Não era explicado por que tinham fugido. Ele olhou com os outros para o parquinho e começou a sentir medo.

Por fim, Fleming disse:

"E todos nós devemos ser punidos pelo que outros companheiros fizeram?"

"Não vou voltar para ser massacrado," Cecil Thunder disse. "Três dias de silêncio no refeitório e enviando-nos de seis a oito a cada minuto."

"Sim," disse Wells. "Eu não vou voltar também."

"Sim," disse Cecil Thunder, "e o reitor de estudos estava na segunda aula de gramática esta manhã."

"Vamos fazer uma rebelião," Fleming disse. "Vamos?"

Todos os colegas ficaram em silêncio. O ar estava multo silencioso e dava para ouvir os tacos de críquete, mas mais devagar do que antes: pick, pick.

Wells perguntou:

"O que vai ser feito com eles?"

"Simon Moonan e Tusker vão ser açoitados," Athy disse, "e os caras da linha superior tiveram a opção de serem açoitados ou serem expulsos."

"E o que eles escolheram?" perguntou o sujeito que falara primeiro.

"Todos estão sendo expulsos, exceto Corrigan," Athy respondeu. "Ele vai ser açoitado pelo Sr. Gleeson."

"Eu sei o motivo," Cecil Thunder disse. "Ele está certo e os outros estão errados porque o açoite passa depois de um tempo, mas um sujeito que foi expulso daqui é conhecido durante toda a vida por causa disso. Além disso, Gleeson não vai açoitá-lo com força."

"É melhor ele não fazer isso," Fleming disse.

"Eu não gostaria de ser Simon Moonan e Tusker," Cecil Thunder disse. "Mas não acredito que eles serão açoitados. Talvez eles sejam enviados casa."

"Não, não," Athy disse. "Ambos conseguirão se salvar."

Wells se esfregou e disse em uma voz chorosa:

"Por favor, senhor, me solta!"

Athy sorriu e arregaçou as mangas da jaqueta, dizendo:

"Não pode ser evitado; isso deve ser feito. Então, abaixe suas calças, e fora com sua bunda!"

Os companheiros riram; mas Stephen sentiu que eles estavam com um pouco de medo. No silêncio do suave ar cinzento, ele ouviu os tacos de críquete daqui e dali: pick. Era um som para ouvir, mas se você fosse atingido, sentiria uma dor. O chicote também faria um som, mas não daquele jeito. Os colegas disseram que era feito de osso de baleia e couro com chumbo dentro, e ele se perguntou como seria a dor. Havia diferentes tipos de sons. Uma bengala longa e fina teria um som agudo de assobio e ele se perguntou como seria aquela dor. Ele estremeceu ao pensar nisso e sentiu frio: e no que Athy disse também. Mas do que havia para rir nisso? Ele estremeceu. Mas isso acontecia porque sempre se sentia arrepios quando se abaixava as calças. Era a mesma coisa no banho quando você se despia. Oh, como eles poderiam rir dessa maneira?

Ele olhou para as mangas arregaçadas de Athy e as mãos nodosas como tinta. Ele arregaçou as mangas para mostrar como o Sr. Gleeson arregaçava as mangas. Mas o Sr. Gleeson tinha punhos redondos e brilhantes, pulsos brancos limpos e mãos brancas gordas e as unhas deles eram longas e pontudas. Talvez ele as tenha aparado também como Lady Boyle. Mas eram unhas terrivelmente longas e pontudas. Elas eram tão longas e cruéis, embora as mãos brancas e gordas não fossem cruéis, mas gentis. E embora ele tremesse de frio e medo ao pensar nas unhas compridas e cruéis e no som agudo e sibilante da bengala e no frio que se sentia quando se despia, ele sentia uma sensação de estranho e silencioso prazer por dentro ao pensar nas mãos gordas e brancas, limpas, fortes e gentis. E ele pensou no que Cecil Thunder havia dito: que o Sr. Gleeson não açoitaria Corrigan com força. E Fleming disse que não, porque era melhor não o fazer. Mas não era por isso.

Uma voz de longe no parquinho gritou:

"Dentro!"

E outras vozes gritaram:

"Dentro! Dentro!"

Durante a aula de redação, ele ficou sentado com os braços cruzados, ouvindo o arrastar lento das canetas. O Sr. Harford ia e voltava fazendo pequenos sinais com lápis vermelho e às vezes sentando-se ao lado do menino para mostrar-lhe como segurar a caneta. Ele havia tentado soletrar o título para si mesmo, embora já soubesse o que era, pois era o último do livro. O zelo sem prudência é como um navio à deriva. Mas as linhas das letras eram como finos fios invisíveis e só fechando bem o olho direito e olhando com o esquerdo é que ele conseguia distinguir as curvas completas da maiúscula.

Mas o Sr. Harford era muito decente e nunca criou problemas. Todos os outros mestres entraram em fúrias terríveis. Mas por que eles deveriam sofrer pelo que os companheiros na linha superior sofreram? Wells dissera que beberam um pouco do vinho do altar tirado da sacristia e que pelo cheiro descobriram quem o fizera. Talvez eles tivessem roubado uma garrafa para fugir e vendê-la em algum lugar. Deve ter sido um pecado terrível entrar ali silenciosamente à noite, abrir a porta da sacristia escura e roubar a coisa dourada reluzente em que Deus foi colocado no altar no meio de flores e velas na bênção, enquanto o incenso subia em nuvens em ambos os lados, enquanto o sujeito balançava o incensário e Dominic Kelly cantava a primeira parte sozinho no coro. Mas Deus não estava lá, é claro, quando o roubaram. Mesmo assim, era estranho e um grande pecado até mesmo tocá-lo. Ele pensou nisso com profundo temor; um pecado terrível e estranho: emocionava-o pensar nisso no silêncio, enquanto as canetas raspavam levemente. Porém, beber o vinho do altar e ser descoberto pelo cheiro também era pecado: mas não era terrível e estranho. Só o deixava um pouco enjoado por causa do cheiro do vinho. Porque no dia em que fez a primeira sagrada comunhão na capela, ele fechou os olhos, abriu a boca e colocou um pouco a língua para fora: e quando o padre se abaixou para dar-lhe a sagrada comunhão, sentiu um leve cheiro de vinho do hálito do padre. A palavra era linda: vinho. Isso fazia você pensar em roxo escuro, porque as uvas eram roxas escuras que cresciam na Grécia do lado de fora das casas como templos brancos. Mas o leve cheiro do hálito do padre o deixara com uma sensação de mal-estar na manhã de sua primeira comunhão. O dia da sua primeira comunhão foi o dia mais feliz da sua vida. E uma vez muitos generais perguntaram a Napoleão qual foi o dia mais feliz de sua vida. Eles pensaram que ele diria no dia em que ganhasse alguma grande batalha ou no dia em que fosse feito imperador. Mas ele disse:

"Senhores, o dia mais feliz da minha vida, foi o dia em que fiz minha primeira sagrada comunhão."

O Padre Arnall entrou e a aula de latim começou e ele permaneceu imóvel, encostado na mesa com os braços cruzados. O Padre Arnall distribuiu os cadernos e disse que eram escandalosos e que deviam ser escritos novamente com as correções necessárias. Mas o pior de todos era o caderno de Fleming, porque as páginas estavam grudadas por uma mancha: e o padre Arnall segurou-o por um canto e disse que era um insulto a qualquer mestre aquela condição. Em seguida, ele pediu a Jack Lawton para soletrar uma palavra e Jack Lawton parou na metade, sem conseguir continuar.

"Você deveria ter vergonha de si mesmo," disse o padre Arnall severamente. "Você, o líder da turma!"

Então ele perguntou ao próximo menino e ao próximo e ao próximo. Ninguém sabia. O padre Arnall ficou muito quieto, cada vez mais quieto à medida que cada menino tentava responder e não conseguia. Mas seu rosto estava escuro e seus olhos estavam fixos, embora sua voz fosse tão baixa. Então ele perguntou a Fleming e Fleming disse que essa palavra não existia. O padre Arnall fechou de repente o livro e gritou com ele:

"Ajoelhe-se! Você é um dos garotos mais preguiçosos que já conheci. Copiem seus temas novamente, o resto de vocês."

Fleming moveu-se pesadamente para fora de seu lugar e ajoelhou-se entre os dois últimos bancos. Os outros meninos se curvaram sobre seus livros e começaram a escrever. Um silêncio encheu a sala de aula e Stephen, olhando timidamente para o rosto irritado do Padre Arnall, viu que estava um pouco vermelho.

Era pecado o Padre Arnall ficar irritado, ou ele tinha permissão para fazer isso quando os meninos estavam ociosos? Era porque ele era permitido, porque um padre saberia o que era pecado e não o faria. Mas se ele fizesse isso uma vez por engano, o que faria para se confessar? Talvez ele se confessasse ao ministro. E se o ministro o fizesse, iria ao reitor: e o reitor ao provincial; e o provincial ao geral dos jesuítas. Chamava-se a Ordem: e ele ouvira seu pai dizer que todos eram homens espertos. Todos eles poderiam ter se tornado pessoas importantes no mundo se não tivessem se tornado jesuítas. E ele se perguntou o que o Padre Arnall e Paddy Barrett teriam se tornado e o que o senhor McGlade e o senhor Gleeson teriam se tornado se não tivessem se tornado jesuítas. Era difícil pensar no resultado, porque você teria que pensar neles de uma maneira diferente, com casacos e calças de cores diferentes e com barbas e bigodes e diferentes tipos de chapéus.

A porta abriu silenciosamente e fechou. Um sussurro rápido percorreu a classe: o vice-reitor. Houve um instante de silêncio mortal e, em seguida, o estalo alto de um chicote na última mesa. O coração de Stephen saltou de medo.

"Alguém quer ser açoitado aqui, Padre Arnall?" gritou o vice-reitor. "Algum garoto preguiçoso que queira ser açoitado nesta aula?"

Ele veio para o meio da classe e viu Fleming de joelhos.

"Hoho!" ele exclamou. "Quem é esse menino? Por que ele está de joelhos? Qual é o seu nome, garoto?"

"Fleming, senhor."

"Hoho, Fleming! Um preguiçoso, é claro. Eu posso ver em seus olhos. Por que ele está de joelhos, Padre Arnall?"

"Ele escreveu um péssimo tema em latim," o Padre Arnall disse, "e errou todas as perguntas de gramática."

"Claro que sim!" gritou o vice-reitor, "claro que sim! Um preguiçoso nato! Posso ver com o canto do olho."

Ele bateu seu chicote na mesa e disse:

"Para cima, Fleming! Levante-se, meu menino!"

Fleming se levantou lentamente.

"Espere!" gritou o vice-reitor.

Fleming estendeu uma das mãos. O chicote desceu sobre ela com um som de estalo alto: um, dois, três, quatro, cinco, seis.

"Outra mão!"

O chicote desceu novamente em seis estalos altos e rápidos.

"Ajoelhe-se!" gritou o vice-reitor.

Fleming se ajoelhou, apertando as mãos sob as axilas, o rosto contorcido de dor; mas Stephen sabia como suas mãos eram duras, porque Fleming estava sempre esfregando resina nelas. Mas talvez ele estivesse com muita dor, pois o barulho do chicote era terrível. O coração de Stephen estava batendo e palpitando.

"Aos seus trabalhos, todos vocês!" gritou o vice-reitor. "Não queremos garotos preguiçosos aqui, pequenos maquinadores preguiçosos. Aos seus trabalhos, eu te digo. O Padre Dolan virá vê-los todos os dias. Padre Dolan estará aqui amanhã."

Ele cutucou um dos meninos com seu chicote, dizendo:

"Você, garoto! Quando o Padre Dolan estará aqui novamente?"

"Amanhã, senhor," disse a voz de Tom Furlong.

"Amanhã e depois, e depois," disse o vice-reitor. "Decidam-se por isso. Todos os dias, Padre Dolan. Escrevam. Você, garoto, quem é você?"

O coração de Stephen saltou de repente.

"Dedalus, senhor."

"Por que você não está escrevendo como os outros?"

"Eu..."

Ele não conseguia falar com medo.

"Por que ele não está escrevendo, Padre Arnall?"

"Ele quebrou os óculos," o Padre Arnall disse, "e eu o isentei do trabalho."

"Quebrou? O que é isso que eu ouço? O que é isso? Seu nome é?" disse o vice-reitor.

"Dedalus, senhor."

"Aqui, Dedalus. Pequeno conspirador preguiçoso. Eu vejo intriga em seu rosto. Onde você quebrou seus óculos?"

Stephen tropeçou no meio da classe, cego pelo medo e pela pressa.

"Onde você quebrou seus óculos?" repetiu o vice-reitor.

"No pátio, senhor."

"Hoho! No pátio!" gritou o vice-reitor. "Eu conheço esse truque."

Stephen ergueu os olhos maravilhado e viu por um momento o rosto branco-acinzentado do Padre Dolan, não jovem, sua cabeça branca e careca com pelos dos lados, as aros de aço de seus óculos e seus olhos sem cor olhando através dos óculos. Por que ele disse que conhecia esse truque?

"Vadio preguiçoso!" gritou o vice-reitor. "Quebrou seus óculos! Um velho truque de colegial! Estenda a mão neste momento!"

Stephen fechou os olhos e estendeu no ar sua mão trêmula com a palma para cima. Ele sentiu o vice-reitor tocá-la por um momento nos dedos para endireitá-la e então o farfalhar da manga da batina quando o chicote foi levantado para atacar. Um golpe ardente, pungente e formigante, como o estalo alto de uma vara quebrada, fez com que sua mão trêmula se dobrasse como uma folha no fogo: e com o som e a dor, lágrimas escaldantes foram derramadas em seus olhos. Todo o seu corpo tremia de susto, o braço tremia e a mão dolorida e lívida e em chamas tremia como uma folha solta no ar. Um grito saltou de seus lábios, uma prece para ser encerrada. Mas embora as lágrimas escaldassem seus olhos e seus membros tremessem de dor e medo, ele conteve as lágrimas quentes e o grito que escaldou sua garganta.

"Outra mão!" gritou o vice-reitor.

Stephen recuou o braço direito ardido e trêmulo e estendeu a mão esquerda. A manga da batina balançou novamente quando o chicote foi levantado e um som alto de colisão, uma dor intensa e enlouquecedora de formigamento, fez sua mão encolher junto com as palmas e os dedos em uma massa lívida e trêmula. A água escaldante jorrou de seus olhos e, queimando de vergonha, agonia e medo, ele puxou o braço trêmulo de terror e soltou um gemido de dor. Seu corpo tremia de medo e de vergonha e raiva, ele sentiu o grito escaldante sair de sua garganta e as lágrimas escaldantes caindo de seus olhos e pelo rosto em chamas.

"Ajoelhe-se!" gritou o vice-reitor.

Stephen se ajoelhou rapidamente, pressionando as mãos batidas ao lado do corpo. Pensar nelas espancadas e inchadas de dor em um momento o fez sentir tanta pena delas como se não fossem suas, mas de outra pessoa por quem ele sentia pena. E ao se ajoelhar, acalmando os últimos soluços na garganta e sentindo a dor ardente e latejante pressionada em seus lados, ele pensou nas mãos que havia estendido no ar com as palmas para cima e no toque firme do vice-reitor quando ele firmou os dedos trêmulos e da massa inchada e vermelha da palma e dos dedos que tremiam desamparadamente no ar.

"Comecem a trabalhar, todos vocês!" gritou o vice-reitor da porta. "O Padre Dolan virá todos os dias para ver se algum garoto, qualquer vagabundo preguiçoso, quer ser açoitado. Todos os dias. Todos os dias."

A porta se fechou atrás dele.

A turma silenciosa continuou a copiar os temas. O Padre Arnall levantou-se de seu assento e foi entre eles, ajudando os meninos com palavras gentis e contando-lhes os erros que haviam cometido. Sua voz era muito gentil e suave. Então ele voltou ao seu lugar e disse a Fleming e Stephen:

"Podem voltar aos seus lugares, vocês dois."

Fleming e Stephen se levantaram e, caminhando até seus lugares, sentaram-se. Stephen, escarlate de vergonha, abriu um livro rapidamente com uma mão fraca e se curvou sobre ele, o rosto perto da página.

Foi injusto e cruel porque o médico lhe disse para não ler sem óculos e ele havia escrito para o pai naquela manhã para enviar-lhe um novo par. E o padre Arnall disse que não precisava estudar até que chegassem os novos óculos. Como o vice-reitor poderia saber que era um truque? Ele sentiu o toque dos dedos do vice-reitor quando eles firmaram sua mão e a princípio ele pensou que fosse apertar sua mão porque os dedos eram macios e firmes: mas então em um instante ele ouviu o barulho da manga de batina e o acidente. Foi cruel e injusto fazê-lo ajoelhar-se no meio da classe naquele momento: e o Padre Arnall dissera a ambos que poderiam voltar aos seus lugares sem fazer diferença entre eles. Ele ouviu a voz baixa e gentil do Padre Arnall enquanto corrigia os temas. Talvez ele estivesse arrependido agora e quisesse ser decente. Mas foi injusto e cruel. O vice-reitor também era um padre, mas isso era cruel e injusto. E seu rosto branco-acinzentado e os olhos sem cor por trás dos óculos de aro de aço tinham uma aparência cruel, porque ele firmou a mão primeiro com seus dedos macios e firmes, para bater melhor e mais forte.

"É uma maldade fedorenta, é isso mesmo," disse Fleming no corredor enquanto as classes iam em fila para o refeitório, "açoitar um sujeito pelo que não é culpa dele."

“Você quebrou mesmo os óculos por acidente, não foi?” perguntou Roche desagradável.

Stephen sentiu seu coração encher-se com as palavras de Fleming e não respondeu.

“Claro que sim!” disse Fleming. “Eu não aguentaria. Eu subiria e falaria com o reitor sobre ele.”

“Sim,” disse Cecil Thunder ansioso, “e eu o vi erguer o chicote por cima do ombro e ele não tem permissão para fazer isso.”

“Machucou muito você?” perguntou Roche desagradável.

“Muito,” Stephen disse.

“Eu não aguentaria,” Fleming repetiu. “É uma ação fedorenta e mesquinha, é isso. Eu iria direto ao reitor e lhe contaria tudo depois do jantar.”

“Sim, faça!” disse Cecil Thunder.

“Sim, faça. Sim, suba e fala com o reitor sobre ele, Dedalus,” disse Nasty Roche, “porque ele disse que voltaria amanhã para cuidar de você.”

“Sim! Sim! Diga ao reitor,” todos disseram.

E havia alguns colegas fora da segunda aula de gramática ouvindo e um deles disse:

“O Senado e o povo romano declararam que Dedalus foi punido injustamente.”

Estava errado; era injusto e cruel: e, enquanto se sentava no refeitório, Stephen sofreu repetidas vezes na memória a mesma humilhação, até que começou a se perguntar se não havia algo em seu rosto que o fizesse parecer um maquinador e ele gostaria de ter um pequeno espelho para ver. Mas não poderia haver; e era injusto, cruel e injusto.

Ele não conseguiu comer os bolinhos de peixe que ganhavam às quartas-feiras na Quaresma e uma de suas batatas tinha a marca da pá. Sim, ele faria o que os companheiros lhe disseram. Ele iria subir e dizer ao reitor que tinha sido punido injustamente. Uma coisa assim já havia sido feita por alguém na história, por alguma grande pessoa cuja cabeça estava nos livros de história. E o reitor declararia que havia sido punido injustamente porque o Senado e o povo romano sempre declararam que os homens que o fizeram foram punidos injustamente. Esses eram os grandes homens cujos nomes estavam nas Perguntas de Richmal Magnall. A história girava em torno desses homens e o que eles faziam, e era disso que tratavam os Contos de Peter Parley sobre a Grécia e Roma. O próprio Peter Parley estava na primeira página em uma foto. Havia uma estrada sobre uma charneca com grama ao lado e arbustos pequenos: e Peter Parley tinha um chapéu largo como o de um ministro protestante e uma bengala e caminhava rápido pela estrada para a Grécia e Roma.

Era fácil o que ele tinha que fazer. Tudo o que ele precisava fazer quando o jantar acabasse, era sair em sua vez e continuar caminhando, não pelo corredor, mas subindo a escada à direita que levava para a Reitoria. Ele não tinha nada a fazer além disso; virar à direita e subir rapidamente a escada e em meio minuto estaria no corredor estreito e escuro que conduzia à sala do reitor. E todos os companheiros disseram que isso era injusto, até mesmo o colega da segunda gramática que havia falado aquilo sobre o senado e o povo romano.

O que aconteceria? Ele ouviu os camaradas da classe superior se levantarem no topo do refeitório e ouviu seus passos enquanto desciam o tapete: Paddy Rath e Jimmy Magee e o espanhol e o português e o quinto era o grande Corrigan que ia ser açoitado pelo Sr. Gleeson. Foi por isso que o vice-reitor o chamou de maquinador e o açoitou à toa: e, forçando os olhos fracos, cansado das lágrimas, ele observou os ombros largos de Corrigan e a grande cabeça negra pendurada passando na porta. Mas ele tinha feito algo e, além disso, o Sr. Gleeson não o açoitaria com força: e ele se lembrou de como Corrigan parecia grande. Ele tinha a pele da mesma cor do pântano, e quando ele caminhava, seus pés batiam com força nos ladrilhos molhados e a cada passo suas coxas tremiam um pouco porque ele era gordo.

O refeitório estava meio vazio e os estudantes ainda se retiravam. Ele podia subir a escada porque nunca havia um padre ou um inspetor fora da porta do refeitório. Mas ele não pôde ir. A sala do reitor ficava do lado da sala do vice-reitor e ele pensaria que era um truque de colegial e então o vice-reitor viria todos os dias do mesmo jeito, só que seria pior porque ele ficaria terrivelmente furioso com qualquer aluno que fosse até o reitor falar sobre ele. Os companheiros lhe disseram para ir, mas eles próprios não quiseram ir. Eles haviam se esquecido completamente disso. Não, era melhor esquecer tudo e talvez o vice-reitor também esqueceria? Não, era melhor se esconder, porque quando você era pequeno e jovem muitas vezes era o melhor a se fazer.

Os companheiros em sua mesa se levantaram. Ele se levantou e os acompanhou. Ele tinha que decidir. Ele estava se aproximando da porta. Se ele continuasse com os companheiros, nunca poderia ir até o reitor, porque ele não poderia voltar ao refeitório para isso. E se ele fosse e fosse empanturrado do mesmo jeito, todos os companheiros fariam piada e falavam sobre o jovem Dedalus indo até o reitor para denunciar o vice-reitor.

Ele estava descendo ao longo do tapete e viu a porta à sua frente. Era impossível: ele não podia. Pensou na careca do vice-reitor com os olhos cruéis sem cor olhando para ele e ouviu a voz do vice-reitor perguntando-lhe duas vezes qual era o seu nome. Por que ele não conseguia se lembrar do nome, quando lhe dizem pela primeira vez? Ele não estava ouvindo da primeira vez ou era para tirar sarro do nome? Os grandes homens da história tinham nomes assim e ninguém zombava deles. Era de seu próprio nome que ele deveria rir se quisesse. Dolan: era como o nome de uma mulher que lavava roupa.

Ele alcançou a porta e, virando-se rapidamente para a direita, subiu as escadas; e, antes que pudesse se decidir a voltar, ele entrou no corredor estreito e escuro que levava para a Reitoria. E, ao cruzar a soleira da porta do corredor, viu, sem virar a cabeça para olhar, que todos os companheiros estavam olhando para ele enquanto passavam em fila.

Ele passou pelo corredor estreito e escuro, passando por portinhas que eram as portas dos quartos da comunidade. Ele olhou à sua frente e à direita e à esquerda através da escuridão e pensou que aqueles deviam ser retratos. Estava escuro e silencioso e seus olhos estavam fracos e cansados de lágrimas, tanto que ele não conseguia ver. Mas ele pensava que eram os retratos dos santos e grandes homens da ordem que o olhavam silenciosamente enquanto ele passava: Santo Inácio de Loyola segurando um livro aberto e apontando para as palavras *Ad Majorem Dei Gloriam* [Para a Maior Glória de Deus] nele, São Francisco Xavier apontando ao peito, Lorenzo Ricci com o chapéu na cabeça, os três patronos da santa juventude, Santo Estanislau Kostka, Santo Aloysius Gonzaga e o Beato João Berchmans, todos com rostos jovens porque morreram quando eram jovem e o Padre Peter Kenny sentado em uma cadeira envolto em um grande manto.

Ele saiu no patamar acima do saguão de entrada e olhou ao redor. Foi por lá que Hamilton Rowan havia passado e as marcas das balas dos soldados estavam lá. E foi lá que os velhos criados viram o fantasma com a capa branca de um marechal.

Um velho criado estava varrendo no final do patamar. Ele perguntou-lhe onde ficava a sala do reitor e o velho criado apontou para a porta na outra extremidade, olhou para ele enquanto ele entrava e bateu.

Não houve resposta. Ele bateu novamente com mais força e seu coração deu um pulo quando ouviu uma voz abafada dizer:

"Entre!"

Ele girou a maçaneta, abriu a porta, empurrou e entrou.

Ele viu o reitor sentado a uma escrivaninha escrevendo. Havia uma caveira sobre a mesa e um cheiro estranho e solene na sala, como o couro velho das cadeiras.

Seu coração batia forte por causa do lugar solene em que se encontrava e do silêncio da sala: e ele olhou para a caveira e para o rosto de aparência gentil do reitor.

"Bem, meu homenzinho," disse o reitor, "o que foi?"

Stephen engoliu a coisa em sua garganta e disse:

"Quebrei meus óculos, senhor."

O reitor abriu a boca e disse:

"Oh!"

Então ele sorriu e disse:

"Bem, se quebramos nossos óculos temos que escrever para casa pedindo um novo."

"Escrevi para casa, senhor," disse Stephen, "e o Padre Arnall disse que não devo estudar até eles chegarem."

"Muito certo!" disse o reitor.

Stephen engoliu a coisa novamente e tentou evitar que suas pernas e sua voz tremessem.

"Mas senhor..."

"Sim?"

"O Padre Dolan veio hoje e me açoitou porque eu não estava escrevendo meu tema."

O reitor olhou para ele em silêncio e ele sentiu o sangue subindo ao seu rosto e as lágrimas prestes a subirem aos seus olhos.

O reitor disse:

"Seu nome é Dedalus, não é?"

"Sim, senhor."

"E onde você quebrou seus óculos?"

"No pátio, senhor. Um sujeito estava saindo da casa das bicicletas e eu caí e eles quebraram. Não sei o nome do sujeito."

O reitor olhou para ele novamente em silêncio. Então ele sorriu e disse:

"Ah, foi um engano, tenho certeza de que Padre Dolan não sabia."

"Mas eu disse a ele que os quebrei, senhor, e ele me deu chicotadas."

"Você disse a ele que tinha escrito para casa pedindo um novo par?" perguntou o reitor.

"Não, senhor."

"Pois então," disse o reitor, "o Padre Dolan não entendeu. Você pode dizer que eu o dispenso de suas aulas por alguns dias."

Stephen disse rapidamente, temendo que seu tremor o impedisse:

"Sim, senhor, mas o Padre Dolan disse que virá amanhã para me açoitar novamente."

"Muito bem," o reitor disse, "é um engano e vou falar pessoalmente com o Padre Dolan. Isso vai servir agora?"

Stephen sentiu as lágrimas molhando seus olhos e murmurou:

"Sim senhor, obrigado."

O reitor estendeu a mão na lateral da mesa onde estava o crânio e Stephen, colocando a mão nele por um momento, sentiu uma palma úmida e fria.

"Tenha um bom dia," disse o reitor, retirando a mão e curvando-se.

"Bom dia, senhor," Stephen respondeu.

Ele fez uma reverência e saiu silenciosamente da sala, fechando as portas com cuidado e devagar.

Mas quando passou pelo velho criado no patamar e voltou ao estreito corredor escuro e baixo, ele começou a andar cada vez mais rápido. Cada vez mais rápido, ele avançou pela escuridão com entusiasmo. Ele bateu o cotovelo contra a porta no final e, correndo escada abaixo, caminhou rapidamente pelos dois corredores e saiu para o ar.

Ele podia ouvir os gritos dos colegas no pátio. Ele começou a correr e, correndo cada vez mais rápido, cruzou a trilha de concreto e chegou ao parque da terceira classe, ofegante.

Os companheiros o viram correndo. Eles se fecharam em torno dele em um anel, empurrando um contra o outro para ouvir.

"Nos diga! Nos diga!"

"O que ele disse?"

"Você entrou?"

"O que ele disse?"

"Nos diga! Nos diga!"

Ele contou a eles o que havia falado e o que o reitor havia falado e, quando ele contou a eles, todos os companheiros atiraram seus bonés girando para o alto e gritaram:

"Hurroo!"

Eles pegaram seus bonés e os mandaram para cima novamente girando alto e chorando de novo:

"Hurroo! Hurroo!"

Eles fizeram um berço com as mãos entrelaçadas e o içaram entre eles e o carregaram até que ele lutasse para se libertar. E quando ele escapou deles, eles fugiram em todas as direções, jogando seus bonés novamente para o ar e assobiando enquanto giravam e choravam:

"Hurroo!"

E eles deram três gemidos para o careca do Dolan e três vivas para Conmee e disseram que ele era o reitor mais decente que já existiu em Clongowes.

Os aplausos morreram no ar cinza suave. Ele estava sozinho. Ele estava feliz e livre: mas não ficaria orgulhoso sobre o Padre Dolan. Ele ficaria muito quieto e obediente: e gostaria de poder fazer algo gentil para mostrar que não era orgulhoso.

O ar estava suave e cinzento e ameno e a noite estava chegando. Havia no ar o cheiro da noite, o cheiro dos campos onde desenterravam nabos para descascá-los e comê-los quando saíam para dar um passeio ao Major Barton, o cheiro que havia no pequeno bosque além do pavilhão onde as nozes estavam.

Os rapazes estavam praticando passes de bola. No silêncio suave e cinzento, ele podia ouvir o impacto das bolas: e daqui e dali através do ar tranquilo o som dos bastões de críquete: pick, pick, pick, como gotas de água em uma fonte caindo suavemente no tigela cheia.

CAPÍTULO II

O tio Charles estava fumando em uma fumaça tão negra, que por fim, o sobrinho lhe sugeriu que desfrutasse da fumaça matinal numa casinha no fundo do jardim.

"Muito bem, Simon. Tudo certo, Simon," disse ao velho tranquilamente. "Qualquer lugar que você prefira. A casinha vai me servir bem: será mais salubre."

"Maldição!" disse o senhor Dedalus com franqueza. "Não entendo como você pode fumar um fumo tão vil e horrível. É como pólvora, por Deus."

"É muito bom, Simon," respondeu o velho. "Muito tranquilizante e amolecedor."

Todas as manhãs, portanto, o tio Charles se dirigia a sua casinha, mas não antes de untar e escovar escrupulosamente o cabelo e escovar e colocar seu chapéu alto. Enquanto fumava, a aba de seu chapéu alto e a tigela de seu cachimbo mal eram visíveis além das ombreiras da porta do banheiro. Seu caramanchão, como ele chamava o banheiro fedorento que compartilhava com o gato e as ferramentas de jardim, servia-lhe também como caixa de ressonância: e todas as manhãs ele cantarolava contente uma de suas canções favoritas, enquanto as espirais de fumaça cinza e azul subiam lentamente de seu cachimbo e desapareciam no ar puro.

Durante a primeira parte do verão em Blackrock, o tio Charles era o companheiro constante de Stephen. O tio Charles era um velho robusto com uma pele bem bronzeada, feições rudes e bigodes laterais brancos. Nos dias de semana, ele fazia seu trabalho entre a casa da avenida Carysfort e as lojas da rua principal da cidade com as quais a família lidava. Stephen ficava feliz em acompanhá-lo nessas tarefas, pois o tio Charles o servia com muita liberalidade em punhados de tudo o que estava exposto em caixas abertas e barris fora do balcão. Ele pegava um punhado de uvas ou três ou quatro maçãs americanas e colocava generosamente na mão de seu sobrinho-neto enquanto o vendedor sorria inquieto; e, ao fingir relutância de Stephen em aceitá-los, ele franzia a testa e dizia:

"Pegue, senhor. Você está me ouvindo, senhor? Isto é bom para seu intestino."

Quando a lista de pedidos era agendada, os dois seguiriam para o parque, onde um velho amigo do pai de Stephen, Mike Flynn, seria encontrado sentado em um banco, esperando por eles. Então começaria a corrida de Stephen ao redor do parque. Mike Flynn ficava no portão perto da estação ferroviária, relógio na mão, enquanto Stephen corria ao redor da pista no estilo preferido de Mike Flynn, com a cabeça erguida, os joelhos bem erguidos e as mãos estendidas ao longo do corpo. Quando o treino matinal terminava, o treinador fazia seus comentários e às vezes os ilustrava arrastando os pés por um metro ou algo assim com um velho par de sapatos de lona azul. Um pequeno círculo de crianças maravilhadas e babás se reunia para observá-lo e ficavam ali mesmo quando ele e o tio Charles voltavam a sentar-se conversando sobre atletismo e política. Embora ele tivesse ouvido seu pai dizer que Mike Flynn colocara em suas mãos alguns dos melhores corredores dos tempos modernos, Stephen frequentemente olhava para o rosto flácido e coberto de barba por fazer de seu treinador, enquanto ele se curvava sobre os longos dedos manchados, com os quais enrolava o cigarro e com pena dos suaves olhos azuis sem brilho, que erguiam os olhos repentinamente da tarefa e olhavam vagamente para a distância azul. Tudo isso enquanto os dedos longos e inchados cessavam de rolar e grãos e fibras de tabaco caíam de volta na bolsa.

No caminho de volta para casa, o tio Charles costumava fazer uma visita à capela e, como a fonte estava acima do alcance de Stephen, o velho mergulhava a mão e borrifava água rapidamente nas roupas de Stephen e no chão da varanda. Enquanto orava, ele se ajoelhava sobre seu lenço vermelho e lia acima de sua respiração um livro de orações enegrecido com o polegar, onde palavras de ordem estavam impressas no pé de cada página. Stephen se ajoelhava ao seu lado, respeitando, embora não compartilhasse, sua piedade. Ele sempre se perguntava pelo que seu tio-avô orava tão seriamente. Talvez ele orasse pelas almas no purgatório ou pela graça de uma morte feliz ou talvez ele orasse para que Deus o mandasse de volta uma parte da grande fortuna que ele havia esbanjado em Cork.

Aos domingos, Stephen com seu pai e seu tio-avô faziam a constitucionalidade. O velho era um caminhante ágil, apesar de seus calos, e muitas vezes, dez ou doze milhas da estrada eram percorridas. A pequena aldeia de Stillorgan era a divisão dos caminhos. Eles iam para a esquerda em direção às montanhas de Dublin ou ao longo da estrada de Goatstown e daí para Dundrum, voltando para casa por Sandyford. Caminhando ao longo da estrada ou parando em algum bar sujo à beira do caminho, os mais velhos falavam constantemente dos assuntos mais próximos de seus corações, da política irlandesa, de Munster e das lendas de sua própria família, a todos os quais Stephen empregava um ouvido ávido. Palavras que ele não entendia, ele repetia várias vezes para si mesmo, até que as aprendesse de cor: e por meio delas ele tinha vislumbres do mundo real a seu redor. A hora em que ele também participaria da vida daquele mundo parecia se aproximar e em segredo ele começou a se preparar para a grande parte que sentia que o esperava, cuja natureza apenas vagamente apreendia.

Suas noites eram suas; e ele se debruçava sobre uma tradução esfarrapada de "O conde de Monte Cristo". A figura daquele vingador sombrio destacava-se em sua mente por tudo o que tinha ouvido ou adivinhado na infância sobre o estranho e terrível. À noite, ele construía na mesa da sala de estar uma imagem da maravilhosa caverna da ilha com decalques e flores de papel e papel de seda colorido e tiras de papel prateado e dourado em que o chocolate é embrulhado. Quando ele desfazia aquele cenário, cansado de seus enfeites, vinha à sua mente o quadro luminoso de Marselha, de treliças ensolaradas e de Mercedes.

Fora de Blackrock, na estrada que levava às montanhas, havia uma pequena casa caiada em cujo jardim cresciam muitas roseiras: e nessa casa, disse a si mesmo, morava outra Mercedes. Tanto na jornada de ida quanto na de volta para casa, ele media a distância por este marco: e em sua imaginação vivia uma longa sequência de aventuras, maravilhosas como as do próprio livro, em cujo fim aparecia uma imagem de si mesmo, crescido, mais velho e mais triste, parado em um jardim enluarado com Mercedes, que tantos anos antes havia desprezado seu amor, e com um triste gesto orgulhoso de recusa, dizendo:

"Senhora, eu nunca como uva moscatel."

Ele se tornou o aliado de um garoto chamado Aubrey Mills e fundou com ele uma gangue de aventureiros na avenida. Aubrey carregava um e um lampião de bicicleta preso ao cinto, enquanto os outros empurravam paus curtos através deles. Stephen, que havia lido sobre o estilo simples de vestir de Napoleão, optou por permanecer sem adornos e, assim, aumentou para si o prazer de aconselhar-se com seu tenente antes de dar ordens. A gangue fazia incursões nos jardins das solteironas ou descia para o castelo e travava uma batalha nas rochas desgrenhadas com ervas daninhas, voltando para casa depois de se cansar de vagar com os odores rançosos da orla em suas narinas e os óleos rançosos do naufrágio suas mãos e em seus cabelos.

Aubrey e Stephen tinham um leiteiro em comum e muitas vezes saíam no carro leiteiro para Carrickmines, onde as vacas estavam na pastagem. Enquanto os homens ordenhavam, os meninos se revezavam em montar a égua tratável ao redor do campo. Mas, quando chegou o outono, as vacas foram expulsas da pastagem para casa: e a primeira visão das vacas imundas em Stradbrook, com suas poças verdes e fétidas e coágulos de esterco líquido e cochos de farelo fumegantes, adoeceu o coração de Stephen. O gado que parecia tão bonito no campo nos dias de sol o revoltava e ele não conseguia nem olhar para o leite que produziam.

A chegada de setembro não o incomodou neste ano, pois não seria mandado de volta para Clongowes. A gangue no parque terminou quando Mike Flynn foi para o hospital. Aubrey estava na escola e tinha apenas uma ou duas horas livres à noite. A quadrilha se separou e não houve mais incursões noturnas ou batalhas nas rochas. Stephen às vezes passeava com o carro que entregava o leite da noite: e essas viagens geladas apagavam sua memória da imundície do curral e ele não sentia repugnância ao ver os pelos de vaca e as sementes de feno no casaco do leiteiro. Sempre que o carro parava diante de uma casa, ele esperava para ver de relance uma cozinha bem limpa ou um corredor suavemente iluminado para ver como a criada seguraria o jarro e como fecharia a porta. Ele achava que deveria ser uma vida agradável o suficiente dirigir pelas estradas todas as noites para entregar leite, se ele tivesse luvas quentes e um grande saco de nozes no bolso para comer. Mas a mesma presciência que havia enojado seu coração e feito suas pernas cederem repentinamente enquanto ele corria ao redor do parque, a mesma intuição que o fez olhar com desconfiança para o rosto frouxo por barba por fazer de seu treinador dobrado pesadamente sobre seus dedos longos e manchados, dissipou qualquer visão do futuro. De uma forma vaga, ele entendeu que seu pai estava em apuros e que essa era a razão pela qual ele mesmo não havia sido mandado de volta para Clongowes. Por algum tempo ele sentiu a ligeira mudança em sua casa; e essas mudanças no que ele considerava imutável foram tantos pequenos choques em sua concepção infantil do mundo. A ambição que às vezes sentia agitar na escuridão de sua alma não buscava saída. Um crepúsculo como o do mundo exterior obscureceu sua mente, quando ele ouviu os cascos de sua querida égua batendo na linha do bonde na Rock Road e a grande lata balançando e sacudindo atrás dela.

Ele voltou para Mercedes e, enquanto pensava na imagem dela, uma estranha inquietação invadia seu sangue. Às vezes, uma febre se acumulava dentro dele e o levava a vagar sozinho à noite pela avenida tranquila. A paz dos jardins e as luzes bondosas nas janelas derramavam terna influência em seu coração inquieto. O barulho das crianças brincando o incomodava e suas vozes bobas o fazia sentir, ainda mais intensamente do que em Clongowes, que ele era diferente dos outros. Ele não queria jogar. Ele queria encontrar no mundo real a imagem inconsistente que sua alma tão constantemente contemplava. Não sabia onde procurá-la nem como, mas uma premonição que o conduziu disse-lhe que esta imagem o encontraria, sem qualquer ato manifesto. Eles se encontrariam em silêncio, como se se conhecessem e tivessem feito seu encontro, talvez em um dos portões ou em algum lugar mais secreto. Eles estariam sozinhos, rodeados de escuridão e silêncio: e naquele momento de ternura suprema ele seria transfigurado. Fraqueza, timidez e inexperiência cairiam dele naquele momento mágico.

***

Duas grandes carroças pararam uma manhã na frente da porta da casa e homens entraram para desmontá-la. A mobília foi empurrada para fora, no jardim da frente, que estava coberto com tiras de palha e pontas de corda. Quando tudo estava carregado em segurança, as carroças partiram ruidosamente pela avenida: e da janela do vagão de trem, onde ele se sentou com sua mãe de olhos vermelhos, Stephen os viu andando pesadamente ao longo da Merrion Road.

O fogo da sala não iria se acender naquela noite e o Sr. Dedalus se encostou nas barras da lareira. Tio Charles cochilava em um canto da sala sem carpete e sem mobília e perto dele os retratos de família encostados na parede. O abajur sobre a mesa lançava uma luz fraca sobre o piso de tábuas, enlameado pelos pés dos carregadores. Stephen sentou-se em um banquinho ao lado do pai, ouvindo um monólogo longo e incoerente. Ele entendeu pouco ou nada a princípio, mas aos poucos percebeu que seu pai tinha inimigos e que alguma luta iria acontecer. Ele sentiu, também, que estava sendo alistado para a luta, que algum dever estava sendo colocado sobre seus ombros. A súbita fuga do conforto e devaneio de Blackrock, a passagem pela cidade sombria e enevoada, o pensamento da casa desolada em que agora viveriam fez seu coração pesar, e novamente uma intuição, um conhecimento prévio do futuro veio a ele. Ele entendia também por que os criados costumavam cochichar no corredor e por que seu pai costumava ficar de pé na lareira, de costas para o fogo, falando alto com o tio Charles, que o incentivava a sentar e comer o jantar.

"Ainda resta um estalo de chicote em mim, Stephen, meu velho," disse o senhor Dedalus, cutucando as brasas com uma energia feroz. "Ainda não morremos, filho. Não, pelo Senhor Jesus (Deus me perdoe) nem meio morto."

Dublin era uma sensação nova e complexa. Tio Charles tinha ficado tão desnorteado que não podia mais ser enviado para tarefas e a desordem de se instalar na nova casa deixou Stephen mais livre do que em Blackrock. A princípio contentou-se em dar voltas tímidas em torno da praça vizinha ou, no máximo, descer até a metade de uma das ruas secundárias. Mas quando fez mentalmente um esqueleto do mapa da cidade seguiu com ousadia uma de suas linhas centrais até chegar ao porto. Ele passou incontestado entre as docas e ao longo dos cais, admirando-se com a multidão de barcos que balançavam na superfície da água em uma espessa espuma amarela, com a multidão de carregadores de cais e as carroças barulhentas e o policial barbudo malvestido. A vastidão e a estranheza da vida que lhe sugeriam os fardos de mercadorias estocados ao longo das paredes ou suspensos dos porões dos navios, despertaram novamente nele a inquietação que o fazia vagar à noite de jardim em jardim em busca de Mercedes. E em meio a essa nova vida agitada, ele poderia ter se imaginado em outra Marselha, mas sentia falta do céu claro e das treliças aquecidas pelo sol das vinícolas. Uma vaga insatisfação cresceu dentro dele enquanto olhava para o cais e para o rio e para os céus que baixavam e ainda assim ele continuava a vagar para cima e para baixo, dia após dia, como se realmente procurasse alguém que o iludisse.

Ele foi uma ou duas vezes com sua mãe visitar seus parentes: e embora eles passassem por uma coleção jovial de lojas iluminadas e enfeitadas para o Natal, seu humor de silêncio amargo não o abandonou. As causas de sua amargura eram muitas, remotas e próximas. Ele estava zangado consigo mesmo por ser jovem e vítima de impulsos tolos e inquietos, zangado também com a mudança da sorte que estava remodelando o mundo ao seu redor em uma visão de miséria e falta de sinceridade. No entanto, sua raiva não emprestou nada à visão. Ele narrou com paciência o que viu, desligando-se dele e testando seu sabor mortificante em segredo.

Ele estava sentado na cadeira sem encosto da cozinha de sua tia. Uma lâmpada com refletor estava pendurada na parede envernizada da lareira e, à sua luz, sua tia lia o jornal vespertino que jazia em seus joelhos. Ela olhou por muito tempo para uma foto sorridente que estava definida nela e disse pensativamente:

"A linda Mabel Hunter!"

Uma menina cacheada ficou na ponta dos pés para olhar a foto e disse baixinho:

"No que ela está metida, mamãe?"

"Em uma pantomima, amor."

A criança encostou a cabeça cacheada nos braços da mãe, olhando a foto, e murmurou como se estivesse fascinada:

"A linda Mabel Hunter!

Como se fascinada, seus olhos pousaram por muito tempo naqueles olhos recatadamente insultantes e ela murmurou com devoção:

"Ela não é uma criatura primorosa?"

E o menino que veio da rua, pisando torto sob seus sapatos, ouviu suas palavras. Ele largou a carga prontamente no chão e correu para o lado dela para ver. Ele atacou as bordas do papel com as mãos avermelhadas e enegrecidas, empurrando-a para o lado com o ombro e reclamando que não conseguia ver.

Stephen estava sentado na estreita sala de café da manhã no alto da velha casa de janelas escuras. A luz do fogo tremeluzia na parede e, além da janela, um crepúsculo espectral se formava sobre o rio. Diante do fogo, uma velha estava ocupada fazendo chá e, enquanto se empenhava na tarefa, contou em voz baixa o que o padre e o médico haviam falado. Ela também falou de certas mudanças que eles viram nela ultimamente e de seus modos e ditados estranhos. Ele ficou sentado ouvindo as palavras e seguindo os caminhos da aventura que se abriam nas brasas, arcos e abóbadas e galerias sinuosas e cavernas denteadas.

De repente, ele percebeu algo na porta. Uma caveira apareceu suspensa na escuridão da porta. Uma criatura frágil como um macaco estava lá, atraída para lá pelo som de vozes na fogueira. Uma voz chorosa veio da porta perguntando:

"Esse é o Joseph?"

A velha e agitada mulher respondeu alegremente da lareira:

"Não, Ellen, é o Stephen."

"Oh... Oh, boa noite, Stephen."

Ele respondeu à saudação e viu um sorriso bobo estourar no rosto na porta.

"Você quer alguma coisa, Ellen?" perguntou a velha junto ao fogo.

Mas ela não respondeu à pergunta e disse:

"Achei que fosse Joseph. Achei que você fosse Joseph, Stephen."

E, repetindo isso várias vezes, ela começou a rir debilmente.

Ele estava sentado no meio de uma festa infantil em Harold's Cross. Sua atitude silenciosa e vigilante havia crescido sobre ele e ele tinha pouca participação nas brincadeiras. As crianças dançavam e brincavam ruidosamente e, embora tentasse compartilhar sua alegria, ele se sentia uma figura sombria em meio aos alegres chapéus armados e chapéus de sol.

Mas em um determinado momento ele se retirou para um canto confortável da sala e começou a saborear a alegria de sua solidão. A alegria, que no início da noite lhe parecera falsa e trivial, era como um ar tranquilizante para ele, passando alegremente por seus sentidos, escondendo de outros olhos a agitação febril de seu sangue enquanto passava pelo giro dos dançarinos e em meio à música e às risadas. Então o olhar dela viajou para o canto dele, lisonjeando, provocando, procurando, excitando seu coração.

No corredor, as crianças que haviam ficado até mais tarde recolhiam suas coisas: a festa havia acabado. Ela havia jogado um xale sobre as costas e, enquanto iam juntos para o bonde, borrifos de seu hálito quente e fresco voaram alegremente acima de sua cabeça coberta e seus sapatos batiam alegremente na estrada.

Era o último bonde. Os cavalos magros e marrons sabiam disso e agitaram seus sinos para a noite clara em advertência. O condutor conversou com o motorista, ambos acenando com a cabeça com frequência sob a luz verde da lâmpada. Nos assentos vazios do bonde estavam espalhados alguns bilhetes coloridos. Nenhum som de passos veio para cima ou para baixo na estrada. Nenhum som quebrou a paz da noite, exceto quando os cavalos magros e marrons esfregaram os narizes e sacudiram os sinos.

Eles pareciam ouvir, ele no degrau superior e ela no inferior. Ela subiu muitas vezes até o degrau dele e desceu até o dela novamente entre as frases e uma ou duas vezes ficou ao lado dele por alguns momentos no degrau superior, esquecendo-se de descer, e então desceu. Seu coração dançava com os movimentos dela como uma rolha na maré. Ele ouviu o que os olhos dela disseram para ele por baixo do capuz e soube que em algum passado obscuro, seja na vida ou nos devaneios, ele tinha ouvido a história deles antes. Ele a viu exortar suas vaidades, seu vestido e faixa finos e longas meias pretas, e soube que ele havia se rendido a eles mil vezes. No entanto, uma voz dentro dele falou acima do barulho de seu coração dançante, perguntando se ele levaria o presente dela, para o qual ele só tinha que estender a mão. E ele se lembrou do dia em que ele e Eileen ficaram olhando para o terreno do hotel, observando os garçons subindo uma trilha de bandeirinhas no mastro de bandeira e o cão correndo de um lado para o outro no gramado ensolarado e como, de repente, ela explodiu em uma gargalhada e desceu correndo a curva inclinada do caminho. Agora, como então, ele permanecia indiferente em seu lugar, aparentemente um observador tranquilo da cena à sua frente.

"Ela também quer que eu a agarre," ele pensou. "É por isso que ela veio comigo para o bonde. Eu poderia facilmente segurá-la quando ela se aproximasse do meu degrau: ninguém está olhando. Eu poderia abraçá-la e beijá-la."

Mas ele não fez nada: e, quando estava sentado sozinho no bonde deserto, rasgou sua passagem em pedaços e olhou melancolicamente para o estribo ondulado.

No dia seguinte, ele se sentou à mesa na sala vazia de cima por muitas horas. Diante dele estava uma nova caneta, um novo frasco de tinta e um novo bloco de notas. Por força do hábito, ele havia escrito no alto da primeira página as letras iniciais do lema jesuíta: A.M.D.G. Na primeira linha da página apareceu o título dos versos que ele estava tentando escrever: "Para E. C.". Ele sabia que era certo começar assim, pois tinha visto títulos semelhantes nos poemas coletados de Lorde Byron. Depois de escrever este título e traçar uma linha ornamental embaixo, ele sonhou acordado e começou a desenhar diagramas na capa do livro. Ele se viu sentado à sua mesa em Bray na manhã seguinte à discussão na mesa do jantar de Natal, tentando escrever um poema sobre Parnell nas costas de um dos anúncios da segunda metade de seu pai. Mas seu cérebro se recusou a lidar com o tema e, desistindo, ele cobriu a página com os nomes e endereços de alguns de seus colegas:

"Roderick Kickham,

John Lawton,

Anthony MacSwiney,

Simon Moonan."

Agora parecia que ele iria falhar de novo, mas, à força de pensar no incidente, ele se considerou confiante. Durante esse processo, todos os elementos que ele considerava comuns e insignificantes saíram de cena. Não restou nenhum traço do bonde em si, nem dos bonecos, nem dos cavalos: nem ele e ela apareceram vividamente. Os versos falavam apenas da noite, da brisa amena e do brilho inaugural da lua. Alguma tristeza indefinida estava escondida no coração dos protagonistas, que permaneceram em silêncio sob as árvores desfolhadas e quando chegou o momento da despedida o beijo, que havia sido retido por um, foi dado por ambos. A seguir as letras L. D. S. foram escritas no rodapé da página e, tendo escondido o livro, foi ao quarto da mãe e ficou a olhar para o seu rosto longamente no espelho de sua cômoda.

Mas seu longo período de lazer e liberdade estava chegando ao fim. Uma noite, seu pai voltou para casa cheio de notícias, o que manteve sua língua ocupada durante todo o jantar. Stephen estava aguardando a volta do pai, pois naquele dia havia picadinho de carneiro e ele sabia que o pai o faria molhar o pão no molho. Mas ele não gostou do haxixe, pois a menção de Clongowes havia coberto seu paladar com uma espuma de nojo.

"Eu fui até ele," disse o senhor Dedalus pela quarta vez, "bem na esquina da praça."

"Então suponho," disse a Sra. Dedalus, "ele vai conseguir arranjar. Quero dizer sobre Belvedere."

"Claro que vai," disse o senhor Dedalus. "Não estou lhe dizendo que ele é provinciano da ordem agora?"

"Nunca gostei da ideia de mandá-lo eu mesma para os irmãos cristãos," disse a Sra. Dedalus.

"Irmãos cristãos, que se danem!" disse o Sr. Dedalus. "É com Paddy Stink e Micky Mud? Não, deixe-o ficar com os jesuítas em nome de Deus desde que começou com eles. Eles estarão a seu serviço nos próximos anos. Esses são os companheiros que podem lhe dar uma posição."

"E são uma ordem muito rica, não são, Simon?"

"Eles vivem bem, eu lhes digo. Vocês viram a mesa deles em Clongowes. Farta, por Deus!"

O Sr. Dedalus empurrou o prato para Stephen e pediu-lhe que terminasse o que havia nele.

"Pois bem, Stephen," ele disse, "você tem que admitir, meu velho. Você teve ótimas férias longas."

"Ah, tenho certeza de que ele vai trabalhar muito agora," disse a sra. Dedalus, "principalmente quando Maurice está com ele."

"Ah, Santo Paulo, esqueci do Maurice," disse o senhor Dedalus. "Aqui, Maurice! Venha aqui, seu rufião cabeça-dura! Você sabe que vou mandá-lo para uma escola onde eles vão te ensinar a soletrar gato. E vou comprar um lencinho bonito para você manter o nariz seco. Não vai ser muito divertido?"

Maurice sorriu para o pai e depois para o irmão. O Sr. Dedalus colocou os óculos e olhou fixamente para os dois filhos. Stephen remexeu seu pão sem responder ao olhar de seu pai.

"A propósito," disse o senhor Dedalus por fim, "o reitor, ou melhor, o provinciano, estava me contando aquela história sobre você e o Padre Dolan. Você é um garoto atrevido, disse ele."

"Ah, ele não, Simon!"

"Não!" disse o Sr. Dedalus. "Mas ele me deu um grande relato de todo o caso. Estávamos conversando, você sabe, e uma palavra levou à outra. E, por falar nisso, quem vocês acham que ele me disse que vai conseguir esse emprego na corporação? Mas vou lhes dizer isso depois. Bem, como eu ia dizendo, estávamos conversando bem amigáveis e ele perguntou se nosso amigo aqui ainda usava óculos, e então ele me contou toda a história."

"E ele ficou aborrecido, Simon?"

"Aborrecido? Ele não! 'Garotinho viril!' ele disse."

O Sr. Dedalus imitou o tom nasalado do provinciano.

"Padre Dolan e eu, quando contei a todos eles no jantar, o Padre Dolan e eu rimos muito disso. 'É melhor cuidar de si mesmo, Padre Dolan, disse eu, ou o jovem Dedalus vai mandá-lo embora.' Nós rimos muito sobre isso. Ha! Ha! Ha!"

O Sr. Dedalus voltou-se para a esposa e interrompeu com sua voz natural:

"Mostra o espírito com que levam os meninos para lá. Oh, um jesuíta pela sua vida, pela diplomacia!"

Ele reassumiu a voz do provincial e repetiu:

"'Contei a todos eles sobre isso no jantar, e o Padre Dolan, eu e todos nós rimos muito sobre isso. Ha! Ha! Ha!'."

***

A noite da peça de Pentecostes havia chegado e Stephen, da janela do camarim, olhou para o pequeno gramado sobre o qual fileiras de lanternas chinesas estavam estendidas. Ele observou os visitantes descerem as escadas da casa e entrarem no teatro. Comissários em trajes de gala, velhos ex-alunos, perambulavam em grupos pela entrada do teatro e conduziam os visitantes com cerimônia. Sob o brilho repentino de uma lanterna, ele pôde reconhecer o rosto sorridente de um padre.

O Santíssimo Sacramento foi retirado do tabernáculo e as primeiras bancadas foram recuadas de forma a deixar livres as palas do altar e o espaço anterior. Contra as paredes havia grupos de halteres e tacos indianos; os halteres estavam empilhados em um canto: no meio de incontáveis outeiros de sapatos de ginástica, suéteres e camisetas em embrulhos marrons desordenados, estava o robusto cavalo de salto com jaqueta de couro esperando sua vez de ser carregado no palco e colocado no meio da vitória equipe no final da exibição de ginástica.

Stephen, embora em deferência à sua reputação de redator de ensaios, tivesse sido eleito secretário do ginásio, não participara da primeira seção do programa, mas na peça que formava a segunda seção ele tinha o papel principal, o de um farsesco pedagogo. Ele fora escalado por causa de sua estatura e modos graves, pois estava agora no final do segundo ano em Belvedere College e em segundo lugar.

Uma vintena de meninos mais novos em calças brancas e camisetas desceram do palco, passando pela sacristia e indo para a capela. A sacristia e a capela estavam cheias de mestres e meninos ansiosos. O gordo sargento careca testava com o pé o trampolim do cavalo de salto. O jovem magro de sobretudo comprido, que daria uma demonstração especial de intrincados golpes, ficou parado ali, observando com interesse, seus botões revestidos de prata aparecendo nos bolsos laterais fundos. O barulho oco dos sinos foi ouvido enquanto outra equipe se preparava para subir no palco: e em outro momento, o reitor empolgado empurrava os meninos pela sacristia como um bando de gansos, batendo as asas de sua batina nervosamente e clamando aos retardatários para que se apressem. Uma pequena tropa de camponeses napolitanos praticava seus passos no final da capela, alguns circulando os braços acima da cabeça, outros balançando seus cestos de violetas de papel e fazendo reverências. Em um canto escuro da capela, no lado do evangelho do altar, uma velha senhora corpulenta se ajoelhava em meio a suas abundantes saias pretas. Quando ela se levantou, foi descoberta uma figura vestida de rosa, usando uma peruca dourada encaracolada e um chapéu de sol de palha antiquado, com sobrancelhas pretas desenhadas a lápis e bochechas delicadamente pintadas com vermelho e pó. Um murmúrio baixo de curiosidade percorreu a capela com a descoberta desta figura de menina. Um dos monitores, sorrindo e acenando com a cabeça, aproximou-se do canto escuro e, tendo se curvado para a velha robusta, disse amavelmente:

"Essa é uma linda jovem ou uma boneca que você tem aqui, Sra. Tallon?"

Então, curvando-se para espiar o rosto sorridente e pintado sob a folha do chapéu, ele exclamou:

"Não! Acredito que seja o pequeno Bertie Tallon, depois de tudo!"

Stephen, em seu posto junto à janela, ouviu a velha senhora e o padre rirem juntos e ouviu os murmúrios de admiração dos meninos atrás de si enquanto avançavam para ver o menino que tinha que dançar sozinho a dança do chapéu de sol. Um movimento de impaciência escapou dele. Ele deixou cair a ponta da cortina e, descendo do banco em que estivera, saiu da capela.

Ele saiu da escola e parou sob o galpão que ladeava o jardim. Do teatro em frente vinha o barulho abafado da plateia e os confrontos repentinos e descarados da banda de soldados. A luz se espalhava pelo telhado fazendo o teatro parecer uma arca festiva, ancorada entre os cascos das casas, seus frágeis cabos de lanternas prendendo as amarras. Uma porta lateral do teatro se abriu de repente e um raio de luz voou sobre a grama. Uma explosão repentina de música saiu da arca, o prelúdio de uma valsa: e quando a porta lateral se fechou novamente, o ouvinte pôde ouvir o ritmo fraco da música. O sentimento dos compassos de abertura, seu langor e movimento flexível, evocou a emoção incomunicável que havia sido a causa de toda a inquietação de seu dia e de seu movimento impaciente de um momento antes. Sua inquietação emanava dele como uma onda de som: e na maré da música fluente a arca estava viajando, arrastando seus cabos de lanternas em seu rastro. Então, um barulho de artilharia anã interrompeu o movimento. Eram as palmas que saudaram a entrada da equipa dos halteres no palco.

No final do galpão, perto da rua, um ponto de luz rosa apareceu na escuridão e, enquanto ele caminhava em direção a ele, percebeu um leve odor aromático. Dois meninos estavam parados protegidos por uma porta, fumando, e antes que ele os alcançasse, ele reconheceu Heron pela voz.

"Aí vem o nobre Dedalus!" gritou uma voz alta e gutural. "Bem-vindo ao nosso amigo de confiança!"

As boas-vindas terminaram em uma risada melancólica e suave quando Heron fez uma veemência e começou a cutucar o chão com sua bengala.

"Aqui estou," Stephen disse, parando e olhando de Heron para o amigo.

Este era um estranho para ele, mas na escuridão, com a ajuda das pontas dos cigarros brilhantes, ele pôde distinguir um rosto pálido e dândi sobre o qual um sorriso viajava lentamente, uma figura alta com sobretudo e um chapéu. Heron não se preocupou com a apresentação, mas disse:

"Só estava dizendo ao meu amigo Wallis, que engraçado seria esta noite se você tirasse o reitor no papel do mestre-escola. Seria uma piada muito boa."

Heron fez uma pobre tentativa de imitação para seu amigo Wallis sobre o pedante baixo do reitor e então, rindo de seu fracasso, pediu a Stephen que o fizesse.

"Vá em frente, Dedalus," ele insistiu, "você pode tirá-lo de lá de uma forma engraçada."

A imitação foi evitada por uma leve expressão de raiva de Wallis, em cuja boca o cigarro havia ficado muito apertado.

"Maldito seja esse cigarro!" ele disse, tirando-o da boca e sorrindo, franzindo a testa com tolerância. "Está sempre preso assim. Você usa um suporte?"

"Não fumo," Stephen respondeu.

"Não," disse Heron, "Dedalus é um jovem modelo. Ele não fuma, não vai a bares, não flerta e não condena ninguém."

Stephen balançou a cabeça e sorriu no rosto ruborizado e móvel de seu rival, bicudo como o de um pássaro. Muitas vezes ele achara estranho que Vincent Heron tivesse o rosto de um pássaro, além de um nome de pássaro. Uma mecha de cabelos claros caía na testa como uma crista franzida: a testa era estreita e ossuda e um nariz fino e adunco destacava-se entre os olhos proeminentes e próximos, claros e inexpressivos. Os rivais eram amigos de escola. Sentavam-se juntos na classe, ajoelhavam-se juntos na capela, conversavam juntos depois de seus almoços. Como os colegas de classe eram uns bêbados sem distinção, Stephen e Heron haviam sido durante o ano os chefes virtuais da escola. Eram eles que iam até o reitor juntos para pedir um dia livre ou para expulsar um companheiro.

"A propósito," disse Heron de repente, "vi seu governador entrando."

O sorriso diminuiu no rosto de Stephen. Qualquer alusão feita a seu pai por um companheiro ou por um mestre abalava sua calma por um momento. Ele esperou em um silêncio tímido para ouvir o que Heron diria a seguir. Heron, no entanto, cutucou-o expressivamente com o cotovelo e disse:

"Você é um cachorro astuto."

"Por que, então?" disse Stephen.

"Você acha que a manteiga não derrete na sua boca," disse Heron. "Mas temo que você seja um cachorro astuto."

"Posso perguntar do que você está falando?" disse Stephen urbanamente.

"Pode ser," respondeu Heron. "Nós a vimos, Wallis, não foi? E ela também é incrivelmente bonita. E curiosa! 'E qual é o papel de Stephen? E Stephen não cantará?'

Seu governador estava olhando para ela através de seus óculos com tudo que valia, de modo que acho que o velho também descobriu você. Eu não me importaria nem um pouco. Ela está fazendo sucesso, não é, Wallis?"

"Nem de longe," respondeu Wallis baixinho enquanto colocava o suporte mais uma vez no canto da boca.

Uma onda de raiva momentânea passou pela mente de Stephen com essas alusões indelicadas ao ouvir um estranho. Para ele, não havia nada de divertido no interesse e consideração de uma garota. Durante todo o dia, ele não tinha pensado em nada além de sua partida nos degraus do bonde em Harold's Cross, a torrente de emoções sombrias que ele fez passar por ele e o poema que escreveu sobre isso. O dia todo ele imaginou um novo encontro com ela, pois sabia que ela viria para a peça. O velho mau humor inquieto havia novamente enchido seu peito como na noite da festa, mas não encontrou uma saída no verso. O crescimento e o conhecimento de dois anos de infância ficaram entre aquele momento e agora, proibindo tal saída: e durante todo o dia a torrente de ternura sombria dentro dele havia começado e retornado em cursos escuros e redemoinhos, cansando-o no final até que a gentileza do reitor e do menino pintado havia atraído dele um movimento de impaciência.

"Então você deve admitir," Heron continuou, "que desta vez nós o descobrimos bastante. Você não pode mais bancar o santo comigo."

Uma suave gargalhada melancólica escapou de seus lábios e, curvando-se como antes, ele golpeou Stephen de leve na panturrilha com a bengala, como se estivesse zombando de uma reprovação.

O momento de raiva de Stephen já havia passado. Ele não ficou lisonjeado nem confuso, mas simplesmente desejou que a brincadeira acabasse. Ele mal se ressentia do que lhe parecia uma indelicadeza boba, pois sabia que a aventura em sua mente não corria perigo por causa dessas palavras: e seu rosto espelhava o sorriso falso de seu rival.

"Admita!" repetiu Heron, golpeando-o novamente com a bengala na panturrilha.

O golpe foi lúdico, mas não tão levemente aplicado como o primeiro. Stephen sentiu a pele formigar e brilhar levemente e quase sem dor; e, curvando-se submissamente, como se para enfrentar o humor brincalhão de seu companheiro, começou a recitar o

Confiteor. O episódio terminou bem, pois Heron e Wallis riram com indulgência da irreverência.

A confissão veio apenas dos lábios de Stephen e, enquanto eles falavam as palavras, uma memória repentina o levou a outra cena evocada, como que por mágica, no momento em que ele notou as covinhas cruéis nos cantos dos lábios sorridentes de Heron, e sentiu o golpe familiar da bengala contra sua panturrilha e ouviu a palavra familiar de admoestação:

"Admita!"

Ele estava no final de seu primeiro semestre no colegial. Sua natureza sensível ainda doía sob os açoites de um estilo de vida não dividido e esquálido. Sua alma ainda estava inquieta e abatida pelo enfadonho fenômeno de Dublin. Ele havia emergido de um período de dois anos de devaneio para se encontrar no meio de uma nova cena, cada evento e figura que o afetava intimamente, o desanimava ou o atraía e, fosse sedutor ou desanimador, sempre o enchia de inquietação e amargura pensamentos. Todo o lazer que sua vida escolar deixou para ele, foi passado na companhia de escritores subversivos cujas zombarias e violência de fala criaram um fermento em seu cérebro antes de passar para seus escritos grosseiros.

O ensaio era para ele, o principal trabalho de sua semana e todas as terças-feiras, enquanto marchava de casa para a escola, ele lia seu roteiro nos incidentes do caminho, confrontando-se com alguma figura à sua frente e acelerando o passo para superá-lo antes de atingir determinado objetivo ou plantar seus passos escrupulosamente nos espaços da colcha de retalhos do caminho e dizer a si mesmo que seria o primeiro e não o primeiro na redação semanal.

Em certa terça-feira, o curso de seus triunfos foi rudemente interrompido. O Sr. Tate, o mestre inglês, apontou o dedo para ele e disse sem rodeios:

"Esse sujeito tem heresia em seu ensaio."

Um silêncio caiu sobre a classe. O Sr. Tate não o quebrou. Era uma manhã crua de primavera e seus olhos ainda estavam doloridos e fracos. Ele estava consciente do fracasso e da detecção, da miséria de sua mente e de seu lar, e sentiu contra o pescoço a ponta áspera de seu colarinho recortado.

Uma risada curta e alta do Sr. Tate deixou a classe mais à vontade.

"Talvez você não soubesse disso," ele disse.

"Como?" perguntou Stephen.

O Sr. Tate retirou sua mão exploradora e espalhou o ensaio.

"Aqui. É sobre o Criador e a alma. Ah! Sem a possibilidade de chegar mais perto. Isso é heresia."

Stephen murmurou:

"Eu quis dizer sem possibilidade de nunca alcançar."

Era uma apresentação e o Sr. Tate, apaziguado, dobrou o ensaio e o passou para ele, dizendo:

"Oh... Ah! Sempre alcançando. Essa é outra história."

Mas a classe não foi apaziguada tão cedo. Embora ninguém falasse com ele sobre o caso depois da aula, ele podia sentir por ele uma vaga alegria geral maligna.

Algumas noites depois dessa repreensão pública, ele caminhava com uma carta pela estrada Drumcondra quando ouviu uma voz gritar:

"Espere!"

Ele se virou e viu três meninos de sua própria classe vindo em sua direção no crepúsculo. Foi Heron quem gritou e, enquanto marchava entre seus dois acompanhantes, fendeu o ar à sua frente com uma bengala fina, no ritmo de seus passos. Boland, seu amigo, marchava ao lado dele, com um grande sorriso no rosto, enquanto Nash vinha alguns passos atrás, soprando com o ritmo e abanando a grande cabeça ruiva.

Assim que os meninos entraram juntos na Clonliffe Road, começaram a falar sobre livros e escritores, dizendo que livros estavam lendo e quantos livros havia nas estantes de seus pais em casa. Stephen os ouviu com certo espanto, pois Boland era o burro e Nash o ocioso da classe. Na verdade, depois de alguma conversa sobre seus escritores favoritos, Nash declarou em favor do Capitão Marryat quem, ele disse, era o maior escritor.

"Doce de açúcar!" disse Heron. "Pergunte a Dedalus. Quem é o maior escritor, Dedalus?"

Stephen notou a zombaria na pergunta e disse:

"De prosa, você quer dizer?"

"Sim."

"Newman, eu acho."

"É o cardeal Newman?" perguntou Boland.

"Sim," respondeu Stephen.

O sorriso se alargou no rosto sardento de Nash quando ele se virou para Stephen e disse:

"E você gosta do cardeal Newman, Dedalus?"

"Oh, muitos dizem que Newman tem o melhor estilo de prosa," Heron disse aos outros dois explicando; "claro que ele não é um poeta."

"E quem é o melhor poeta, Heron?" perguntou Boland.

"Lorde Tennyson, claro," respondeu Heron.

"Oh, sim, Lord Tennyson," disse Nash. "Temos toda a sua poesia em casa em um livro."

Com isso, Stephen esqueceu os votos silenciosos que estava fazendo e explodiu:

"Tennyson um poeta! Ora, ele é apenas um rimador!"

"Oh, vamos!" disse Heron. "Todo mundo sabe que Tennyson é o maior poeta!"

"E quem você acha que é o maior poeta?" perguntou Boland, cutucando seu vizinho.

"Byron, claro," respondeu Stephen.

Heron deu a liderança e os três riram com desdém.

"Do que vocês estão rindo?" perguntou Stephen.

"De você!" disse Heron. "Byron, o maior poeta! Ele é apenas um poeta para pessoas sem educação."

"Ele deve ser um bom poeta!" disse Boland.

"Pode ficar calado," Stephen disse, virando-se para ele com ousadia. "Tudo o que você sabe sobre poesia é o que escreveu nas lousas do quintal e ia ser mandado buscar."

Boland, na verdade, teria escrito nas lousas do quintal um dístico sobre um colega seu que costumava voltar da faculdade em um pônei:

> *"Enquanto Tyson estava cavalgando para Jerusalém*
>
> *Ele caiu e machucou seu Alec Kafoozelum."*

Esse impulso silenciou os dois companheiros, mas Heron continuou:

"De qualquer forma, Byron era herege e imoral também."

"Não me interessa o que ele era!" gritou Stephen com veemência.

"Você não se importa se ele era herege ou não?" disse Nash.

"O que você sabe sobre isso?" gritou Stephen. "Você nunca leu uma linha de nada em sua vida, exceto uma tradução e Boland também."

"Eu sei que Byron era um homem mau," Boland disse.

"Aqui, segure esse herege," Heron gritou.

Em um momento, Stephen era um prisioneiro.

"O Tate fez você se animar outro dia," Heron continuou, "sobre a heresia do seu ensaio."

"Eu conto para ele amanhã," Boland disse.

"Você poderia?" disse Stephen. "Você teria medo de abrir os lábios."

"Medo?"

"Sim. Com medo por sua vida."

"Comporte-se!" gritou Heron, batendo nas pernas de Stephen com sua bengala.

Foi o sinal para um início. Nash prendeu os braços para trás enquanto Boland agarrava um longo toco que estava caído na sarjeta. Lutando e chutando sob os cortes da bengala e os golpes do toco nodoso, Stephen foi jogado de volta contra uma cerca de arame farpado.

"Admita que Byron não era bom."

"Não!"

"Admita!"

"Não."

"Admita!"

"Não. Nunca!"

Por fim, após uma fúria de mergulhos, ele se desvencilhou. Seus algozes partiram em direção a Jones's Road, rindo e zombando dele, enquanto ele, meio cego de lágrimas, tropeçava, cerrando os punhos loucamente e soluçando.

Enquanto ele ainda estava repetindo o Confiteor em meio às risadas indulgentes de seus ouvintes e enquanto as cenas daquele episódio maligno ainda passavam rápida e agudamente em sua mente, ele se perguntou por que não tinha raiva agora daqueles que o atormentavam. Ele não havia esquecido nem um pouco de suas covardias e crueldades, mas a lembrança disso não despertou nenhuma raiva nele. Todas as descrições de amor feroz e ódio que ele encontrava nos livros pareciam-lhe, portanto, irreais. Mesmo naquela noite, enquanto voltava aos tropeções para casa ao longo da

Jones's Road, ele sentiu que algum poder o estava despojando daquela raiva súbita tecida tão facilmente quanto uma fruta é despojada de sua casca macia e madura.

Ele permaneceu de pé com seus dois companheiros na extremidade do galpão, ouvindo distraidamente suas conversas ou as explosões de aplausos no teatro. Ela estava sentada lá entre os outros, talvez esperando que ele aparecesse. Ele tentou se lembrar de sua aparência, mas não conseguiu. Ele só conseguia se lembrar de que ela usava um xale em volta da cabeça como um capuz e que seus olhos escuros o convidavam e o enervavam. Ele se perguntou se ele tinha estado em seus pensamentos como ela tinha estado nos dele. Então, no escuro e sem ser visto pelos outros dois, ele pousou as pontas dos dedos de uma das mãos na palma da outra, mal tocando-a de leve. Mas a pressão de seus dedos tinha sido mais leve e estável: e de repente a memória de seu toque percorreu seu cérebro e corpo como uma onda invisível.

Um menino veio na direção deles, correndo sob o galpão. Ele estava animado e sem fôlego.

"Ai, Dedalus!" ele gritou. "Doyle está procurando por vocês. Vocês devem entrar imediatamente e se vestirem para a peça. Apressem-se!"

"Iremos mais tarde," disse Heron ao mensageiro com uma fala arrastada e arrogante.

O menino se virou para Heron e repetiu:

"Mas Doyle está irritadíssimo."

"Você dirá ao Doyle com meus melhores cumprimentos que eu amaldiçoei seus olhos?" respondeu Heron.

"Bem, preciso ir agora," Stephen disse, que pouco se importava com esses pontos de honra.

"Eu não," disse Heron, "dane-se ele. Isso não é jeito de mandar chamar um dos meninos mais velhos. Irritadíssimo, de fato! Acho que é o bastante o fato de que você esteja participando de sua velha peça."

Esse espírito de camaradagem briguenta que ele observara ultimamente em seu rival não havia seduzido Stephen de seus hábitos de obediência silenciosa. Desconfiava da turbulência e duvidava da sinceridade de tal camaradagem que lhe parecia uma triste antecipação da masculinidade. A questão da honra aqui levantada era, como todas essas questões, trivial para ele. Enquanto sua mente perseguia seus fantasmas intangíveis e se tornava indecisa com essa busca, ele ouvira sobre ele as vozes constantes de seu pai e de seus mestres, incitando-o a ser um cavalheiro acima de todas as coisas e exortando-o a ser um bom católico acima todas as coisas. Essas vozes agora soavam vazias em seus ouvidos. Quando o ginásio foi concluso, ele ouviu outra voz pedindo-lhe para ser forte, viril e saudável e quando o movimento em direção ao renascimento nacional começou a ser sentido no colégio, outra voz o ordenou que fosse fiel ao seu país e ajudasse a elevar sua linguagem e tradição. No mundo profano, como ele previu, uma voz mundana o convidaria a elevar o estado decaído de seu pai por meio de seus labores e, enquanto isso, a voz de seus companheiros de escola o instava a ser um sujeito decente, para proteger os outros da culpa ou implorar tirá-los e fazer o possível para conseguir dias de folga para a escola. E foi o barulho de todas essas vozes ocas que o fez parar irresolutamente na busca de fantasmas. Ele os ouvia apenas por um tempo, mas só ficava feliz quando estava longe deles, fora de seu alcance, sozinho ou na companhia de camaradas fantasmagóricos.

Na sacristia, um jesuíta rechonchudo de rosto fresco e um homem idoso, com roupas azuis surradas, mexiam em uma caixa de tintas e giz. Os meninos que haviam sido pintados andavam ou ficavam parados sem jeito, tocando o rosto com cautela com as pontas dos dedos furtivos. No meio da sacristia, um jovem jesuíta, que então visitava o colégio, balançava-se ritmicamente da ponta dos pés aos calcanhares e vice-versa, as mãos enfiadas bem para a frente nos bolsos laterais. Sua pequena cabeça adornada com brilhantes cachos ruivos e seu rosto recém-barbeado combinavam bem com a decência imaculada de sua batina e seus sapatos imaculados.

Enquanto observava esta forma oscilante e tentava ler por si mesmo a lenda do sorriso zombeteiro do padre, veio à memória de Stephen um ditado que ele tinha ouvido de seu pai antes de ser enviado para Clongowes, que você sempre poderia conhecer um jesuíta pelo estilo de suas roupas. No mesmo momento, ele pensou ter visto uma semelhança entre a mente de seu pai e a deste padre sorridente e bem-vestido: e ele estava ciente de alguma profanação do ofício do padre ou da própria sacristia, cujo silêncio agora era desviado por conversas em voz alta e brincadeiras e seus o ar pungente com os cheiros dos jatos de gás e da graxa.

Enquanto sua testa estava sendo enrugada e suas mandíbulas pintadas de preto e azul pelo homem idoso, ele ouvia distraidamente a voz do jovem jesuíta rechonchudo que lhe ordenava que falasse e expusesse claramente seus pontos de vista. Ele podia ouvir a banda tocando *"The Lily of Killarney"* e sabia que em alguns momentos a cortina subiria. Ele não sentia medo do palco, mas o pensamento do papel que ele tinha que interpretar o humilhava. A lembrança de algumas de suas linhas fez um rubor repentino subir às suas bochechas pintadas. Ele viu os olhos dela, sérios e atraentes, observando-o de entre a plateia e sua imagem imediatamente varreu seus escrúpulos, deixando seu compacto de vontade. Outra natureza parecia ter sido emprestada a ele: a infecção da excitação e da juventude em torno dele entrou e transformou sua desconfiança temperamental. Por um raro momento, ele parecia estar vestido com o verdadeiro traje de infância: e, enquanto estava nos bastidores entre os outros colegas, ele compartilhou a alegria comum em meio à qual a cena de queda foi puxada para cima por dois sacerdotes de corpo forte com empurrões violentos e tudo errado.

Alguns momentos depois, ele se viu no palco em meio ao gás berrante e ao cenário escuro, agindo diante das inúmeras faces do vazio. Ficou surpreso ao ver que a peça que conhecera nos ensaios como uma coisa desarticulada e sem vida, havia repentinamente assumido vida própria. Parecia que agora ele representava a si mesmo, ele e seus colegas atores ajudando-o em seus papéis. Quando a cortina caiu na última cena, ele ouviu o vazio cheio de aplausos e, através de uma brecha em uma cena lateral, viu o corpo simples diante do qual ele havia agido magicamente deformado, o vazio de rostos quebrando em todos os pontos e caindo aos pedaços no meio dos grupos.

Ele deixou o palco rapidamente e se livrou de suas vestes e apressou-se pela capela para o jardim do colégio. Agora que a peça havia acabado, seus nervos clamavam por mais uma aventura. Ele avançou apressado. As portas do teatro estavam todas abertas e o público já havia saído. Nas cordas que ele imaginara ser as amarras de uma arca, algumas lanternas balançavam com a brisa noturna, tremeluzindo tristemente. Ele subiu os degraus do jardim com pressa, ansioso para que alguma presa não o escapasse, e forçou seu caminho através da multidão no corredor e passou pelos dois jesuítas que estavam assistindo ao êxodo e se curvando e apertando as mãos dos visitantes. Ele avançou nervosamente, fingindo uma pressa ainda maior e vagamente consciente dos sorrisos, olhares e cutucões que sua cabeça empoada deixou em seu rastro.

Quando ele saiu na escada, ele viu sua família esperando por ele. Num relance, ele percebeu que todas as figuras do grupo eram familiares e desceu correndo as escadas com raiva.

"Tenho um compromisso na George's Street," ele disse rapidamente ao pai. "Eu estarei em casa mais tarde."

Sem esperar pelas perguntas do pai, ele atravessou a rua correndo e começou a descer a colina a uma velocidade vertiginosa. Ele mal sabia para onde estava caminhando. Orgulho, esperança e desejo, como ervas esmagadas em seu coração, lançaram vapores de incenso enlouquecedor diante dos olhos de sua mente. Ele desceu a colina em meio ao tumulto de vapores repentinos de orgulho ferido, esperança caída e desejo frustrado. Eles fluíram para cima diante de seus olhos angustiados em vapores densos e enlouquecedores e desapareceram acima dele até que finalmente o ar estava limpo e frio novamente.

Um filme ainda velava seus olhos, mas eles não queimavam mais. Um poder, semelhante àquele que frequentemente fazia a raiva ou o ressentimento caírem dele, fez com que seus passos parassem. Ele ficou parado e olhou para a sombria varanda do necrotério e daí para a escura viela de paralelepípedos ao seu lado. Ele respirou lentamente o ar pesado e rançoso.

"Isso é mijo de cavalo e palha podre," ele pensou. "É um bom odor para respirar. Isso vai acalmar meu coração. Meu coração está bem calmo agora. Eu vou voltar."

***

Stephen estava mais uma vez sentado ao lado do pai no canto de um vagão de trem em Kingsbridge. Ele estava viajando com o pai pelo trem noturno para Cork. Quando o trem saiu da estação, ele se lembrou de sua maravilhosa infância dos anos anteriores e de todos os eventos de seu primeiro dia em Clongowes. Mas ele não se sentia maravilhado agora. Ele viu as terras escurecidas passando por ele, os telégrafos silenciosos passando por sua janela rapidamente a cada quatro segundos, as pequenas estações cintilantes, comandadas por algumas sentinelas silenciosas, atiradas pela correspondência atrás dela e cintilando por um momento na escuridão como grãos de fogo arremessado para trás por um corredor.

Ele ouvia sem simpatia a evocação de seu pai de Cork e de cenas de sua juventude - uma história quebrada por suspiros ou correntes de ar sempre que a imagem de algum amigo morto aparecia nele ou sempre que o evocador se lembrava de repente do propósito de sua visita real. Stephen ouvia, mas não podia sentir piedade. As imagens dos mortos eram todas estranhas para ele, exceto a do tio Charles, uma imagem que ultimamente estava desaparecendo da memória. Ele sabia, entretanto, que os bens de seu pai seriam vendidos em leilão e, à maneira de seu próprio desapego, ele sentiu que o mundo dava a mentira rudemente à sua fantasia.

Em Maryborough, ele adormeceu. Quando ele acordou, o trem já havia passado de Mallow e seu pai estava dormindo no outro assento. A luz fria da madrugada estendia-se sobre o campo, sobre os campos despovoados e os chalés fechados. O terror do sono fascinou sua mente enquanto ele observava o país silencioso ou ouvia de vez em quando a respiração profunda de seu pai ou o movimento súbito de sono. A vizinhança de adormecidos invisíveis o encheu de um medo estranho, como se eles pudessem machucá-lo, e ele orou para que o dia chegasse rapidamente. Sua oração, dirigida nem a Deus nem a santo, começou com um calafrio, enquanto a brisa fria da manhã soprava pela fresta da porta do vagão e terminava em uma trilha de palavras tolas que ele fez para se adequar ao ritmo insistente do comboio; e silenciosamente, em intervalos de quatro segundos, os trilhos seguravam as notas galopantes da música entre compassos pontuais. Essa música furiosa acalmou seu pavor e, encostado no parapeito da janela, ele deixou as pálpebras fecharem novamente.

Eles guiaram uma carruagem por Cork, enquanto ainda era de manhã cedo e Stephen terminou seu sono em um quarto do Victoria Hotel. A luz do sol quente e brilhante entrava pela janela e ele podia ouvir o barulho do tráfego. Seu pai estava de pé diante da penteadeira, examinando seu cabelo, rosto e bigode com muito cuidado, esticando o pescoço sobre o jarro de água e puxando-o para o lado para ver melhor. Enquanto fazia isso, ele cantou baixinho para si mesmo com sotaque e fraseado curiosos:

"Tanta juventude e loucura

Faz os jovens se casarem,

Então aqui, meu amor, eu vou

Não ficarei mais.

O que não pode ser curado, claro,

Deve estar ferido, claro,

Então eu irei para a América."

Meu amor ela é bonita,

Meu amor ela é ossuda:

Ela é como um bom uísque

> *Quando é novo;*
>
> *Mas quando é velho*
>
> *E esfriando*
>
> *Ele desaparece e morre como*
>
> *O orvalho da montanha."*

A consciência da cidade quente e ensolarada do lado de fora de sua janela e os ternos tremores com que a voz de seu pai enfeitava o estranho ar triste e feliz, expulsaram do cérebro de Stephen todas as brumas do mau humor da noite. Ele se levantou rapidamente para se vestir e, quando a música acabou, disse:

"Isso é muito mais bonito do que qualquer uma de suas outras canções."

"Você acha?" perguntou o Sr. Dedalus.

"Acho," Stephen disse.

"É uma canção muito velha," disse o senhor Dedalus, torcendo as pontas do bigode. "Ah, mas você deveria ter ouvido Mick Lacy cantá-la! Pobre Mick Lacy! Ele tinha pequenas mudanças para isso, notas de graça que ele costumava colocar e que eu não tenho. Esse era o garoto que poderia cantar o que quisesse."

O Sr. Dedalus pediu o café da manhã e, durante a refeição, interrogou o garçom para saber sobre as notícias locais. Na maioria das vezes, falavam mal-humorados quando um nome era mencionado, o garçom tendo em mente as opiniões do atual proprietário e do Sr. Dedalus, seu pai ou talvez seu avô.

"Bem, espero que não tenham mudado de jeito nenhum o Queen's College," disse o senhor Dedalus, "pois quero mostrar a este meu jovem."

Ao longo do Mardyke, as árvores estavam floridas. Eles entraram no terreno do colégio e foram conduzidos pelo tagarela porteiro através do quadrilátero. Mas seu progresso através do cascalho foi interrompido após cada dúzia ou mais de passos por alguma resposta do porteiro:

"Ah, você me diz isso? E o pobre Pottlebelly está morto?"

"Sim senhor. Morto, senhor."

Durante essas paradas, Stephen ficou sem jeito atrás dos dois homens, cansado do assunto e esperando inquieto que a lenta marcha recomeçasse. Quando eles cruzaram o quadrilátero, sua inquietação havia se transformado em febre. Ele se perguntou como seu pai, que ele conhecia como um homem astuto e desconfiado, poderia ser enganado pelos modos servis do porteiro; e a animada linguagem sulista que o divertira toda a manhã agora irritava seus ouvidos.

Eles entraram no teatro de anatomia onde o Sr. Dedalus e o porteiro que o ajudava, procuraram nas carteiras por suas iniciais. Stephen permaneceu em segundo plano, mais deprimido do que nunca com a escuridão e o silêncio do teatro e com o ar de estudo formal e cansado. Sobre a escrivaninha, leu a palavra "Feto" cortado várias vezes na madeira escura e manchada. A repentina lenda assustou seu sangue: ele parecia sentir os alunos ausentes do colégio ao seu redor e se encolher diante de sua companhia. Uma visão de sua vida, que as palavras de seu pai foram incapazes de evocar, surgiu diante dele da palavra marcada na mesa. Um estudante de ombros largos e bigode cortava as letras com um canivete, sério. Outros alunos ficaram parados ou sentados perto dele, rindo de sua obra. Um correu com o cotovelo. O grande estudante se virou para ele, carrancudo. Ele estava vestido com roupas cinzas e tinha botas cor de canela.

O nome de Stephen foi chamado. Ele desceu apressado os degraus do teatro para ficar o mais longe possível da visão e, olhando de perto as iniciais do pai, escondeu o rosto corado.

Mas a palavra e a visão saltaram diante de seus olhos enquanto ele caminhava de volta pelo quadrilátero e em direção ao portão do colégio. Ficou chocado ao descobrir no mundo exterior um traço do que ele considerava até então uma doença brutal e individual de sua própria mente. Seus devaneios monstruosos invadiram sua memória. Eles também surgiram diante dele, repentina e furiosamente, por causa de meras palavras. Ele logo cedeu a eles e permitiu que varressem e rebaixassem seu intelecto, perguntando-se sempre de onde eles vinham, de que covil de imagens monstruosas, e sempre fraco e humilde para com os outros, inquieto e enojado de si mesmo quando eles o haviam varrido.

"Sim! E aí está o mantimento com certeza!" exclamou o Sr. Dedalus. "Você sempre me ouviu falar deste lugar, não é, Stephen. Muitas vezes fomos lá quando nossos nomes foram marcados, uma multidão de nós, Harry Peard e o pequeno Jack Mountain e Bob Dyas e Maurice Moriarty, o francês, e Tom O'Grady e Mick Lacy de que falei para vocês esta manhã e Joey Corbet e o pobrezinho de bom coração Johnny Keevers dos Tantiles."

As folhas das árvores ao longo do Mardyke agitavam-se e sussurravam à luz do sol. Uma equipe de jogadores de críquete passou, jovens ágeis em flanelas e blazers, um deles carregando a longa bolsa verde. Em uma rua tranquila, uma banda alemã de cinco músicos em uniformes desbotados e instrumentos de metal surrados tocava para uma plateia de árabes de rua e meninos mensageiros despreocupados. Uma empregada de avental branco regava uma caixa de plantas em um peitoril que brilhava como uma laje de pedra calcária no clarão quente. De outra janela aberta para o ar veio o som de um piano, escala após escala aumentando para os agudos.

Stephen caminhava ao lado do pai, ouvindo histórias que já ouvira antes, ouvindo novamente os nomes dos foliões dispersos e mortos que haviam sido os companheiros da juventude de seu pai. E uma leve doença suspirou em seu coração.

Ele lembrou sua própria posição equívoca em Belvedere, um menino livre, um líder com medo de sua própria autoridade, orgulhoso e sensível e desconfiado, lutando contra a miséria de sua vida e contra a confusão de sua mente. As letras cortadas na madeira manchada da escrivaninha olhavam fixamente para ele, zombando de sua fraqueza corporal e entusiasmos fúteis e fazendo-o se odiar por suas próprias orgias malucas e imundas. A saliva em sua garganta tornou-se amarga e desagradável de engolir e a leve náusea subiu até seu cérebro de modo que por um momento ele fechou os olhos e caminhou na escuridão.

Ele ainda podia ouvir a voz de seu pai:

"Quando você chutar por si mesmo Stephen, ouso dizer que um dia desses, lembre-se, faça o que fizer, de se misturar com cavalheiros. Quando eu era jovem, digo que me divertia muito. Eu me misturei com bons sujeitos decentes. Cada um de nós poderia fazer algo. Um sujeito tinha uma boa voz, outro era um bom ator, outro cantava uma boa canção cômica, outro era um bom remador ou bom tocador de raquete, outro sabia contar uma boa história e assim por diante. De qualquer forma, mantivemos a bola rolando e nos divertimos e vimos um pouco da vida e também não ficamos piores. Mas éramos todos cavalheiros, Stephen - pelo menos espero que fôssemos - e irlandeses bons e honestos também. Este é o tipo de sujeito com o qual desejo que se associe, companheiros do rim certo. Estou falando com você como amigo, Stephen. Não acredito que um filho deva ter medo do pai. Não, eu o trato como seu avô me tratou quando eu era jovem. Éramos mais irmãos do que pai e filho. Jamais esquecerei o primeiro dia em que ele me pegou fumando. Certo dia, eu estava parado no final do South Terrace com alguns garotos como eu, e com certeza pensávamos que éramos grandes sujeitos porque tínhamos cachimbos presos nos cantos de nossas bocas. De repente, meu pai surgiu. Ele não disse uma palavra, nem parou. Mas no dia seguinte, domingo, saímos para passear juntos e, quando voltávamos para casa, ele tirou a cigarreira e disse: 'A propósito, Simon, não sabia que você fumava, ou coisa parecida. Se você quer um bom cigarro,' ele disse, 'experimente um desses charutos. Um capitão americano me deu um presente deles ontem à noite em Queenstown'."

Stephen ouviu a voz do pai quebrar em uma risada que era quase um soluço.

"Ele era o homem mais bonito de Cork naquela época, por Deus que era! As mulheres ficavam em pé para cuidar dele na rua."

Ele ouviu o soluço passando alto pela garganta de seu pai e abriu os olhos com um impulso nervoso. A luz do sol quebrando repentinamente em sua visão transformou o céu e as nuvens em um mundo fantástico de massas sombrias com espaços semelhantes a lagos de luz rosada escura. Seu próprio cérebro estava cansado e impotente. Ele mal conseguia interpretar as letras das placas das lojas. Com seu estilo de vida monstruoso, ele parecia ter se colocado além dos limites da realidade. Nada o movia ou falava com ele do mundo real, a menos que ele ouvisse nele um eco dos gritos enfurecidos dentro dele. Ele não conseguia responder a nenhum apelo terreno ou humano, mudo e insensível ao chamado do verão, alegria e companheirismo, cansado e abatido pela voz de seu pai. Ele mal conseguia reconhecer como seus próprios pensamentos, e repetiu lentamente para si mesmo:

"Eu sou Stephen Dedalus. Estou caminhando ao lado de meu pai, cujo nome é Simon Dedalus. Estamos em Cork, na Irlanda. Cork é uma cidade. Nosso quarto fica no Victoria Hotel. Victoria, Stephen e Simon. Simon, Stephen e Victoria."

A memória de sua infância de repente se apagou. Ele tentou evocar alguns de seus momentos vívidos, mas não conseguiu. Ele se lembrava apenas de nomes. Dante, Parnell, Clane, Clongowes. Um menino havia aprendido geografia com uma velha que mantinha duas escovas em seu guarda-roupa. Então ele foi mandado embora de casa para uma escola interna, fez sua primeira comunhão e assistiu a luz do fogo saltando e dançando na parede de um pequeno quarto na enfermaria e sonhou que estava morto, a missa sendo rezada por ele pelo reitor em uma capa preta e dourada, e lembrou de ter sido enterrado então no pequeno cemitério da comunidade perto da avenida principal de limões. Mas ele não tinha morrido então. Parnell havia morrido. Não houve missa pelos mortos na capela e nenhuma procissão. Ele não havia morrido, mas havia desbotado ao sol. Ele havia se perdido ou havia sumido da existência porque não existia mais. Que estranho pensar que ele deixou de existir dessa maneira, não por morte, mas por desaparecer ao sol ou por ser perdido e esquecido em algum lugar do universo! Foi estranho ver seu pequeno corpo reaparecer por um momento: um garotinho em um terno cinza com cinto. Suas mãos estavam nos bolsos laterais e as calças dobradas na altura dos joelhos por elásticos.

Na noite em que a propriedade foi vendida, Stephen seguiu humildemente o pai pela cidade, de bar em bar. Aos vendedores do mercado, aos garçons e às garçonetes, aos mendigos que o importunaram por um lance, o senhor Dedalus contou a mesma história, que ele era um velho habitante de Cork, que vinha tentando há trinta anos se livrar de seu sotaque em Dublin e que Peter Pickackafax ao lado dele era seu filho mais velho, mas ele era apenas um bêbado de Dublin.

Haviam saído de manhã cedo da cafeteria de Newcombe, onde a xícara do Sr. Dedalus chocalhava ruidosamente contra o pires, e Stephen tentara disfarçar aquele sinal vergonhoso da bebedeira do pai na noite anterior movendo a cadeira e tossindo. Uma humilhação sucedeu a outra - os falsos sorrisos dos vendedores do mercado, os mesquinhos olhares das garçonetes com quem seu pai flertava, os elogios e palavras de encorajamento dos amigos de seu pai. Disseram-lhe que ele tinha uma aparência excelente de seu avô e o Sr. Dedalus concordou que ele era uma imagem feia. Eles haviam descoberto traços de um sotaque de Cork em seu discurso e o fizeram admitir que o Lee era um rio muito melhor do que o Liffey. Um deles, para provar seu latim, o fez traduzir pequenas passagens de Dilectus e perguntou-lhe se era correto dizer: *Tempora mutantur nos et mutamur in illis* ou *Tempora mutantur et nos mutamur in illis* [Os tempos mudam e nós mudamos com eles ou as estações mudam e nós mudamos com elas.]. Outro, um velho enérgico, a quem o senhor Dedalus chamava de Johnny Cashman, cercou Stephen com interrogatórios, pedindo-lhe que dissesse quais eram mais bonitas, as meninas de Dublin ou as meninas de Cork.

"Ele não é assim construído," o senhor Dedalus disse. "Deixe-o em paz. Ele é um menino equilibrado e pensativo que não incomoda sua cabeça com esse tipo de bobagem."

"Então ele não é filho do pai," disse o velhinho.

"Não tenho certeza," disse o senhor Dedalus, sorrindo complacentemente.

"Seu pai," disse o velhinho a Stephen, "foi o namorador mais ousado da cidade de Cork em sua época. Você sabia disso?"

Stephen olhou para baixo e estudou o piso de ladrilhos do bar para o qual haviam entrado.

"Não fique colocando ideias na cabeça dele," o senhor Dedalus disse. "Deixe-o com seu Criador."

"Sim, claro que eu não colocaria nenhuma ideia na cabeça dele. Tenho idade para ser avô dele. E eu sou um avô," disse o velhinho a Stephen. "Você sabia disso?"

"Você é?" perguntou Stephen.

"Eu sou!" disse o velhinho. "Tenho dois netos saltitantes. Agora, então! Que idade você acha que eu tenho! E eu me lembro de ver seu avô com seu casaco vermelho cavalgando. Isso foi antes de você nascer."

"Sim, sabemos disso," o senhor Dedalus disse.

"Sou mesmo!" repetiu o velhinho. "E, mais do que isso, posso me lembrar até de seu bisavô, o velho John Stephen Dedalus, e um velho comedor de fogo feroz que ele era. Agora, então! Veja minha memória!"

"São três gerações - quatro gerações," disse o Sr. Dedalus. "Ora, Johnny Cashman, você deve estar chegando aos cem anos!"

"Bem, vou te dizer a verdade," disse o velhinho. "Tenho apenas vinte e sete anos de idade."

"Já somos tão velhos quanto nos sentimos, Johnny," disse o outro senhor.

"E acabe o que você tem aí e nós vamos pedir outro. Aqui, Tim ou Tom ou qualquer que seja o seu nome, dê-nos o mesmo novamente aqui. Por Deus, não me sinto mais como aos dezoito anos. Aqui está o meu filho que não tem metade da minha idade e sou um homem melhor do que ele em qualquer dia da semana."

"Calma agora, Dedalus. Acho que é hora de você parar," disse o senhor que havia falado antes.

"Não, por Deus!" afirmou o Sr. Dedalus. "Cantarei uma canção de tenor contra ele ou saltarei um portão com barras de fogo contra ele ou correrei com ele atrás dos cães de caça por todo o país, como fiz trinta anos atrás, junto com o garoto Kerry."

"Mas ele vai lhe surpreender," disse o velhinho batendo na testa e erguendo o copo para esvaziar.

"Bem, espero que ele seja um homem tão bom quanto o pai. É tudo o que posso dizer," disse o senhor Dedalus.

"Se for, serve," disse o velhinho.

"E graças a Deus, Johnny," disse o senhor Dedalus, "por termos vivido tanto e feito tão pouco mal."

"Mas fizemos tanto o bem, Simon," disse o velhinho gravemente. "Graças a Deus, vivemos tanto e fizemos tanto bem."

Stephen observou os três copos serem erguidos do balcão enquanto seu pai e seus dois comparsas bebiam à memória de seu passado. Um abismo de fortuna ou de temperamento o separou deles. Sua mente parecia mais velha do que a deles: brilhava friamente em suas lutas, felicidade e arrependimentos como uma lua em uma terra mais jovem. Nenhuma vida ou juventude se mexeu nele como tinha se mexido neles. Ele não conhecera nem o prazer da companhia de outros, nem o vigor da rude saúde masculina, nem a piedade filial. Nada se mexia em sua alma, exceto uma luxúria fria, cruel e sem amor. Sua infância estava morta ou perdida e com ela sua alma era capaz de simples alegrias e ele vagava pela vida como a concha estéril da lua.

"Está pálido de cansaço

De escalar o céu e contemplar a terra,

Vagando sem companhia?..."

Ele repetiu para si mesmo as linhas do fragmento de Shelley. Sua alternância de triste ineficácia humana com vastos ciclos desumanos de atividade o congelou e ele esqueceu seu próprio luto humano e ineficaz.

***

A mãe de Stephen e seu irmão e um de seus primos esperaram na esquina da tranquila Foster Place enquanto ele e seu pai subiam as escadas e ao longo da colunata onde a sentinela Highland estava desfilando. Quando passaram para o grande salão e ficaram no balcão, Stephen sacou suas ordens do banco da Irlanda por trinta e três libras; e estas somas, o dinheiro de sua exposição e prêmio de ensaio, foram-lhe pagas rapidamente pelo caixa em notas e em moedas, respectivamente. Ele as entregou em seus bolsos com compostura fingida e cumprimentou o caixa amigável, com quem seu pai conversou, para levar sua mão através do balcão amplo e desejar-lhe uma carreira brilhante no fim da vida. Ele era impaciente com suas vozes e não conseguia manter seus pés em repouso. Mas o caixa ainda adiou o serviço dos outros para dizer que estava vivendo em tempos de mudança e que não havia nada como dar a um menino a melhor educação que o dinheiro poderia comprar. O Sr. Dedalus permaneceu no salão olhando para ele e para o telhado e dizendo a Stephen, que o incitou a sair, que eles estavam de pé na casa dos Comuns do antigo parlamento irlandês.

"Deus nos ajude!" disse ele piedosamente, ao pensar nos homens daquela época. "Hely Hutchinson e Flood e Henry Grattan e Charles Kendal Bushe, e nos nobres que temos agora, líderes do povo irlandês em casa e no exterior. Ora, por Deus, eles não seriam vistos mortos em um campo de dez acres com eles. Não, Stephen, meu velho, lamento dizer que são apenas porque eu viajei em uma bela manhã de maio, no alegre mês do doce julho."

Um vento forte de outubro soprava em torno da margem. As três figuras paradas na beira do caminho lamacento tinham bochechas comprimidas e olhos lacrimejantes. Stephen olhou para sua mãe vestida com roupas finas e lembrou-se de que alguns dias antes vira nas janelas do Barnardo's um manto custando vinte guinéus.

"Tudo pronto!" disse o senhor Dedalus.

"É melhor irmos jantar," Stephen disse. "Onde?"

"Jantar?" disse o Sr. Dedalus. "Bem, suponho que seja melhor... onde?"

"Algum lugar que não seja caro demais," disse a Sra. Dedalus.

"Comida barata?"

"Sim. Algum lugar tranquilo."

"Venham," Stephen disse rapidamente. "Não importa a caridade."

Ele caminhava na frente deles com passos curtos e nervosos, sorrindo. Eles tentaram acompanhá-lo, sorrindo também de sua ansiedade.

"Pega leve como um bom rapaz," disse o pai. "Não saímos nem por oitocentos metros, certo?"

Por uma rápida temporada, o dinheiro de seus prêmios corria entre os dedos de Stephen. Grandes pacotes de mantimentos e iguarias e frutas secas chegavam da cidade. Todos os dias, ele traçava uma nota fiscal para a família e todas as noites levava um grupo de três ou quatro ao teatro para ver Ingomar ou A Dama de Lyon. Nos bolsos do casaco, ele carregava quadrados de chocolate de Viena para os convidados, enquanto os bolsos das calças estavam cheios de moedas de prata e cobre. Ele comprou presentes para todos, reformou seu quarto, escreveu resoluções, organizou seus livros para cima e para baixo nas prateleiras, estudou todos os tipos de listas de preços, elaborou uma forma de comunidade para a família pela qual cada membro ocupava algum cargo, abriu um banco de empréstimos para sua família e pressionou empréstimos a tomadores dispostos a emprestar, para que ele tivesse o prazer de fazer recibos e calcular os juros das somas emprestadas. Quando não pôde fazer mais nada, andou para cima e para baixo na cidade em bondes. Então a temporada de prazer chegou ao fim. O pote de tinta esmalte rosa cedeu e o lambril de seu quarto permaneceu com o revestimento inacabado e mal rebocado.

Sua casa voltou ao seu modo de vida normal. Sua mãe não teve mais ocasião de repreendê-lo por desperdiçar seu dinheiro. Ele também voltou à sua antiga vida na escola e todos os seus novos empreendimentos ruíram. A comunidade caiu, o banco de empréstimos fechou seus cofres e seus livros com uma perda sensata, as regras de vida que ele havia traçado sobre si mesmo caíram em desuso.

Quão tola tinha sido sua pontaria! Ele havia tentado construir um quebra-mar de ordem e elegância contra a maré sórdida da vida sem ele e barrar, por regras de conduta e interesses ativos e novas relações filiais, a poderosa recorrência da maré dentro dele. Sem utilidade. Tanto fora como dentro, a água fluía sobre suas barreiras: as marés começaram mais uma vez a se empurrar ferozmente acima da toupeira desintegrada.

Ele viu claramente, também, seu próprio isolamento fútil. Ele não tinha dado um passo mais perto das vidas que procurava abordar, nem contornado a vergonha e o rancor incansáveis que o separaram de mãe, irmão e irmã. Ele sentia que dificilmente era do mesmo sangue deles, mas permanecia para eles no parentesco místico de adoção, filho adotivo e irmão adotivo.

Ele se virou para apaziguar os anseios ferozes de seu coração, diante dos quais tudo o mais era ocioso e estranho. Ele pouco se importava que estivesse em pecado mortal, que sua vida tivesse se tornado um tecido de subterfúgios e falsidade. Ao lado do desejo selvagem dentro dele de perceber as enormidades que ele pensava, nada era sagrado. Ele suportou cinicamente os detalhes vergonhosos de seus distúrbios secretos, nos quais exultava em contaminar com paciência qualquer imagem que atraísse seus olhos. De dia e de noite, ele se movia entre imagens distorcidas do mundo exterior. Uma figura que de dia lhe parecera recatada e inocente aproximou-se dele à noite através da escuridão do sono, o rosto transfigurado por uma astúcia lasciva, os olhos brilhando de alegria bruta. Apenas a manhã doía-lhe com sua vaga lembrança de sombrio tumulto orgiástico, sua aguda e humilhante sensação de transgressão.

Ele voltou às suas andanças. As veladas noites outonais o levaram de rua em rua como o haviam conduzido anos antes pelas calmas avenidas de Blackrock. Mas nenhuma visão de jardins frontais bem cuidados ou de luzes bondosas nas janelas derramava uma influência terna sobre ele agora. Só às vezes, nas pausas de seu desejo, quando o luxo que o consumia dava lugar a um langor mais suave, a imagem de Mercedes atravessava o pano de fundo de sua memória. Viu novamente a casinha branca e o jardim de roseiras na estrada que levava às montanhas e lembrou-se do gesto de recusa, tristemente orgulhoso, que ali faria, estando com ela no jardim enluarado após anos de afastamento e aventura. Nesses momentos, os discursos suaves de Claude

Melnotte chegavam a seus lábios e amenizavam sua inquietação. Uma terna premonição tocou-o do encontro que ele então esperava e, apesar da horrível realidade que se encontrava entre sua esperança de então e agora, do encontro sagrado que ele então imaginou em que fraqueza, timidez e inexperiência cairiam dele.

Esses momentos se passaram e as chamas devastadoras da luxúria surgiram novamente. Os versos saíram de seus lábios e os gritos inarticulados e as palavras brutais não ditas correram de seu cérebro para forçar uma passagem. Seu sangue estava revoltado. Ele vagou para cima e para baixo nas ruas escuras e viscosas, analisando a escuridão das ruas e portas, ouvindo ansiosamente por qualquer som. Ele gemeu para si mesmo como uma besta perplexa rondando. Ele queria pecar como outro de sua espécie, forçar outro ser a pecar com ele e exultar este pecado. Ele sentiu uma presença sombria movendo-se irresistivelmente sobre ele vindo da escuridão, uma presença sutil e murmurante como uma inundação enchendo-o totalmente de si mesmo. Seu murmúrio cercava seus ouvidos como o murmúrio de alguma multidão adormecida; seus fluxos sutis penetraram em seu ser. Suas mãos se apertaram convulsivamente e seus dentes se cerraram enquanto ele sofria a agonia de sua penetração. Ele estendeu os braços na rua para segurar com força a frágil forma desmaiada que o iludia e o incitava: e o grito que ele havia estrangulado por tanto tempo na garganta saiu de seus lábios. Quebrou dele como um lamento de desespero de um inferno de sofredores e morreu em um lamento de súplica furiosa, um grito por um abandono iníquo, um grito que era apenas o eco de um rabisco obsceno que ele havia lido na parede de gotejamento um mictório.

Ele havia vagado por um labirinto de ruas estreitas e sujas. Das vielas sujas, ele ouviu rajadas de tumulto rouco e disputas e o arrastar de cantores bêbados. Ele seguiu em frente, consternado, perguntando-se se havia entrado no bairro dos judeus. Mulheres e meninas com vestidos longos e vívidos percorriam a rua de casa em casa. Elas eram vagarosas e perfumadas. Um tremor apoderou-se dele e seus olhos escureceram. As chamas de gás amarelas surgiram diante de sua visão perturbada contra o céu vaporoso, queimando como se diante de um altar. Diante das portas e nos corredores iluminados, grupos se reuniam dispostos como para algum rito. Ele estava em outro mundo: ele havia despertado de uma sonolência de séculos.

Ele ficou parado no meio da estrada, seu coração clamando contra seu peito em um tumulto. Uma jovem vestida com um longo vestido rosa colocou a mão em seu braço para detê-lo e olhou em seu rosto. Ela disse alegremente:

"Boa noite, Willie querido!"

Seu quarto era quente e iluminado. Uma enorme boneca estava sentada com as pernas abertas na copiosa poltrona ao lado da cama. Ele tentou fazer sua língua falar para que parecesse à vontade, observando-a enquanto ela desabotoava o vestido, notando os orgulhosos movimentos conscientes de sua cabeça perfumada.

Enquanto ele permanecia em silêncio no meio da sala, ela se aproximou dele e o abraçou alegre e gravemente. Os braços redondos dela o seguraram com firmeza e ele, ao ver o rosto dela erguido para ele em uma calma séria e ao sentir a calma quente subir e descer de seu seio, quase explodiu em um choro histérico. Lágrimas de alegria e alívio brilharam em seus olhos encantados e seus lábios se separaram, embora não falassem.

Ela passou a mão tilintante pelos cabelos dele, chamando-o de pequeno malandro.

"Me dá um beijo," ela disse.

Seus lábios não se curvaram para beijá-la. Ele queria ser segurado firmemente em seus braços, ser acariciado lentamente, lentamente, lentamente. Nos braços dela, ele sentiu que de repente se tornara forte, destemido e seguro de si. Mas seus lábios não se curvaram para beijá-la.

Com um movimento repentino, ela abaixou a cabeça dele e juntou seus lábios aos dele e ele leu o significado de seus movimentos em seus olhos francamente erguidos. Era demais para ele. Ele fechou os olhos, entregando-se a ela, corpo e mente, consciente de nada no mundo, exceto a pressão escura de seus lábios entreabertos. Pressionavam seu cérebro como se fossem lábios, como se fossem o veículo de um discurso vago; e entre eles sentiu uma pressão desconhecida e tímida, mais escura do que o desmaio do pecado, mais suave do que o som ou o odor.

CAPÍTULO III

O rápido crepúsculo de dezembro caíra como em um penhasco depois do dia sombrio e, enquanto ele olhava pelo quadrado opaco da janela da sala de aula, ele sentiu sua barriga ansiar por comida. Ele esperava que houvesse ensopado para o jantar, nabos, cenouras, batatas e pedaços gordos de carneiro para serem servidos em um molho

espesso e temperado com farinha de trigo. Coma tudo o que puder, sua barriga o
aconselhou.

Seria uma noite secreta sombria. Depois do cair da noite, as lâmpadas amarelas
acenderiam, aqui e ali, o bairro miserável dos bordéis. Ele seguiria um curso tortuoso
para cima e para baixo nas ruas, circulando cada vez mais perto e mais perto em um
tremor de medo e alegria, até que seus pés o levassem repentinamente a uma esquina
escura. As prostitutas estariam saindo de suas casas se preparando para a noite,
bocejando preguiçosamente após o sono e prendendo os grampos de cabelo em seus
cachos. Ele passaria por elas calmamente esperando por um movimento repentino de
sua própria vontade ou uma chamada repentina de sua carne macia e perfumada para
sua alma amante do pecado. No entanto, enquanto ele vagava em busca desse
chamado, seus sentidos, entorpecidos apenas pelo desejo, notariam agudamente tudo
o que os ferisse ou envergonhasse; seus olhos, ou uma fotografia de dois soldados em
posição de sentido ou um cartaz chamativo; seus ouvidos, o jargão arrastado de
saudação:

"Olá, Bertie, você está pensando em algo bom?"

"É você, pombinho?"

"Número dez. Nelly está esperando por você."

"Boa noite, querido! Vai ter pouco tempo?"

A equação na página de seu rabiscador começou a espalhar uma cauda crescente, com
olhos e estrelas como os de um pavão; e, quando os olhos e estrelas de seus índices
foram eliminados, começou lentamente a se dobrar novamente. Os índices
aparecendo e desaparecendo eram olhos abrindo e fechando; os olhos abrindo e
fechando eram estrelas nascendo e sendo apagadas. O vasto ciclo de vida estrelada
levou sua mente cansada para fora e para dentro até o centro, uma música distante
acompanhando-o para fora e para dentro. Que música? A música se aproximou e ele
recordou as palavras, as palavras do fragmento de Shelley sobre a lua vagando sem
companhia, pálida de cansaço. As estrelas começaram a desmoronar e uma nuvem de
poeira fina de estrelas caiu pelo espaço.

A luz fraca caiu mais fraca sobre a página, na qual outra equação começou a se
desdobrar lentamente e a espalhar sua cauda cada vez mais larga. Era sua própria alma

saindo para a experiência, revelando-se pecado por pecado, espalhando o fogo maligno de suas estrelas ardentes e dobrando-se sobre si mesma, desvanecendo-se lentamente, apagando suas próprias luzes e fogos. Eles foram apagados: e a escuridão fria encheu o caos.

Uma fria indiferença lúcida reinava em sua alma. Em seu primeiro pecado violento, ele sentiu uma onda de vitalidade sair dele e temeu encontrar seu corpo ou sua alma mutilados pelo excesso. Em vez disso, a onda vital o carregou em seu seio para fora de si mesmo e de volta quando recuou: e nenhuma parte do corpo ou da alma foi mutilada, mas uma paz sombria foi estabelecida entre eles. O caos em que seu ardor se extinguiu era um conhecimento frio e indiferente de si mesmo. Ele havia pecado mortalmente não uma, mas muitas vezes e sabia que, enquanto corria o perigo da condenação eterna apenas pelo primeiro pecado, por cada pecado subsequente ele multiplicava sua culpa e seu castigo. Seus dias, obras e pensamentos não podiam fazer expiação por ele, tendo as fontes da graça santificadora cessado de refrescar sua alma. No máximo, por meio de uma esmola dada a um mendigo de cuja bênção ele fugiu, ele poderia ter a esperança, fatigado, de ganhar para si alguma medida de graça real. A devoção havia desaparecido. De que valia orar quando ele sabia que sua alma cobiçava sua própria destruição? Um certo orgulho, um certo temor o impedia de oferecer a Deus até mesmo uma oração à noite, embora soubesse que estava no poder de Deus tirar sua vida enquanto ele dormia e lançar sua alma para o inferno antes que pudesse implorar por misericórdia. Seu orgulho de seu próprio pecado, seu temor sem amor a Deus, disse-lhe que sua ofensa era muito grave para ser expiada no todo ou em parte por uma falsa homenagem ao que tudo vê e que tudo sabe.

"Bem agora, Ennis, eu declaro que você tem uma cabeça e o meu bastão também! Você quer dizer que não é capaz de me dizer o que é uma surdina?"

A resposta desastrada agitou as brasas de seu desprezo por seus companheiros. Em relação aos outros, ele não sentia vergonha nem medo. Nas manhãs de domingo, ao passar pela porta da igreja, ele olhava friamente para os fiéis que estavam de cabeça descoberta fora da igreja, moralmente presentes na missa que não podiam ver nem ouvir. A piedade enfadonha e o cheiro doentio do óleo barato para o cabelo com que ungiram as cabeças o repeliram do altar em que oravam. Ele se rebaixou ao mal da hipocrisia com os outros, cético quanto à inocência deles, que ele poderia bajular com tanta facilidade.

Na parede de seu quarto estavam pendurados um pergaminho iluminado e o certificado de sua formação no colégio. Nas manhãs de sábado, quando a congregação se reunia na capela para recitar o pequeno ofício, seu lugar era uma escrivaninha almofadada à direita do altar de onde conduzia sua ala de meninos através das respostas. A falsidade de sua posição não o machucou. Se em alguns momentos sentia o impulso de se levantar de seu posto de honra e, confessando diante deles toda sua indignidade, de deixar a capela, um olhar para seus rostos o continha. A imagem dos salmos da profecia acalmava seu orgulho estéril. As glórias de Maria mantiveram sua alma cativa: nardo, mirra e oliveiras, simbolizando sua linhagem real, seus emblemas, a planta de floração tardia e a árvore de floração tardia, simbolizando o crescimento gradual e duradouro de seu culto entre os homens. Quando coube a ele ler a lição perto do encerramento, ele a leu com uma voz velada, embalando sua consciência com a música.

"Quasi cedrus exaltata sum no Líbano et quasi cupressus no monte Sion. Soma quasi palma exaltata em Gades et quasi plantatio rosae em Jericó. Quasi uliva speciosa in campis et quasi plantanus exaltata sum juxta aquam in plateis. Sicut cinnamomum et balsamum aromatizans odorem dedi et quasi myrrha electa dedi suavitatem odoris." [Uma árvore de cedro no Líbano e como um cipreste no monte Sião. Como uma palmeira em Cádis ou uma roseira em Jericó. Oliveira como uma árvore no campo e como uma árvore perto da água. Como canela e fragrância aromática e um odor adocicado como os melhores.]

Seu pecado, que o encobriu dos olhos de Deus, o levou para mais perto do refúgio dos pecadores. Seus olhos pareciam olhá-lo com leve pena; sua santidade, uma luz estranha brilhando fracamente sobre sua carne frágil, não humilhou o pecador que se aproximou dela. Se alguma vez ele foi impelido a expulsar o pecado e se arrepender, o impulso que o moveu foi o desejo de ser seu cavaleiro. Se alguma vez a alma dele, reentrando em sua morada timidamente após o frenesi da luxúria de seu corpo ter se esgotado, foi voltada para ela, cujo emblema é a estrela da manhã, "brilhante e musical, falando do céu e infundindo paz", foi quando seus nomes foram murmurados suavemente por lábios onde ainda persistiam palavras sujas e vergonhosas, o sabor próprio de um beijo lascivo.

Isso foi estranho. Ele tentou pensar como poderia ser, mas o crepúsculo, aprofundando-se na sala de aula, cobriu seus pensamentos. O sino tocou. O mestre marcou as somas e cortes a serem feitos para a próxima lição e saiu. Heron, ao lado de Stephen, começou a cantarolar desafinadamente.

Ennis, que havia ido para o quintal, voltou, dizendo:

"O menino da casa está vindo chamar o reitor."

Um menino alto atrás de Stephen esfregou as mãos e disse:

"Isso é boa notícia. Podemos fugir a hora inteira. Ele só chegará depois das duas e meia. Então você pode fazer perguntas sobre o catecismo, Dedalus."

Stephen, recostando-se e desenhando preguiçosamente em seu rabiscador, ouviu a conversa sobre ele que Heron conferia de vez em quando, dizendo:

"Cale a boca! Não faça tanto barulho!"

Era estranho também que ele encontrasse um árido prazer em seguir até o fim as linhas rígidas das doutrinas da Igreja e penetrar em silêncios obscuros apenas para ouvir e sentir mais profundamente sua própria condenação. A sentença de São Tiago, que diz que aquele que transgride um mandamento torna-se culpado de todos, parecia-lhe a princípio uma frase inchada, até que começou a tatear nas trevas de seu próprio estado. Da má semente da luxúria, todos os outros pecados capitais brotaram: orgulho de si mesmo e desprezo pelos outros, cobiça em usar dinheiro para a compra de prazeres ilegais, inveja daqueles cujos vícios ele não podia alcançar e caluniosa murmuração contra os piedosos, o prazer guloso da comida, a raiva enfadonha e carrancuda em meio à qual ele refletia sobre seu desejo, o pântano de preguiça espiritual e corporal em que todo o seu ser havia se afundado.

Enquanto ele se sentava em seu banco olhando calmamente para o rosto astuto e severo do reitor, sua mente se preocupava com as curiosas questões que lhe eram propostas. Se um homem roubou uma libra em sua juventude e usou essa libra para acumular uma enorme fortuna, quanto ele seria obrigado a devolver, a libra que ele roubou apenas ou a libra junto com os juros compostos acumulados sobre ela ou todos os seus enormes fortuna? Se um leigo ao dar o batismo derramar a água antes de dizer as palavras, a criança é batizada? O batismo com água mineral é válido? Por que, enquanto a primeira bem-aventurança promete o reino dos céus aos pobres de coração, a segunda bem-aventurança promete também aos mansos que eles possuirão a terra? Por que o sacramento da eucaristia foi instituído sob as duas espécies de pão e vinho, se Jesus Cristo está presente em corpo e sangue, alma e divindade, somente no pão e somente no vinho? Uma pequena partícula do pão consagrado contém todo o corpo e sangue de Jesus Cristo ou uma parte apenas do corpo e sangue? Se o vinho se transforma em vinagre e a hóstia se corrompe depois de consagrada, Jesus Cristo ainda está presente sob sua espécie como Deus e como homem?

"Aqui está ele! Aqui está ele!"

Um rapaz de seu posto na janela vira o reitor sair de casa. Todos os catecismos foram abertos e todas as cabeças inclinadas sobre eles silenciosamente. O reitor entrou e sentou-se no estrado. Um chute suave do garoto alto no banco atrás incitou Stephen a fazer uma pergunta difícil.

O reitor não pediu um catecismo para ouvir a lição. Ele juntou as mãos sobre a mesa e disse:

"O retiro começará na tarde de quarta-feira em homenagem a São Francisco Xavier, cuja festa é o sábado. O retiro será de quarta a sexta-feira. Na sexta-feira, a confissão será ouvida durante toda a tarde após o rosário. Se algum menino tiver confessores especiais, talvez seja melhor para eles não mudarem. A missa será no sábado de manhã às nove horas e a comunhão geral para todo o colégio. Sábado será um dia livre. Mas sábado e domingo, sendo dias livres, alguns meninos podem estar inclinados a pensar que segunda-feira também é um dia livre. Cuidado para não cometer esse erro. Acho que você, Lawless, provavelmente cometerá esse erro.

"Eu senhor? Por que, senhor?"

Uma pequena onda de alegria silenciosa irrompeu sobre a classe de meninos com o sorriso severo do reitor. O coração de Stephen começou lentamente a se dobrar e murchar de medo, como uma flor murcha.

O reitor continuou gravemente:

"Todos vocês conhecem a história da vida de São Francisco Xavier, suponho, patrono de seu colégio. Ele veio de uma antiga e ilustre família espanhola e vocês se lembram que ele foi um dos primeiros seguidores de Santo Inácio. Eles se conheceram em Paris, onde Francis Xavier era professor de filosofia na universidade. Este jovem e brilhante nobre e homem de letras entrou de corpo e alma nas ideias de nosso glorioso fundador e vocês sabem que ele, por sua própria vontade, foi enviado por Santo Inácio para pregar aos índios. Ele é chamado, como vocês sabem, o apóstolo das Índias. Ele foi de um país a outro no leste, da África à Índia, da Índia ao Japão, batizando o povo. Diz-se que ele batizou até dez mil idólatras em um mês. Diz-se que seu braço direito havia ficado impotente por ter sido levantado tantas vezes sobre as cabeças daqueles que ele batizou. Ele desejou então ir para a China para ganhar ainda mais almas para

Deus, mas morreu de febre na ilha de Sancian. Um grande santo, São Francisco Xavier!
Um grande soldado de Deus!"

O reitor fez uma pausa e, em seguida, apertando as mãos postas diante de si,
continuou:

"Ele tinha fé naquele que move montanhas. Dez mil almas ganhas para Deus em um
único mês! Este é um verdadeiro conquistador, fiel ao lema da nossa ordem: *'ad
majorem Dei gloriam!'* Um santo que tem grande poder no céu, lembrem-se: poder de
interceder por nós em nossa dor; poder para obter tudo pelo que oramos, se for para
o bem de nossa alma; poder acima de tudo para obter para nós a graça do
arrependimento se estivermos em pecado. Um grande santo, São Francisco Xavier!
Grande pescador de almas!"

Ele parou de apertar as mãos postas e, apoiando-as contra a testa, olhou para a direita
e para a esquerda deles intensamente para os ouvintes com seus olhos sombrios e
severos.

No silêncio, seu fogo escuro acendeu o crepúsculo com um brilho fulvo. O coração de
Stephen murchara como uma flor do deserto que sente o Simão vindo de longe.

***

"Lembre-se apenas das tuas últimas coisas e não pecarás para sempre - palavras
tomadas, meus queridos irmãozinhos em Cristo, do livro de Eclesiastes, capítulo
sétimo, versículo quarenta. Em nome do Pai e do Filho e do Espírito Santo. Amém."

Stephen estava sentado no banco da frente da capela. O Padre Arnall estava sentado a
uma mesa à esquerda do altar. Ele usava sobre os ombros uma capa pesada; seu rosto
pálido estava contraído e sua voz quebrada por reumatismo. A figura de seu antigo
mestre, tão estranhamente rearranjada, trouxe de volta à mente de Stephen sua vida
em Clongowes: os amplos pátios, fervilhando de meninos; a vala quadrada; o pequeno
cemitério da avenida principal de limões onde ele sonhava ser enterrado; a luz do fogo
na parede da enfermaria onde ele estava doente; o rosto triste do irmão Michael. Sua
alma, quando essas memórias voltaram para ele, tornou-se novamente uma alma de
criança.

"Estamos reunidos aqui hoje, meus queridos irmãozinhos em Cristo, por um breve momento longe da agitação do mundo exterior para celebrar e homenagear um dos maiores dos santos, o apóstolo das Índias, o santo padroeiro também de seu colégio, São Francisco Xavier. Ano após ano, por muito mais tempo do que qualquer um de vocês, meus queridos meninos podem lembrar ou do que eu consigo lembrar, os meninos deste colégio se reuniram nesta mesma capela para fazer seu retiro anual antes do dia da festa de seu santo padroeiro. O tempo passou e trouxe consigo suas mudanças. Mesmo nos últimos anos, quais mudanças a maioria de vocês não consegue se lembrar? Muitos dos meninos que se sentaram naqueles bancos da frente alguns anos atrás talvez estejam agora em terras distantes, nos trópicos em chamas, ou imersos em deveres profissionais ou em seminários, ou viajando pela vasta extensão das profundezas ou, já chamados pelo grande Deus para outra vida e para a rendição de sua mordomia. E ainda com o passar dos anos, trazendo consigo mudanças para o bem e para o mal, a memória do grande santo é homenageada pelos meninos deste colégio que fazem todos os anos o seu retiro anual nos dias anteriores à festa designada por nosso Santo Madre a Igreja para transmitir a todos os tempos o nome e a fama de um dos maiores filhos da Espanha católica."

"Agora, qual é o significado desta palavra retiro e por que se permite que seja uma prática salutar para todos aqueles que desejam levar a Deus e aos olhos dos homens uma vida verdadeiramente cristã? Um retiro, meus queridos meninos, significa um afastamento por algum tempo dos cuidados de nossa vida, dos cuidados deste mundo cotidiano, a fim de examinar o estado de nossa consciência, refletir sobre os mistérios da sagrada religião e entender melhor porque nós estamos aqui neste mundo. Durante estes dias, pretendo apresentar-lhes alguns pontos a respeito das quatro últimas coisas. Eles são, como vocês sabem pelo seu catecismo, morte, julgamento, inferno e céu. Devemos tentar entendê-los completamente durante estes poucos dias, para que possamos derivar de seu entendimento um benefício duradouro para nossas almas. E lembrem-se, meus queridos meninos, de que fomos enviados a este mundo para uma coisa e apenas para uma coisa: fazer a santa vontade de Deus e salvar nossas almas imortais. Tudo o mais é inútil. Só uma coisa é necessária: a salvação da alma. Que aproveita ao homem ao ganhar o mundo inteiro se sofrer a perda de sua alma imortal? Ah, meus queridos meninos, acreditem em mim, não há nada neste mundo miserável que possa compensar tal perda."

"Peço-vos, portanto, meus queridos meninos, que afastem de vossos pensamentos durante estes poucos dias, todos os pensamentos mundanos, sejam de estudo, de prazer ou de ambição, e dediquem toda a atenção ao estado de vossas almas. Nem preciso lembrá-los de que, durante os dias de retiro, espera-se que todos os meninos mantenham um comportamento quieto e piedoso e evitem todo prazer barulhento e impróprio. Os meninos mais velhos, é claro, cuidarão para que esse costume não seja infringido e eu procuro especialmente os oficiais da solidariedade de Nossa Senhora e da solidariedade dos santos anjos para dar um bom exemplo aos seus colegas estudantes."

"Deixe-nos, portanto, tentar fazer este retiro em honra de São Francisco com todo nosso coração e toda nossa mente. A bênção de Deus estará então sobre todos os seus estudos do ano. Mas, acima e além de tudo, que este retiro seja um retiro para o qual vocês possam olhar depois de anos, quando talvez estejam longe deste colégio e entre ambientes muito diferentes, para o qual vocês possam olhar para trás com alegria e gratidão e dar graças a Deus por ter lhes concedido esta ocasião de lançar o primeiro fundamento de uma vida cristã piedosa e honrada. E se, como pode acontecer, houver neste momento, nestas bancadas, qualquer pobre alma que tenha tido a infelicidade indizível de perder a santa Graça de Deus e de cair em grave pecado, confio fervorosamente e rezo para que este retiro seja o ponto de viragem na vida daquela alma. Rezo a Deus através dos méritos de seu zeloso servo Francis Xavier, para que tal alma possa ser levada ao arrependimento sincero e que a santa comunhão no dia de São Francisco deste ano possa ser uma aliança duradoura entre Deus e aquela alma. Por justo e injusto, por santo e pecador, que este retiro seja memorável."

"Ajudem-me, meus queridos irmãozinhos em Cristo. Ajudem-me por vossa piedosa atenção, por vossa própria devoção, por vosso comportamento exterior. Expulsem de suas mentes todos os pensamentos mundanos e pensem apenas nas últimas coisas, morte, julgamento, inferno e céu. Aquele que se lembra dessas coisas, diz Eclesiastes, não pecará para sempre. Aquele que se lembra das últimas coisas, agirá e pensará sempre com elas diante de seus olhos. Ele viverá uma boa vida e morrerá uma boa morte, acreditando e sabendo que, se ele sacrificou muito nesta vida terrena, isso lhe será dado cem vezes e mil vezes mais na vida futura, no reino sem fim uma bênção, meus queridos meninos, que eu vos desejo de coração, um e todos, em nome do Pai e do Filho e do Espírito Santo. Amém!"

Enquanto caminhava para casa com companheiros silenciosos, um denso nevoeiro parecia cercar a mente de Stephen. Ele esperou em estupor de mente até que ela se levantasse e revelasse o que tinha escondido. Ele comeu seu jantar com grande apetite e, quando a refeição acabou e os pratos com gordura estavam abandonados na mesa, ele se levantou e foi até a janela, limpando a escória grossa de sua boca com a língua e lambendo-a de seus lábios. Então ele tinha afundado no estado de uma besta que lambe seus dedos após a carne. Este foi o fim; e um leve lampejo de medo começou a furar o nevoeiro de sua mente. Ele pressionou seu rosto contra a vidraça da janela e olhou para fora, na rua escura. As formas passavam por este caminho e por aquela luz monótona. E isso era a vida. As letras do nome de Dublin estavam pesadas em sua mente, empurrando-se umas para as outras de forma surrealista, com uma lenta insistência. Sua alma estava engordando e congelando em uma graxa grosseira, mergulhando cada vez mais profundamente em seu temor enfadonho em um sombrio crepúsculo ameaçador enquanto o corpo que era seu estava de pé, apático e desonrado, olhando de olhos escuros, desamparado, perturbado e humano para um deus bovino ficar olhando.

O dia seguinte trouxe a morte e o julgamento, sacudindo lentamente sua alma de seu desespero apático. O leve vislumbre do medo tornou-se um terror de espírito enquanto a voz rouca do pregador soprava a morte em sua alma. Ele sofreu sua agonia. Ele sentiu o arrepio da morte tocar as extremidades e se arrastar em direção ao coração, o filme da morte vestindo os olhos, os centros brilhantes do cérebro se extinguiram um a um como lâmpadas, o último suor que escorria sobre a pele, a impotência dos membros moribundos, a fala engrossando e vagando e falhando, o coração palpitando fraco e mais fraco, tudo menos vencido, a respiração, a pobre respiração, o pobre espírito humano desamparado, soluçando e suspirando, garganta a murmurar e a chocalhar. Nenhuma ajuda! Nenhuma ajuda! Ele - ele mesmo - o seu corpo ao qual havia cedido estava morrendo. Para dentro da sepultura com ele. Prego a fundo em uma caixa de madeira, o cadáver. Levem-no para fora de casa, sobre os ombros de mercenários. Empurre-o para fora da vista dos homens para um longo buraco no chão, para dentro da cova, para apodrecer, para alimentar a massa de seus vermes rastejantes e para ser devorado por ratos de barriga carnuda.

E enquanto os amigos ainda estavam em lágrimas à beira da cama, a alma do pecador era julgada. No último momento de consciência, toda a vida terrena passou antes da visão da alma e, antes que ela tivesse tempo de refletir, o corpo tinha morrido e a alma estava aterrorizada diante do assento de julgamento. Deus, que havia sido misericordioso por muito tempo, seria então justo. Ele havia sido paciente, suplicando à alma pecadora, dando-lhe tempo para se arrepender, poupando-a ainda por algum tempo. Mas esse tempo havia passado. O tempo era para pecar e para desfrutar, o tempo era para zombar de Deus e das advertências de Sua Santa Igreja, o tempo era para desafiar Sua Majestade, para desobedecer às Suas ordens, para enganar o próximo, para cometer pecado após o pecado e para esconder a corrupção da vista dos homens. Mas esse tempo tinha acabado.

Agora era a vez de Deus: e Ele não devia ser enganado. Cada pecado viria então de seu esconderijo, o mais rebelde contra a vontade divina e o mais degradante para nossa pobre natureza corrupta, a menor imperfeição e a mais hedionda atrocidade. De que serviu então ter sido um grande imperador, um grande general, um inventor maravilhoso, o mais sábio dos sábios? Todos eram como um perante a sede de julgamento de Deus. Ele recompensaria os bons e puniria os ímpios. Um único instante era suficiente para o julgamento da alma de um homem. Um único instante após a morte do corpo, a alma tinha sido pesada na balança. O julgamento particular havia terminado e a alma havia passado para a morada da felicidade ou para a prisão do purgatório ou havia sido atirada ao inferno.

Nem isso era tudo. A justiça de Deus ainda tinha que ser justificada diante dos homens: depois do particular ainda restava o juízo geral. O último dia havia chegado. O dia do juízo final estava próximo. As estrelas estavam caindo sobre a terra como os figos lançados pela figueira que o vento sacudiu. O sol, a grande luminária do universo, havia se tornado um saco de cabelo. A lua era vermelha de sangue. O firmamento era como um pergaminho rolado para longe. O Arcanjo Miguel, o príncipe da hóstia celestial, parecia glorioso e terrível contra o céu. Com um pé sobre o mar e um pé sobre a terra, ele soprou da trombeta a morte descarada do tempo. As três explosões do anjo encheram todo o universo.

O tempo é, o tempo foi, mas o tempo não será mais. Na última explosão, as almas da humanidade universal se aglomeram em direção ao vale de Jeosafá, ricas e pobres, gentis e simples, sábias e insensatas, boas e más. A alma de todo ser humano que já existiu, as almas de todos aqueles que ainda vão nascer, todos os filhos e filhas de Adão, todos estarão reunidos naquele dia supremo. E eis que o juiz supremo está chegando! Não mais o humilde Cordeiro de Deus, não mais o manso Jesus de Nazaré, não mais o Homem das Dores, não mais o Bom Pastor, Ele é visto agora vindo sobre as nuvens, em grande poder e majestade, assistido por nove coros de anjos, anjos e arcanjos, principados, poderes e virtudes, tronos e dominações, querubins e serafins, Deus Onipotente, Deus Eterno. Ele fala: e Sua voz é ouvida mesmo nos limites mais distantes do espaço, mesmo no abismo sem fundo. Juiz Supremo, de Sua sentença não haverá e não poderá haver apelação.

Ele chama os justos para o Seu lado, ordenando-lhes que entrem no Reino, a eternidade da bem-aventurança, preparada para eles. O injusto que Ele lança dele, chorando em Sua majestade ofendida: Afastai-vos de mim, amaldiçoados, em fogo eterno que foi preparado para o diabo e seus anjos. Ó, que agonia, então, para os miseráveis pecadores! Os amigos são separados dos amigos, os filhos são separados dos pais, os maridos de suas esposas. O pobre pecador estende seus braços para aqueles que lhe eram queridos neste mundo terreno, para aqueles cuja simples piedade talvez ele tenha zombado, para aqueles que o aconselharam e tentaram levá-lo pelo caminho certo, para um irmão bondoso, para uma irmã amorosa, para a mãe e o pai que o amavam tão carinhosamente. Mas é tarde demais: os justos se afastam das almas infelizes que agora aparecem diante dos olhos de todos em seu caráter hediondo e maligno. Ó hipócritas, ó sepulcros esbranquiçados, ó vós que apresentais ao mundo um rosto sorridente, enquanto vossa alma interior é um pântano imundo de pecado, como será convosco nesse dia terrível?

E este dia virá, deve vir; o dia da morte e o dia do julgamento. É designado ao homem morrer, e após a morte o juízo. A morte é certa. O tempo e a maneira são incertos, seja por doença prolongada ou por algum acidente inesperado; o Filho de Deus chega a uma hora em que pouco se espera Dele. Portanto, esteja pronto a cada momento, vendo que você pode morrer a qualquer momento. A morte é o fim de todos nós. Morte e julgamento, trazidos ao mundo pelo pecado de nossos primeiros pais, são os portais escuros que fecham nossa existência terrena, os portais que se abrem para o desconhecido e o invisível, portais pelos quais toda alma deve passar, sozinha, sem ajuda, salvo por suas boas obras, sem amigo ou irmão ou pai ou mestre para ajudá-la, sozinha e tremendo. Que esse pensamento esteja sempre diante de nossas mentes e então não podemos pecar.

A morte, causa de terror para o pecador, é um momento abençoado para aquele que caminhou no caminho certo, cumprindo os deveres de seu posto na vida, atendendo às orações da manhã e da noite, aproximando-se frequentemente do santo sacramento e realizando boas e misericordiosas obras. Para o católico piedoso e crente, para o homem justo, a morte não é causa de terror. Não foi Addison, o grande escritor inglês, que, quando em seu leito de morte, mandou chamar o malvado jovem conde de Warwick para deixa-lo ver como um cristão pode cumprir seu fim. É ele e só ele, o cristão piedoso e crente, que pode dizer em seu coração:

"Ó sepultura, onde está a tua vitória?

Ó morte, onde está o teu aguilhão?"

Cada palavra foi para ele. Contra seu pecado, sujo e secreto, toda a ira de Deus foi dirigida. A faca do pregador havia penetrado profundamente em sua consciência revelada e ele sentia agora que sua alma apodrecia em pecado. Sim, o pregador estava certo. A vez de Deus havia chegado. Como uma besta em seu covil, sua alma havia se deitado em sua própria sujeira, mas as explosões da trombeta do anjo o haviam expulsado da escuridão do pecado para a luz. As palavras de desgraça gritadas pelo anjo estilhaçaram em um instante sua paz presunçosa. O vento do último dia soprou em sua mente; seus pecados, as prostitutas com olhos de joias de sua imaginação, fugiram diante do furacão, guinchando como ratos em seu terror e se amontoaram sob uma crina de cabelo.

Ao cruzar a praça, caminhando para casa, o riso leve de uma garota atingiu sua orelha ardente. O som frágil e alegre bateu seu coração com mais força do que uma trombeta e, não ousando levantar os olhos, ele se desviou e olhou, enquanto caminhava, para a sombra dos arbustos emaranhados. A vergonha surgiu de seu coração ferido e inundou todo o seu ser. A imagem de Emma apareceu diante dele e sob seus olhos o dilúvio da vergonha brotou novamente de seu coração. Se ela soubesse ao que sua mente a havia submetido ou como sua luxúria bruta havia rasgado e pisoteado sua inocência!

Seria isso amor de menino? Isso era cavalheirismo? Isso era poesia? Os detalhes sórdidos de suas orgias cheiravam mal debaixo de suas próprias narinas. O pacote de quadros revestidos de fuligem que ele havia escondido na chaminé da lareira e na presença de cuja falta de vergonha ou de tímida vergonha ele ficou horas pecando em pensamento e ação; seus sonhos monstruosos, povoados por criaturas abjetas e por prostitutas com olhos de joias cintilantes; as longas cartas sujas que ele havia escrito na alegria da confissão de culpa e carregadas secretamente por dias e dias apenas para jogá-las sob a cobertura da noite entre a grama no canto de um campo ou sob alguma porta sem dobradiças em algum nicho nas sebes onde uma garota poderia vir sobre elas enquanto passava e as lia secretamente. Loucura! Loucura! Era possível que ele tivesse feito essas coisas? Um suor frio irrompeu em sua testa enquanto as lembranças sujas se condensavam dentro de seu cérebro.

Quando a agonia da vergonha havia passado dele, ele tentou elevar sua alma de sua impotência abjeta. Deus e a Santíssima Virgem estavam muito distantes dele: Deus era grande demais e austero e a Santíssima Virgem demasiada pura e santa. Mas ele imaginava que estava perto de Emma em uma terra ampla e, humildemente e em lágrimas, dobrava e beijava o cotovelo de sua manga.

Na ampla terra sob um lúcido céu noturno, uma nuvem à deriva para o oeste em meio a um pálido mar verde do céu, eles permaneceram juntos, crianças que tinham errado. Seu erro havia ofendido profundamente a majestade de Deus embora fosse o erro de duas crianças; mas não a havia ofendido cuja beleza "não é como a beleza terrena, perigosa de se ver, mas como a estrela da manhã que é seu emblema, brilhante e musical." Os olhos não foram ofendidos, o que ela lhe fez nem reprovou. Ela colocou suas mãos juntas, de mãos dadas, e disse, falando-lhes ao coração:

"Deem as mãos, Stephen e Emma. Está uma bela noite agora no céu. Vocês erraram, mas são sempre meus filhos. É um coração que ama outro coração. Deem as mãos juntos, meus queridos filhos, e serão felizes juntos e seus corações se amarão."

A capela foi inundada pela luz escarlate que filtrara através das persianas abaixadas; e através da fissura entre a última persiana e a faixa, um eixo de luz branca entrou como uma lança e tocou os latões em relevo dos candelabros sobre o altar que brilhavam como a armadura de correio gasta em batalha dos anjos.

A chuva caía sobre a capela, sobre o jardim, sobre o colégio. Chuva para sempre, sem barulho. A água subiria, polegada a polegada, cobrindo a grama e os arbustos, cobrindo as árvores e casas, cobrindo os monumentos e os cumes das montanhas. Toda a vida seria sufocada, sem ruído: pássaros, homens, elefantes, porcos, crianças:

cadáveres sem ruído flutuando no meio da ninhada dos destroços do mundo. Quarenta dias e quarenta noites, a chuva cairia até que as águas cobrissem a face da terra.

Poderia ser. Por que não?

"'O inferno ampliou sua alma e abriu sua boca sem limites,' palavras tiradas, meus queridos irmãozinhos em Cristo Jesus, do livro de Isaías, quinto capítulo, décimo quarto versículo. Em nome do Pai, do Filho e do Espírito Santo. Amém."

O pregador tirou um relógio sem corrente de um bolso dentro de sua batina e, tendo considerado seu mostrador por um momento em silêncio, colocou-o silenciosamente diante dele sobre a mesa.

Ele começou a falar em um tom de silêncio.

"Adão e Eva, meus queridos meninos, foram, como sabem, nossos primeiros pais, e vocês se lembrarão que eles foram criados por Deus para que os assentos no céu deixados vagos pela queda de Lúcifer e seus anjos rebeldes pudessem ser preenchidos novamente. Lúcifer, nos dizem, era um filho da manhã, um anjo radiante e poderoso; no entanto, ele caiu: caiu e caiu com ele uma terceira parte do exército do céu: ele caiu e foi lançado com seus anjos rebeldes no inferno. O que era seu pecado, não podemos dizer. Os teólogos consideram que foi o pecado do orgulho, o pensamento pecaminoso concebido em um instante: *'non servam'* [eu não servirei]. Aquele instante foi a sua ruína. Ele ofendeu a majestade de Deus pelo pensamento pecaminoso de um instante e Deus o lançou do céu para fora do inferno para sempre."

"Adão e Eva foram então criados por Deus e colocados no Éden, na planície de Damasco, aquele lindo jardim resplandecente de luz solar e cor, repleto de vegetação luxuriante. A terra frutífera lhes deu sua generosidade: animais e aves eram seus servos dispostos: eles não sabiam que os males a que nossa carne é herdeira, a doença e a pobreza e a morte: tudo o que um grande e generoso Deus podia fazer por eles era feito. Mas havia uma condição imposta a eles por Deus: obediência a Sua palavra. Eles não deviam comer do fruto da árvore proibida."

"Então, meus queridos meninos, eles também caíram. O diabo, outrora um anjo brilhante, um filho da manhã, agora um demônio imundo veio em forma de serpente, a mais sutil de todas as feras do campo. Ele os invejava. Ele, o grande caído, não suportava pensar que o homem, um ser de barro, deveria possuir a herança que, por seu pecado, havia perdido para sempre. Ele veio até a mulher, o vaso mais fraco, e derramou no ouvido dela o veneno de sua eloquência, prometendo-lhe que se ela e Adão comessem do fruto proibido se tornariam como deuses, não como o próprio Deus. Eva cedeu às artimanhas do arqui-inimigo tentador. Ela comeu a maçã e a deu também a Adão que não teve a coragem moral de resistir a ela. A língua venenosa de Satanás havia feito seu trabalho. Eles caíram."

"E então a voz de Deus foi ouvida naquele jardim, chamando Sua criatura homem a prestar contas: e Miguel, príncipe da hóstia celestial, com uma espada de fogo na mão, apareceu diante do par culpado e os expulsou do Éden para o mundo, o mundo da doença e do esforço, da crueldade e da decepção, do trabalho e das dificuldades, para ganhar seu pão com o suor de sua fronte. Mesmo assim, quão misericordioso foi Deus! Ele teve piedade de nossos pobres pais degradados e prometeu que na plenitude dos tempos Ele enviaria do céu Aquele que os redimiria, faria deles mais uma vez filhos de Deus e herdeiros do reino dos céus: e Aquele, aquele Redentor do homem caído, seria o Filho único de Deus, a Segunda Pessoa da Santíssima Trindade, o Verbo Eterno."

"Ele veio. Ele nasceu de uma virgem pura, Maria, a mãe virgem. Ele nasceu em uma pobre casa de vacas na Judéia e viveu como um humilde carpinteiro durante trinta anos, até chegar a hora de sua missão. E então, cheio de amor pelos homens, Ele partiu e chamou os homens para ouvir o novo evangelho."

"Eles escutaram? Sim, eles escutaram, mas não quiseram ouvir. Ele foi preso e amarrado como um criminoso comum, ridicularizado como um tolo, posto de lado para dar lugar a um assaltante público, açoitado com cinco mil chicotadas, coroado com uma coroa de espinhos, atirado pelas ruas pela multidão judaica e pelo soldado romano, despojado de suas vestes e pendurado em uma cruz e Seu lado foi trespassado com uma lança e do corpo ferido de Nosso Senhor água e sangue emitidos continuamente."

"Naquela hora de suprema agonia, nosso Misericordioso Redentor teve piedade da humanidade. Mas mesmo ali, na colina do Calvário, Ele fundou a santa igreja católica contra a qual, está prometido, as portas do inferno não prevalecerão. Ele a fundou sobre a rocha dos tempos, e a dotou com Sua graça, com sacramentos e sacrifícios, e prometeu que se os homens obedecessem à palavra de Sua igreja ainda entrariam na vida eterna; mas se, depois de tudo o que havia sido feito por eles, ainda persistissem em sua maldade, restava para eles uma eternidade de tormento: o inferno."

A voz do pregador afundou. Ele fez uma pausa, juntou suas palmas por um instante, separou-os. Depois ele retomou:

"Tentemos agora, por um momento, perceber, na medida do possível, a natureza daquela morada dos malditos que a justiça de um Deus ofendido chamou à existência para o castigo eterno dos pecadores. O inferno é uma prisão apertada, escura e malcheirosa, uma morada de demônios e almas perdidas, cheia de fogo e fumaça. O estreiteza desta prisão é expressamente projetado por Deus para punir aqueles que se recusaram a ser obrigados por Suas leis. Nas prisões terrenas, o pobre cativo tem pelo menos alguma liberdade de movimento, se apenas dentro das quatro paredes de sua cela ou no pátio sombrio de sua prisão. Não é assim no inferno. Lá, em razão do grande número de condenados, os prisioneiros são amontoados em sua horrível prisão, cujos muros têm, segundo se diz, quatro mil milhas de espessura: e os condenados estão tão completamente presos e indefesos que, como um santo abençoado, santo Anselmo, escreve em seu livro sobre similitudes, eles não são capazes nem mesmo de remover do olho um verme que o rói."

"Estão na escuridão exterior. Pois, lembrem-se, o fogo do inferno não dá luz. Como, por ordem de Deus, o fogo da fornalha babilônica perdeu seu calor mas não sua luz, assim, por ordem de Deus, o fogo do inferno, embora mantendo a intensidade de seu calor, arde eternamente na escuridão. É uma tempestade interminável de escuridão, chamas escuras e fumaça escura de enxofre ardente, em meio à qual os corpos são amontoados uns sobre os outros sem sequer um vislumbre de ar. De todas as pragas com as quais a terra dos faraós foi atingida, uma só praga, a das trevas, foi chamada de horrível. Que nome, então, devemos dar à escuridão do inferno que deve durar não por três dias sozinha, mas por toda a eternidade?"

"O horror desta prisão apertada e escura é aumentado pelo seu terrível fedor. Toda a sujeira do mundo, todas as miudezas e escumalha do mundo, nos dizem, correrão para lá como um vasto esgoto fedorento quando a terrível conflagração do último dia tiver purgado o mundo. O enxofre, também, que arde ali em tal quantidade prodigiosa, preenche todo o inferno com seu fedor intolerável; e os próprios corpos dos condenados exalam um odor tão pestilento que, como diz São Boaventura, só um deles seria suficiente para infectar o mundo inteiro. O próprio ar deste mundo, aquele elemento puro, torna-se sujo e irrespirável quando há muito está fechado. Considere então qual deve ser a imundice do ar do inferno. Imaginem um cadáver sujo e pútrido que apodreceu e se decompôs no túmulo, uma massa gelatinosa de corrupção líquida. Imaginem um cadáver assim uma presa das chamas, devorada pelo fogo do enxofre ardente e emitindo densos vapores sufocantes de decomposição nauseabundo. E então imaginem este fedor repugnante, multiplicado um milhão e um milhão de vezes novamente a partir dos milhões e milhões de carcaças fétidas amontoadas na escuridão fedorenta, um enorme e apodrecido fungo humano. Imagine tudo isso, e vocês terão alguma ideia do horror do fedor do inferno."

"Mas este fedor não é, por mais horrível que seja, o maior tormento físico ao qual os condenados estão sujeitos. O tormento do fogo é o maior tormento ao qual o tirano já submeteu seus semelhantes. Coloquem seus dedos por um momento na chama de uma vela e vocês sentirão a dor do fogo. Mas nosso fogo terreno foi criado por Deus em benefício do homem, para manter nele a centelha da vida e para ajudá-lo nas artes úteis, enquanto o fogo do inferno é de outra qualidade e foi criado por Deus para torturar e punir o pecador não arrependido. Nosso fogo terreno também consome mais ou menos rapidamente, pois o objeto que ataca é mais ou menos combustível, de modo que o engenho humano conseguiu até mesmo inventar preparações químicas para verificar ou frustrar sua ação. Mas o enxofre sulfuroso que arde no inferno é uma substância especialmente projetada para queimar para sempre e para sempre com uma fúria indescritível. Além disso, nosso fogo terreno destrói ao mesmo tempo em que que queima, de modo que quanto mais intenso for, menor será sua duração; mas o fogo do inferno tem esta propriedade, que preserva aquilo que que queima e, apesar de arder com uma intensidade incrível, arde para sempre."

"Nosso fogo terreno novamente, por mais feroz ou difundido que seja, é sempre de extensão limitada; mas o lago de fogo no inferno é ilimitado, sem fronteiras e sem fundo. Está registrado que o próprio diabo, quando perguntado por um certo soldado, foi obrigado a confessar que se uma montanha inteira fosse jogada no oceano ardente do inferno, seria queimada em um instante como um pedaço de cera. E este fogo terrível não afligirá os corpos dos condenados somente de fora, mas cada alma perdida será um inferno para si mesma, o fogo sem limites que se acende em seus próprios sinais vitais. Ó, como é terrível a sorte desses seres miseráveis! O sangue se infiltra e ferve nas veias, o cérebro ferve no crânio, o coração no peito brilha e estoura, as entranhas uma massa de polpa em chamas, os olhos tenros flamejando como bolas fundidas."

"E, no entanto, o que eu disse sobre a força e qualidade e a ausência de limites deste fogo é como nada quando comparado à sua intensidade, intensidade que tem como sendo o instrumento escolhido pelo projeto divino para a punição tanto da alma quanto do corpo. É um fogo que procede diretamente da ira de Deus, trabalhando não de sua própria atividade, mas como um instrumento de vingança divina. Assim como as águas do batismo purificam a alma com o corpo, também os fogos da punição torturam o espírito com a carne. Cada sentido da carne é torturado e cada faculdade da alma com ela: os olhos com impenetrável escuridão total, o nariz com odores ruidosos, as orelhas com gritos e uivos e execuções, o gosto com matéria grosseira, corrupção leprosa, sujeira sem nome sufocante, o toque com aguilhões e espigões de aderência, com línguas cruéis de chama. E através dos vários tormentos dos sentidos a alma imortal é torturada eternamente em sua própria essência em meio às léguas sobre léguas de fogos luminosos acendidos no abismo pela majestade ofendida do Deus Onipotente e se atira à fúria eterna e sempre crescente pelo sopro da raiva da cabeça de Deus."

"Considerar finalmente que o tormento desta prisão infernal é aumentado pela companhia dos próprios condenados. A companhia do mal na terra é tão nociva que as plantas, como que por instinto, se retiram da companhia de qualquer coisa que lhes seja mortal ou prejudicial. No inferno, todas as leis são derrubadas - não se pensa em família ou pais, em laços, em relacionamentos. Os malditos uivam e gritam uns para os outros, sua tortura e raiva intensificadas pela presença de seres torturados e enfurecidos como eles mesmos. Todo senso de humanidade é esquecido. Os gritos dos pecadores que sofrem preenchem os cantos mais remotos do vasto abismo. As bocas dos condenados estão cheias de blasfêmias contra Deus e de ódio por seus companheiros de sofrimento e de maldições contra as almas que foram seus cúmplices no pecado."

"Em tempos antigos era costume punir o parricídio, o homem que havia levantado sua mão assassina contra seu pai, lançando-o nas profundezas do mar em um saco no qual eram colocados um galo, um macaco e uma serpente. A intenção daqueles legisladores que tramaram tal lei, que parece cruel em nossos tempos, era punir o criminoso com a companhia de bestas ferozes e odiosas. Mas qual é a fúria dessas bestas burras em comparação com a fúria da execução que irrompe dos lábios ressequidos e das dores de garganta dos condenados no inferno quando veem em seus companheiros na miséria aqueles que os ajudaram e os incitaram ao pecado, aqueles cujas palavras semearam as primeiras sementes do pensamento maligno e do mal viver em suas mentes, aqueles cujas sugestões imodestas os levaram ao pecado, aqueles cujos olhos os tentaram e os atraíram do caminho da virtude. Eles se voltam contra esses cúmplices e os transtornam e os amaldiçoam. Mas eles estão desamparados e sem esperança: agora é tarde demais para o arrependimento."

"Pior de tudo, considere o assustador tormento para essas almas condenadas, tentadores e tentações, da companhia dos demônios. Estes demônios afligirão os condenados de duas maneiras, por sua presença e por suas reprovações. Não podemos ter ideia de como esses demônios são horríveis. Santa Catarina de Siena uma vez viu um demônio e escreveu que, em vez de olhar novamente por um único instante para um monstro tão assustador, ela preferiria caminhar até o fim de sua vida ao longo de um rastro de brasas vermelhas. Estes demônios, que já foram anjos bonitos, se tornaram tão horríveis e feios quanto antes. Eles zombam e zombam das almas perdidas que eles arrastaram para a ruína. São eles, os demônios imundos, que são feitos no inferno as vozes da consciência. Por que vocês pecaram? Por que você prestou atenção às tentações dos amigos? Por que você se afastou de suas práticas piedosas e de suas boas obras? Por que você não evitou as ocasiões de pecado? Por que você não deixou aquele companheiro maligno? Por que não renunciou a esse hábito lascivo, esse hábito impuro? Por que você não ouviu os conselhos de seu confessor? Por que você não se arrependeu, mesmo depois de ter caído na primeira, na segunda, na terceira, na quarta ou na centésima vez, de seus maus caminhos e se voltou para Deus, que só esperou por seu arrependimento para absolvê-lo de seus pecados?"

"Agora o tempo do arrependimento já passou. O tempo é, o tempo foi, mas o tempo não será mais! O tempo foi para pecar em segredo, para se entregar a essa preguiça e orgulho, para cobiçar o ilegal, para ceder aos impulsos de sua natureza inferior, para viver como os animais do campo, não mais do que os animais do campo, pois eles, pelo menos, não passam de brutos e não têm motivo para guiá-los: o tempo foi, mas o tempo não será mais. Deus falou com você por tantas vozes, mas você não quis ouvir. Não esmagaria esse orgulho e essa raiva em seu coração, não restauraria esses bens mal adquiridos, não obedeceria aos preceitos de sua santa igreja nem atenderia a seus deveres religiosos, não abandonaria esses companheiros perversos, não evitaria essas tentações perigosas. Tal é a linguagem daqueles atormentadores diabólicos, palavras de zombaria e de censura, de ódio e de repugnância. De repugnância, Sim! Pois mesmo eles, os próprios demônios, quando pecaram, pecaram por um pecado tão somente compatível com tais naturezas angélicas, uma rebelião do intelecto: e eles, mesmo eles, os demônios imundos devem se afastar, revoltados e enojados, da contemplação daqueles pecados indizíveis com os quais o homem degradou o ultraje e profanou o templo do Espírito Santo, profanou e poluiu a si mesmo."

"Oh, meus queridos irmãozinhos em Cristo, que nunca seja a nossa sorte ouvir essa linguagem! Que nunca seja a nossa sorte, digo eu! No último dia de terríveis cálculos, rezo fervorosamente a Deus para que nenhuma alma daqueles que estão hoje nesta capela possa ser encontrada entre aqueles seres miseráveis que o Grande Juiz ordenará que se afastem para sempre de Sua vista, para que nenhum de nós jamais ouça soar em seus ouvidos a terrível sentença de rejeição: Afastai-vos de mim, amaldiçoados, para o fogo eterno que foi preparado para o diabo e seus anjos!"

Stephen desceu pelo corredor da capela, suas pernas tremendo e o escalpe de sua cabeça tremendo como se tivesse sido tocado por dedos fantasmagóricos. Ele passou pela escadaria e entrou no corredor ao longo das paredes das quais os sobretudos e impermeáveis estavam pendurados como malfeitores, sem cabeça, pingando e sem forma. E a cada passo ele temia que já tivesse morrido, que sua alma tivesse sido arrancada da bainha de seu corpo, que ele estivesse mergulhando de cabeça pelo espaço.

Ele não conseguia mais se sustentar e sentou-se pesadamente em sua mesa, abrindo um de seus livros ao acaso e por cima dele. Cada palavra para ele era verdade. Deus era todo-poderoso. Deus podia chamá-lo agora, chama-lo enquanto ele se sentava em sua mesa, antes que ele tivesse tempo de estar consciente da convocação. Deus o havia chamado. Sim? O quê? Sim? Sua carne encolheu enquanto sentia a aproximação das línguas esfomeadas das chamas, secou enquanto sentia sobre ela o turbilhão do ar sufocante. Ele havia morrido. Sim. Ele foi julgado. Uma onda de fogo varreu seu corpo: a primeira. Novamente uma onda. Seu cérebro começou a brilhar. Outra. Seu cérebro estava fervilhando e borbulhando dentro do trincheiro do crânio. Chamas irrompiam de seu crânio, gritando como vozes:

"Diabos! Inferno! O inferno! Inferno!"

As vozes falavam perto dele:

"No inferno."

"Suponho que ele o esfregou bem em você..."

"Vocês apostaram que sim. Ele nos colocou a todos em pânico..."

"Isso é o que vocês querem: e muito disso para fazer vocês trabalharem."

Ele se inclinou para trás, de forma fraca, em sua mesa. Ele não tinha morrido. Deus ainda o havia poupado. Ele ainda se encontrava no mundo familiar da escola. O Sr. Tate e Vincent Heron estavam à janela, conversando, olhando para a chuva sombria, movendo a cabeça.

"Gostaria que esse céu clareasse. Eu tinha combinado de dar uma volta na bicicleta com alguns colegas de Malahide. Mas as estradas devem estar bem enlameadas."

"Poderia limpar, senhor."

As vozes que ele conhecia tão bem, as palavras comuns, o silêncio da sala de aula quando as vozes paravam e o silêncio era preenchido pelo som do gado pastando suavemente enquanto os outros garotos mastigavam seu lanche tranquilamente, embalando sua alma dolorida.

Ainda havia tempo. Ó Maria, refúgio dos pecadores, interceda por ele! Ó Virgem imaculada, salvai-o do abismo da morte!

A lição de inglês começou com a audição da história. Pessoas reais, favoritas, intrigantes, bispos, passaram como fantasmas mudos atrás de seus véus de nomes. Todos tinham morrido: todos tinham sido julgados. De que valia a um homem ganhar o mundo inteiro se ele perdesse sua alma? Finalmente ele havia compreendido: e a vida humana estava ao seu redor, uma planície de paz onde homens como formigas trabalhavam em fraternidade, seus mortos dormindo debaixo de montes silenciosos. O cotovelo de seu companheiro o tocou e seu coração foi tocado: e quando ele falou para responder a uma pergunta de seu mestre, ouviu sua própria voz cheia da quietude da humildade e da contrição.

Sua alma afundou mais profundamente na paz contrita, não podendo mais sofrer a dor do pavor, e enviando, enquanto se afundava, uma tênue oração. Ah sim, ele ainda seria poupado; ele se arrependeria em seu coração e seria perdoado; e então aqueles acima, aqueles no céu, veriam o que ele faria para compensar o passado: uma vida inteira, cada hora de vida. Somente esperar.

"Todos, Deus! Todos, todos!"

Um mensageiro veio à porta para dizer que as confissões estavam sendo ouvidas na capela. Quatro meninos deixaram a sala; e ele ouviu outros passando pelo corredor. Um tremendo arrepio soprou ao redor de seu coração, não mais forte que um pequeno vento, e mesmo assim, ouvindo e sofrendo silenciosamente, ele parecia ter colocado um ouvido contra o músculo de seu próprio coração, sentindo-o perto e codorniz, ouvindo o bater de seus ventrículos.

Nenhuma fuga. Ele tinha que confessar, falar em palavras o que tinha feito e pensado, pecado após pecado. Como? Como?

"Pai, eu..."

O pensamento deslizou como um espadim frio e brilhante em sua tenra carne: a confissão. Mas não lá, na capela do colégio. Ele confessaria tudo, todo pecado de ação e pensamento, sinceramente: mas não lá entre seus companheiros de escola. Longe dali, em algum lugar escuro, ele murmurava sua própria vergonha, e suplicava humildemente a Deus que não se ofendesse com ele se não ousasse confessar na capela do colégio. E em total abjeção de espírito ele ansiava pelo perdão silenciosamente dos corações dos meninos a seu respeito.

O tempo passou.

Ele sentou-se novamente no banco da frente da capela. A luz do dia já estava falhando e, ao cair lentamente através das cortinas vermelhas e sem brilho, parecia que o sol do último dia estava se pondo e que todas as almas estavam sendo reunidas para o julgamento.

"Escanteio-me da vista dos Teus olhos: palavras tomadas, meus queridos irmãozinhos em Cristo, do Livro dos Salmos, trigésimo capítulo, vigésimo terceiro verso. Em nome do Pai, do Filho e do Espírito Santo. Amém."

O pregador começou a falar em um tom amistoso e silencioso. Seu rosto era gentil e ele uniu gentilmente os dedos de cada mão, formando uma gaiola frágil pela união de suas pontas.

"Esta manhã nós nos esforçamos, em nossa reflexão sobre o inferno, para fazer o que nosso santo fundador chama em seu livro de exercícios espirituais, a composição do lugar. Procuramos, ou seja, imaginar com os sentidos da mente, em nossa imaginação, o caráter material daquele lugar horrível e dos tormentos físicos que todos os que estão no inferno suportam. Esta noite vamos considerar por alguns momentos a natureza dos tormentos espirituais do inferno."

"Sim, lembrem-se, é uma enormidade dupla. É um consentimento básico aos impulsos de nossa natureza corrupta aos instintos inferiores, ao que é grosseiro e animal; e é também um afastamento dos conselhos de nossa natureza superior, de tudo o que é puro e santo, do próprio Deus Santo. Por esta razão, o pecado mortal é punido no inferno por duas formas diferentes de punição, física e espiritual."

"Agora de todas estas dores espirituais de longe a maior é a dor da perda, tão grande, de fato, que em si mesma é um tormento maior que todos os outros. São Tomás, o maior médico da igreja, o médico angélico, como é chamado, diz que a pior condenação consiste nisto, que a compreensão do homem é totalmente privada da luz divina e seu afeto obstinadamente se afastou da bondade de Deus. Deus, lembre-se, é um ser infinitamente bom e, portanto, a perda de um ser assim deve ser uma perda infinitamente dolorosa."

"Nesta vida não temos uma ideia muito clara do que tal perda deve ser, mas os condenados no inferno, por seu maior tormento, têm uma compreensão plena do que perderam, e compreendem que a perderam através de seus próprios pecados e a perderam para sempre. No exato instante da morte, os laços da carne são quebrados e a alma voa imediatamente para Deus como para o centro de sua existência. Lembrem-se, meus queridos meninos, nossas almas anseiam por estar com Deus. Viemos de Deus, vivemos por Deus, pertencemos a Deus: somos Seus, inalienavelmente Seus. Deus ama com um amor divino toda alma humana, e toda alma humana vive nesse amor. Como poderia ser de outra forma? Cada sopro que respiramos, cada pensamento de nosso cérebro, cada instante da vida procede da bondade inesgotável de Deus."

"E se for dor para uma mãe ser separada de seu filho, para um homem ser exilado do coração e do lar, para um amigo ser separado de um amigo, pense que dor, que angústia deve ser para a pobre alma ser despojada da presença do Criador supremamente bom e amoroso que chamou essa alma à existência do nada e a sustentou na vida e a amou com um amor imensurável. Isto, portanto, para ser separada para sempre de seu maior bem, de Deus, e sentir a angústia desta separação, sabendo muito bem que é imutável: este é o maior tormento que a alma criada é capaz de suportar, a dor da perda."

"A segunda dor que afligirá as almas dos condenados no inferno é a dor da consciência. Assim como nos corpos mortos os vermes são gerados pela putrefação, assim nas almas dos perdidos surge um remorso perpétuo da putrefação do pecado, o aguilhão da consciência, o verme, como o Papa Inocêncio Terceiro o chama, do triplo aguilhão. A primeira ferroada infligida por este cruel verme será a memória dos prazeres do passado. Oh, que memória terrível será essa! No lago da chama devoradora, o rei orgulhoso recordará as pompas de sua corte, o homem sábio mas perverso suas bibliotecas e instrumentos de pesquisa, o amante dos prazeres artísticos seus mármores e quadros e outros tesouros artísticos, aquele que encantou com os prazeres da mesa suas belas festas, seus pratos preparados com tanta delicadeza, seus vinhos de escolha; o avarento se lembrará de seu tesouro de ouro, o ladrão de suas riquezas ilícitas, os assassinos irados, vingativos e impiedosos, seus atos de sangue e violência nos quais se divertiam, os impuros e adúlteros, os prazeres indizíveis e imundos nos quais se deleitavam."

"Eles se lembrarão de tudo isso e abominarão a si mesmos e seus pecados. Pois quão miseráveis todos esses prazeres parecerão para a alma condenada a sofrer no fogo do inferno por séculos e séculos. Como eles se enfurecerão e fumegarão ao pensar que perderam a felicidade do céu pela escória da terra, por alguns pedaços de metal, por honras vãs, por confortos corporais, por um formigamento dos nervos. Eles se arrependerão de fato: e esta é a segunda picada do verme da consciência, uma tristeza tardia e infrutífera pelos pecados cometidos."

"A justiça divina insiste que a compreensão desses miseráveis infelizes seja fixada continuamente nos pecados de que foram culpados e, além disso, como Santo Agostinho aponta, Deus lhes transmitirá seu próprio conhecimento do pecado, para que o pecado lhes apareça em toda sua hedionda malícia, como parece aos olhos do próprio Deus. Eles verão seus pecados em toda sua maldade e se arrependerão, mas será tarde demais e então lamentarão as boas ocasiões que negligenciaram. Esta é a última e mais profunda e cruel picada do verme da consciência. A consciência dirá: Você teve tempo e oportunidade de se arrepender e não se arrependeria. Vocês foram educados religiosamente por seus pais."

"Vocês tiveram os sacramentos, a graça e as indulgências da igreja para ajudá-los. Tivestes o ministro de Deus para pregar-vos e chamar-vos de volta quando vos tivésseis perdido, para perdoar-vos vossos pecados, não importa quantos, quão abomináveis, se ao menos vos tivésseis confessado e arrependido. Não. Você não o faria. Você desprezou os ministros da religião santa, virou as costas para o confessionário, chafurdou cada vez mais fundo no lodo do pecado. Deus apelou para você, ameaçou-o, suplicou-lhe que voltasse para Ele. Oh, que vergonha, que miséria! O Governante do universo te suplicou, uma criatura de barro, para que amasses Aquele que te fez e para que guardasses Sua lei. Não. Você não o faria. E agora, ainda que você fosse inundar todo o inferno com suas lágrimas se ainda pudesse chorar, todo aquele mar de arrependimento não ganharia para você o que uma única lágrima de verdadeiro arrependimento derramado durante sua vida mortal teria ganho para você. Você implora agora um momento de vida terrena em que se arrependa: em vão. Esse tempo se foi: foi para sempre."

"Tal é a tripla picada da consciência, a víbora que rói o próprio coração dos infelizes no inferno, de modo que cheios de fúria infernal se amaldiçoam por sua loucura e amaldiçoam os maus companheiros que os levaram a tal ruína e amaldiçoam os demônios que os tentaram na vida e agora zombam deles na eternidade e até mesmo injuriam e amaldiçoam o Ser Supremo cuja bondade e paciência desprezaram e desprezaram, mas a cuja justiça e poder não podem fugir."

"A próxima dor espiritual a que os condenados estão sujeitos é a dor da extensão. O homem, nesta vida terrena, embora seja capaz de muitos males, não é capaz de todos de uma só vez, na medida em que um mal corrige e contraria outro, assim como um veneno corrige frequentemente outro. No inferno, pelo contrário, um tormento, em vez de contrapor-se a outro, empresta-lhe ainda mais força: e, além disso, como as faculdades internas são mais perfeitas que os sentidos externos, também são mais capazes de sofrer. Assim como todo sentido é atormentado por um tormento adequado, também o é toda faculdade espiritual; a fantasia com imagens horríveis, a faculdade sensível com saudade e raiva alternadas, a mente e a compreensão com uma escuridão interior mais terrível até mesmo do que a escuridão exterior que reina naquela prisão horrível. A maldade, por mais impotente que seja, que possui essas almas demoníacas é um mal de extensão ilimitada, de duração ilimitada, um estado assustador de maldade que dificilmente podemos perceber, a menos que tenhamos em mente a enormidade do pecado e o ódio que Deus carrega a ele."

"Oposta a esta dor de extensão e ainda coexistir com ela, temos a dor da intensidade. O inferno é o centro dos males e, como vocês sabem, as coisas são mais intensas em seus centros do que em seus pontos mais remotos. Não há contrários ou misturas de qualquer tipo para temperar ou amolecer no mínimo as dores do inferno. Não, as coisas que são boas em si mesmas tornam-se más no inferno. A empresa, em outros lugares uma fonte de conforto para os aflitos, estará lá um tormento contínuo: o conhecimento, tão desejado como o principal bem do intelecto, será odiado mais do que a ignorância. A luz, tão cobiçada por todas as criaturas desde o senhor da criação até a planta mais humilde da floresta, será odiada intensamente."

"Nesta vida, nossas tristezas ou não são muito longas ou não são muito grandes porque a natureza ou as supera pelos hábitos ou lhes põe um fim afundando sob seu peso. Mas no inferno os tormentos não podem ser vencidos pelo hábito, pois enquanto são de intensidade terrível, eles são ao mesmo tempo de variedade contínua, cada dor, por assim dizer, pegando fogo de outro e reencontrando o que o acendeu com uma chama ainda mais feroz. A natureza também não pode escapar dessas torturas intensas e variadas, sucumbindo a elas, pois a alma é sustentada e mantida no mal para que seu sofrimento seja o maior. Extensão sem limites do tormento, incrível intensidade do sofrimento, incessante variedade de torturas - isto é o que a majestade divina, tão ultrajada pelos pecadores, exige; isto é o que a santidade do céu, desprezada e reservada para os prazeres luxuriosos e baixos da carne corrupta, exige; isto é o que insiste o sangue do Cordeiro de Deus inocente, derramado para a redenção dos pecadores, pisoteado pelo mais vil dos vilões."

"Última tortura de todas as torturas daquele lugar horrível é a eternidade do inferno. Eternidade! Oh, palavra horrível e terrível. Eternidade! Que mente do homem pode entendê-la? E lembre-se, é uma eternidade de dor. Mesmo que as dores do inferno não fossem tão terríveis como são, ainda assim se tornariam infinitas, pois estão destinadas a durar para sempre. Mas enquanto são eternas, são ao mesmo tempo, como você sabe, intoleravelmente intensas, insuportavelmente extensas. Suportar até mesmo o ferrão de um inseto por toda a eternidade seria um tormento horrível. O que deve ser, então, suportar para sempre as múltiplas torturas do inferno? Para sempre! Para toda a eternidade! Não por um ano ou por uma idade, mas para sempre. Tente imaginar o horrível significado disto. Você já viu muitas vezes a areia na beira do mar. Quão finos são seus grãos minúsculos! E quantos desses minúsculos grãos vão para compor o pequeno punhado que uma criança agarra em sua brincadeira."

"Agora imaginem uma montanha daquela areia, com um milhão de quilômetros de altura, alcançando desde a terra até os céus mais distantes, e um milhão de quilômetros de largura, estendendo-se até o espaço mais remoto, e um milhão de quilômetros de espessura: e imaginem uma massa tão enorme de inúmeras partículas de areia multiplicadas tantas vezes quanto há folhas na floresta, gotas de água no poderoso oceano, penas em pássaros, escamas em peixes, pelos em animais, átomos na vasta extensão do ar. E imaginem que ao final de cada milhão de anos um pequeno pássaro chegava àquela montanha e levava em seu bico um grão minúsculo daquela areia. Quantos milhões e milhões de séculos passariam antes que aquele pássaro tivesse levado até um metro quadrado daquela montanha, quantas e quantas eras antes que ele tivesse levado tudo? No entanto, no final daquele imenso período, nem mesmo um instante da eternidade poderia ser considerado como tendo terminado. No final de todos esses bilhões e trilhões de anos, a eternidade dificilmente teria começado. E se aquela montanha subisse novamente depois de tudo ter sido levado, e se o pássaro voltasse e levasse tudo de novo grão a grão. E se ela subisse e afundasse tantas vezes quanto há estrelas no céu, átomos no ar, gotas de água no mar, folhas nas árvores, penas nas aves, escamas nos peixes, pelos nos animais, no final de todas aquelas inúmeras elevações e afundamentos daquela montanha imensamente vasta, não se poderia dizer que um único instante da eternidade tivesse terminado; mesmo assim, no final de tal período, depois daquele tempo em que o mero pensamento nos faz tremer vertiginosamente, a eternidade dificilmente teria começado."

"Um santo (um de nossos próprios pais, creio que foi) foi outrora testemunha de uma visão do inferno. Parecia-lhe que ele estava no meio de um grande salão, escuro e silencioso, exceto pelo tique-taque de um grande relógio. O tique-taque continuava incessantemente; e parecia a este santo que o som do tique-taque era a repetição incessante das palavras: nunca, nunca; nunca, nunca. Nunca estar no inferno, nunca estar no céu; nunca ser desligado da presença de Deus, nunca desfrutar da visão beatífica; nunca ser comido com chamas, roído por vermes, roído por picos ardentes, nunca ser livre dessas dores; nunca ter a consciência transtornada, a memória enfurecida, a mente cheia de escuridão e desespero, nunca escapar; jamais amaldiçoar e injuriar os demônios imundos que se vangloriam diabolicamente da miséria de suas duques, jamais contemplar o resplendor dos espíritos abençoados; jamais chorar do abismo de fogo a Deus por um instante, um único instante, de descanso de tão terrível agonia, jamais receber, nem por um instante, o perdão de Deus; jamais sofrer, jamais desfrutar; jamais ser amaldiçoado, jamais ser salvo; jamais, jamais, jamais, jamais, jamais, jamais. Oh, que castigo terrível! Uma eternidade de agonia sem fim, de tormento corporal e espiritual sem fim, sem um raio de esperança, sem um momento de cessação, de agonia sem limites de intensidade, de tormento infinitamente variado, de tortura que sustenta eternamente aquilo que eternamente devora, de angústia que eternamente predomina sobre o espírito enquanto ele arrebata a carne, uma eternidade, cada instante da qual é em si mesma uma eternidade de infortúnio. Tal é a terrível punição decretada para aqueles que morrem em pecado mortal por um Deus Todo-Poderoso e justo."

"Sim, um Deus justo! Os homens, raciocinando sempre como homens, ficam espantados de que Deus deva aplicar um castigo eterno e infinito no fogo do inferno por um único pecado grave. Eles raciocinam assim porque, cegos pela ilusão grosseira da carne e pela escuridão da compreensão humana, são incapazes de compreender a hedionda malícia do pecado mortal. Eles raciocinam assim porque são incapazes de compreender que mesmo o pecado venial é de uma natureza tão suja e hedionda que mesmo que o Criador onipotente pudesse acabar com todo o mal e miséria do mundo, as guerras, as doenças, os roubos, o crime, as mortes, os assassinatos, na condição de permitir que um único pecado venial passasse impune, um único pecado venial, uma mentira, um olhar irado, um momento de preguiça voluntária, Ele, o grande Deus onipotente, não poderia fazê-lo porque o pecado, seja em pensamento ou ação, é uma transgressão de Sua lei e Deus não seria Deus se Ele não punisse o transgressor."

"Um pecado, um instante de orgulho rebelde do intelecto, fez Lúcifer e uma terceira parte dos anjos caírem de sua glória. Um pecado, um instante de insensatez e fraqueza, expulsou Adão e Eva do Éden e trouxe morte e sofrimento ao mundo. Para recuperar as consequências desse pecado, o Filho Unigênito de Deus desceu à terra, viveu e sofreu e morreu uma morte muito dolorosa, pendurado por três horas na cruz."

"Oh, meus queridos irmãozinhos em Cristo Jesus, ofenderemos então aquele bom Redentor e provocaremos Sua ira? Vamos pisotear novamente aquele cadáver dilacerado e mutilado? Cuspiremos sobre esse rosto tão cheio de tristeza e amor? Também nós, como os judeus cruéis e os soldados brutais, escarneceremos desse Salvador gentil e compassivo que pisou sozinho por nosso bem o terrível lagar da tristeza? Cada palavra de pecado é uma ferida em Seu terno lado. Cada ato pecaminoso é um espinho que lhe fura a cabeça. Cada pensamento impuro, deliberadamente cedido, é uma lança afiada que transfixa aquele coração sagrado e amoroso. Não, não. É impossível para qualquer ser humano fazer aquilo que ofende tão profundamente a majestade divina, aquilo que é castigado por uma eternidade de agonia, aquilo que crucifica novamente o Filho de Deus e faz dele um escárnio."

"Rezo a Deus para que minhas pobres palavras tenham aproveitado hoje para confirmar em santidade aqueles que estão em estado de graça, para fortalecer o vacilar, para conduzir de volta ao estado de graça a pobre alma que se desviou se alguma delas estivesse entre vós. Eu rezo a Deus, e vocês rezam comigo, para que possamos nos arrepender de nossos pecados. Peço-lhes agora, todos vocês, que repitam depois de mim o ato de contrição, ajoelhados aqui nesta humilde capela, na presença de Deus. Ele está ali no tabernáculo ardendo de amor pela humanidade, pronto para confortar os aflitos. Não tenham medo. Não importa quantos ou quão sujos sejam os pecados, se vocês só se arrependerem deles, eles lhes serão perdoados. Não deixem que nenhuma vergonha mundana os impeça de se arrependerem. Deus ainda é o Senhor misericordioso que não deseja a morte eterna do pecador, mas que ele seja convertido e viva."

"Ele os chama para Ele. Vós sois Dele. Ele lhes fez do nada. Ele lhes amou como só um Deus pode amar. Seus braços estão abertos para recebê-lo, mesmo que você tenha pecado contra Ele. Vem a Ele, pobre pecador, pobre pecador vaidoso e pecador errante. Agora é o momento aceitável. Agora é a hora."

O sacerdote levantou-se e voltando-se para o altar, ajoelhou-se sobre o degrau diante do tabernáculo na escuridão caída. Ele esperou até que todos na capela se ajoelhassem e o mínimo barulho estivesse parado. Então, levantando a cabeça, repetiu o ato de contrição, frase por frase, com fervor. Os meninos lhe responderam frase por frase. Stephen, com a língua colada ao paladar, curvou a cabeça, orando com o coração:

"*Senhor, eu me arrependo sinceramente de todo mal que pratiquei e do bem que deixei de fazer. Pecando, eu vos ofendi, meu Deus e meu sumo bem, digno de ser amado sobre todas as coisas. Prometo firmemente, ajudado com a vossa graça, fazer penitência e fugir às ocasiões de pecado. Amém!*"

***

Ele subiu para seu quarto depois do jantar para ficar sozinho com sua alma: e a cada passo sua alma parecia suspirar. A cada passo sua alma montada com seus pés, suspirando na subida, através de uma região de escuridão viscosa.

Ele parou no pouso antes da porta e depois, agarrando a maçaneta de porcelana, abriu a porta rapidamente. Ele esperou com medo, sua alma pingando dentro dele, orando silenciosamente para que a morte não tocasse sua fronte ao passar o umbral, para que os demônios que habitam a escuridão não pudessem receber poder sobre ele. Ele esperou ainda no limiar, como na entrada de alguma caverna escura. Rostos estavam lá; olhos: eles esperavam e observavam.

"Sabíamos perfeitamente bem, é claro, que embora estivesse destinado a vir para a luz, ele encontraria dificuldades consideráveis para tentar se induzir a tentar averiguar o plenipotenciário espiritual e, por isso, sabíamos perfeitamente bem, é claro."

Rostos murmurando esperavam e observavam; vozes murmuradas enchiam a casca escura da caverna. Ele temia intensamente em espírito e em carne, mas, levantando a cabeça com bravura, entrou na sala com firmeza. Uma porta, um quarto, a mesma sala, a mesma janela. Ele disse calmamente a si mesmo que aquelas palavras não tinham absolutamente nenhum sentido, o que parecia ter ressurgido como murmúrio da escuridão. Ele disse a si mesmo que era simplesmente seu quarto com a porta aberta.

Ele fechou a porta e, caminhando rapidamente para a cama, ajoelhou-se ao lado dela e cobriu seu rosto com as mãos. Suas mãos estavam frias e úmidas e seus membros doíam de frio. A agitação corporal e o frio e o cansaço o assolavam, encaminhando seus pensamentos. Por que ele estava ali ajoelhado como uma criança fazendo suas orações noturnas? Para estar sozinho com sua alma, para examinar sua consciência, para encontrar seus pecados cara a cara, para recordar seus tempos e modos e circunstâncias, para chorar por eles. Ele não podia chorar. Ele não podia chamá-los à sua memória. Ele sentia apenas uma dor de alma e corpo, todo o seu ser, memória, vontade, compreensão, carne, emudecido e cansado.

Isso era obra de demônios, para espalhar seus pensamentos e encobrir sua consciência, atacando-o às portas da carne covarde e corrompida pelo pecado: e, orando timidamente a Deus para perdoar sua fraqueza, ele se arrastou até a cama e, enrolando os cobertores de perto, cobriu seu rosto novamente com suas mãos. Ele havia pecado. Ele havia pecado tão profundamente contra o céu e diante de Deus que não era digno de ser chamado de filho de Deus.

Será que ele, Stephen Dedalus, tinha feito essas coisas? Sua consciência suspirou em resposta. Sim, ele as tinha feito, secretamente, sujas, vez após vez, e, endurecido em impenitência pecaminosa, ele tinha ousado usar a máscara da santidade diante do próprio tabernáculo, enquanto sua alma dentro dele era uma massa viva de corrupção. Como é possível que Deus não o tivesse atingido morto? A companhia leprosa de seus pecados fechou-se sobre ele, respirando sobre ele, dobrando-se sobre ele de todos os lados. Ele se esforçou para esquecê-los em um ato de oração, amontoando seus membros mais próximos e prendendo suas pálpebras. Mas os sentidos de sua alma não seriam atados e, embora seus olhos estivessem fechados rapidamente, ele viu os lugares onde havia pecado e, embora seus ouvidos estivessem bem tapados, ele ouviu. Ele desejava com toda a sua vontade não ouvir nem ver. Ele desejava até que sua moldura tremesse sob a tensão de seu desejo e até que os sentidos de sua alma se fechassem. Eles se fecharam por um instante e depois se abriram. Ele viu.

Um campo de ervas daninhas duras e cardos e cachos de urtiga tufados. Grossos entre os tufos de crescimento rígido de nível, havia latas e coágulos e bobinas de excrementos sólidos. Uma luz de pântano tênue lutando para cima de toda a sujeira através das ervas daninhas cinzentas e salpicadas. Um cheiro maligno, tênue e sujo como a luz, enrolado para cima lentamente para fora das latas e do excremento envelhecido e encrostado.

As criaturas estavam no campo; um, três, seis: as criaturas estavam se movendo no campo, aqui e ali. Criaturas com rostos humanos, com o rosto excitado, barbudo e cinzento como o índio. A maldade do mal brilhava em seus olhos duros, enquanto eles se moviam para cá e para lá, seguindo suas longas caudas atrás deles. Um rito de malignidade cruel iluminava de cinza seus velhos rostos ossudos. Um se agarrava sobre suas costelas um colete de flanela rasgado, outro se queixava monotonamente enquanto sua barba ficava presa na erva daninha tufada. Linguagem suave emitida de seus lábios sem saliva enquanto balançavam em círculos lentos ao redor e ao redor do campo, enrolando-se aqui e ali através das ervas daninhas, arrastando suas longas caudas em meio às latas de chocalhos. Eles se moviam em círculos lentos, circulando cada vez mais perto para cercar, para cercar, linguagem suave emitida a partir de seus lábios, suas longas caudas inchadas besuntadas de branco ferrugento, empurrando para cima suas faces maravilhosas...

Socorro!

Stephen retirou loucamente os cobertores para liberar seu rosto e pescoço. Esse era o seu inferno. Deus lhe havia permitido ver o inferno reservado para seus pecados: fedorento, bestial, maligno, um inferno de demônios leprosos. Para ele! Para ele!

Ele saltou da cama, o cheiro fedorento que corria pela sua garganta, entupindo e revoltando suas entranhas. Ar! O ar do céu! Ele tropeçou em direção à janela, gemendo e quase desmaiando de doença. No lavatório, uma convulsão o agarrou por dentro; e, apertando sua testa fria, ele vomitou profusamente em agonia.

Quando o ataque se fez sentir, ele caminhou fraco até a janela e, levantando a faixa, sentou-se em um canto da embrulhada e encostou seu cotovelo no peitoril. A chuva havia se arrastado; e em meio aos vapores em movimento de ponto a ponto de luz, a cidade girava sobre si mesma um suave casulo de névoa amarelada. O céu estava quieto e levemente luminoso e o ar doce a respirar, como em um matagal encharcado com chuveiros: e em meio à paz, luzes cintilantes e fragrância silenciosa ele fez um pacto com seu coração.

Ele rezou:

"Tinha a intenção de vir à terra em glória celestial, mas nós pecamos: e então Ele não podia nos visitar com segurança, mas com uma majestade envolta e um resplendor de colchão, pois Ele era Deus. Então Ele veio Ele mesmo em fraqueza não em poder e Ele te enviou, uma criatura em Seu lugar, com a beleza e o brilho de uma criatura adequada ao nosso estado. E agora teu rosto e tua forma, querida mãe nos fala do Eterno; não como a beleza terrena, perigosa de se ver, mas como a estrela da manhã que é teu emblema, brilhante e musical, respirando pureza, falando do céu e infundindo paz. Ó prenúncio do dia! Ó luz do peregrino! Conduz-nos ainda como tu nos conduziste. Na noite escura, através do desolador deserto, guiai-nos até nosso Senhor Jesus, guiai-nos para casa."

Seus olhos se ofuscaram de lágrimas e, olhando humildemente para o céu, ele chorou pela inocência que havia perdido.

Ao cair da noite, ele deixou a casa, e o primeiro toque do ar escuro e úmido e o barulho da porta que se fechava atrás dele fez doer novamente sua consciência, embalada pela oração e pelas lágrimas. Confessar-se! Confessar-se! Não bastava acalmar a consciência com uma lágrima e uma oração. Ele tinha que ajoelhar-se diante do ministro do Espírito Santo e contar sobre seus pecados ocultos de forma verdadeira e arrependida. Antes de ouvir de novo a tábua de pés do caminho da casa, que se abria para deixá-lo entrar, antes de voltar a ver a mesa no conjunto da cozinha para o jantar, ele teria ajoelhado e confessado. Era muito simples.

A dor de consciência cessou e ele caminhou rapidamente através das ruas escuras. Havia tantas lajes no caminho daquela rua e tantas ruas naquela cidade e em tantas cidades do mundo. No entanto, a eternidade não tinha fim. Ele estava em pecado mortal. Até mesmo uma vez foi um pecado mortal. Isso podia acontecer em um instante. Mas com que rapidez? Vendo ou pensando em ver. Os olhos veem a coisa, sem ter querido ver primeiro. Depois, num instante, acontece. Mas será que essa parte do corpo entende ou não? A serpente, a besta mais sutil do campo. Ela deve compreender quando deseja em um instante e depois prolonga seu próprio desejo instante após instante, pecaminosamente. Ela sente, entende e deseja. Que coisa horrível! Quem fez para ser assim, uma parte bestial do corpo capaz de entender bestialmente e desejar bestialmente? Foi então ele ou uma coisa desumana movida por uma alma inferior? Sua alma adoeceu com o pensamento de uma vida de cobra alimentando-se da medula tenra de sua vida e engordando sobre a lama da luxúria. Por que era assim? Por quê?

Ele se acobardou na sombra do pensamento, humilhando-se no temor de Deus, que tinha feito todas as coisas e todos os homens. Loucura. Quem poderia pensar tal pensamento? E, acobardado na escuridão e abjeto, ele rezou silenciosamente ao seu anjo da guarda para afastar com sua espada o demônio que sussurrava ao seu cérebro.

O sussurro cessou e ele sabia então claramente que sua própria alma havia pecado em pensamento, palavra e ação intencionalmente através de seu próprio corpo. Confesse-se! Ele tinha que confessar cada pecado. Como ele poderia dizer em palavras ao padre o que ele havia feito? Deveria, deveria. Ou como ele poderia explicar sem morrer de vergonha? Ou como ele poderia ter feito tais coisas sem vergonha? Um louco! Confesse! O ele seria de fato livre e sem pecado de novo! Talvez o padre soubesse. Ó meu caro Deus!

Ele andou pelas ruas mal iluminadas, temendo ficar parado por um momento para que não parecesse que ele se conteve do que o esperava, temendo chegar àquilo para o qual ele ainda se voltava com saudade. Quão bela deve ser uma alma em estado de graça quando Deus a olhou com amor!

As garotas sonolentas sentavam-se ao longo das calçadas diante de seus cestos. Seus cabelos brancos pendurados sobre suas sobrancelhas. Elas não eram bonitas de se ver enquanto se agachavam na lama. Mas suas almas eram vistas por Deus; e se suas almas estavam em estado de graça, estavam radiantes de ver: e Deus as amava, vendo-as.

Uma lufada de humilhação desolada soprava sobre sua alma para pensar como ele havia caído, para sentir que aquelas almas eram mais queridas por Deus do que as suas. O vento soprava sobre ele e passava para as miríades e miríades de outras almas sobre as quais o favor de Deus brilhava agora mais e agora menos, as estrelas agora mais brilhantes e agora mais fracas, sustentadas e fracassadas. E as almas cintilantes faleceram, sustentadas e falhadas, fundiram-se numa respiração comovente. Uma alma foi perdida; uma alma minúscula: a sua. Ela tremeluziu uma vez e saiu, esquecida, perdida. O fim: o desperdício do vazio negro e frio.

A consciência do lugar voltou para ele lentamente ao longo de um vasto período sem luz, sem sentido, sem vida. A cena esquálida se compunha em torno dele; os sotaques comuns, os jatos de gás queimando nas lojas, os odores de peixe e álcool e a serradura úmida, movendo homens e mulheres. Uma velha mulher estava prestes a atravessar a rua, uma lata de óleo em sua mão. Ele se abaixou e perguntou se ela estava ali perto uma capela.

"Uma capela, senhor? Sim, senhor. A capela da rua da igreja."

"Igreja..."

Ela empurrou a lata para sua outra mão e o orientou: e, enquanto ela estendeu sua mão direita ressequida sob sua franja de xaile, ele se inclinou para baixo em direção a ela, entristecido e acalmado pela voz dela.

"Obrigado."

"Vocês são muito bem-vindos, senhor."

As velas do altar haviam sido apagadas, mas o perfume do incenso ainda flutuava pelo complexo. Trabalhadores barbudo com rostos piedosos guiavam uma copa para fora por uma porta lateral, o sacristão os ajudava com gestos e palavras silenciosas. Alguns dos fiéis ainda permaneciam rezando diante de um dos ajudantes ou ajoelhados nas bancadas próximas aos confessionários. Ele se aproximou timidamente e ajoelhou-se no último banco do corpo, agradecido pela paz e silêncio e pela sombra perfumada da igreja. A tábua em que ele se ajoelhou era estreita e desgastada e aqueles que se ajoelhavam perto dele eram humildes seguidores de Jesus. Jesus também tinha nascido na pobreza e tinha trabalhado na oficina de um carpinteiro, cortando tábuas e planejando-as, e tinha falado primeiro do Reino de Deus aos pescadores pobres, ensinando todos os homens a serem mansos e humildes de coração.

Ele curvou a cabeça sobre suas mãos, dizendo ao seu coração que fosse manso e humilde para que fosse como aqueles que se ajoelhavam ao seu lado e sua oração fosse tão aceitável quanto a deles. Ele rezava ao lado deles, mas era difícil. Sua alma estava suja de pecado e ele não ousava pedir perdão com a simples confiança daqueles que Jesus, nos caminhos misteriosos de Deus, havia chamado primeiro ao seu lado, os carpinteiros, os pescadores, pessoas pobres e simples seguindo um comércio humilde, manejando e moldando a madeira das árvores, remendando suas redes com paciência.

Uma figura alta desceu o corredor e os penitentes se agitaram: e no último momento, olhando para cima rapidamente, ele viu uma longa barba cinza e o hábito marrom de um capuchinho. O padre entrou no confessionário e ficou escondido. Dois penitentes se levantaram e entraram no confessionário de cada lado. A lâmina de madeira foi puxada para trás e o murmúrio tênue de uma voz perturbou o silêncio.

Seu sangue começou a murmurar em suas veias, murmurando como uma cidade pecadora convocada de seu sono para ouvir sua desgraça. Pequenos flocos de fogo caíram e cinzas em pó caíram suavemente, acendendo-se sobre as casas dos homens. Eles se agitaram, acordando do sono, perturbados pelo ar aquecido.

O penitente emergiu da lateral do confessionário. Uma mulher entrou silenciosa e habilmente onde o primeiro penitente tinha ajoelhado. O murmúrio tênue começou novamente.

Ele ainda podia deixar a capela. Ele podia levantar-se, colocar um pé diante do outro e sair suavemente e depois correr, correr, correr rapidamente pelas ruas escuras. Ele ainda conseguia escapar da vergonha. Se tivesse sido algum crime terrível, senão aquele pecado! Se tivesse sido um assassinato! Pequenos flocos de fogo caíam e o tocavam em todos os pontos, pensamentos vergonhosos, palavras vergonhosas, atos vergonhosos. A vergonha o cobriu totalmente como cinzas brilhantes caindo continuamente. Para dizê-lo em palavras! Sua alma, asfixiante e indefesa, deixaria de ser.

Um penitente emergiu do lado mais distante do confessionário. Um penitente entrou onde o outro penitente tinha saído. Um suave ruído sussurrante flutuou em nuvens vaporosas para fora da caixa. Era a mulher: suave sussurro de nuvens, suave sussurro de vapor, sussurro e desaparecimento.

Ele batia seu peito com o punho humildemente, secretamente sob a cobertura do apoio de braço de madeira. Ele estaria em união com os outros e com Deus. Ele amaria seu próximo. Ele amaria a Deus que o tinha feito e amado. Ele ajoelharia e rezaria com os outros e seria feliz. Deus olharia para baixo para ele e para eles e os amaria a todos.

Era fácil ser bom. O jugo de Deus era doce e leve. Era melhor nunca ter pecado, ter permanecido sempre uma criança, pois Deus amava as criancinhas e sofria para que elas viessem até Ele. Era uma coisa terrível e triste pecar. Mas Deus era misericordioso para com os pobres pecadores que estavam verdadeiramente arrependidos. Como isso era verdade! Isso era de fato uma bondade.

O confessionário foi liberado de repente. O penitente saiu. Ele era o próximo. Ele se levantou aterrorizado e caminhou às cegas para dentro da caixa.

Finalmente ele tinha chegado. Ajoelhou-se na escuridão silenciosa e levantou os olhos para o crucifixo branco suspenso acima dele. Deus podia ver que ele estava arrependido. Ele contava todos os seus pecados. Sua confissão seria longa, longa. Todos na capela saberiam então que ele tinha sido um pecador. Deixe-os saber. Era verdade. Mas Deus havia prometido perdoar-lhe se ele se arrependesse. Ele estava arrependido. Ele apertou suas mãos e as levantou em direção à forma branca, orando com seus olhos escuros, orando com todo seu corpo trêmulo, balançando sua cabeça para dentro e para fora como uma criatura perdida, orando com lábios lamuriantes.

"Desculpe! Desculpe! Oh, desculpe!"

Seu coração ficou preso em seu peito. O rosto de um velho padre estava na grade, afastado dele, apoiando-se em uma mão. Ele fez o sinal da cruz e rezou para que o sacerdote o abençoasse, pois ele havia pecado. Então, inclinando a cabeça, ele repetiu o Confiteor em susto. Com as palavras minha culpa mais grave, ele cessou, sem fôlego.

"Quanto tempo se passou desde sua última confissão, meu filho?"

"Muito tempo, pai."

"Um mês, meu filho..."

"Mais longo, pai."

"Três meses, meu filho?"

"Mais longo, pai."

"Seis meses?"

"Oito meses, pai."

Ele tinha começado. O padre perguntou:

"E o que você se lembra desde aquele tempo?"

Ele começou a confessar seus pecados: missas perdidas, orações não ditas, mentiras.

"Mais alguma coisa, meu filho?"

Pecados de raiva, inveja dos outros, glutonaria, vaidade, desobediência...

"Algo mais, meu filho..."

Não houve ajuda. Ele murmurou:

"Eu... cometi pecados de impureza, pai..."

O padre não virou a cabeça.

"Com você mesmo, meu filho?"

"E... com os outros."

"Com as mulheres, meu filho?"

"Sim, pai."

"Com quantas mulheres, meu filho?"

Ele não sabia. Seus pecados derramados de seus lábios, um por um, derramados em gotas vergonhosas de sua alma, apodrecendo e escorregando como uma chaga, um fluxo esquálido de vício. Os últimos pecados escorriam, preguiçosos, imundos. Não havia mais nada a dizer. Ele curvou a cabeça, vencido.

O Sacerdote ficou em silêncio. Então ele perguntou:

"Quantos anos você tem, meu filho?"

"Dezesseis anos, pai."

O padre passou a mão várias vezes sobre seu rosto. Depois, descansando a testa contra a mão, inclinou-se para a grade e, com os olhos ainda desviados, falou lentamente. Sua voz estava cansada e velha:

"Você é muito jovem, disse meu filho, e deixe-me implorar-lhe que desista desse pecado. É um pecado terrível. Ele mata o corpo e mata a alma. É a causa de muitos crimes e infortúnios. Desista, meu filho, pelo amor de Deus. É desonroso e desumano. Você não pode saber onde esse hábito miserável o levará ou quando ele virá contra você. Enquanto você cometer esse pecado, meu pobre filho, você nunca valerá um ceitil para Deus. Reze à nossa mãe Maria para ajudá-lo. Ela te ajudará, meu filho. Reze a Nossa Senhora quando esse pecado vier à sua mente. Tenho certeza de que você fará isso, não fará? Você se arrepende de todos esses pecados. Tenho certeza de que sim. E agora você promete a Deus que por Sua Santa Graça que nunca mais O ofenderá por esse pecado perverso. Você fará essa promessa solene a Deus, não fará?"

"Sim, pai."

A velha e cansada voz caiu como chuva doce sobre o seu coração trêmulo e ressonante. Que doce e triste!

"Faça-o, meu pobre filho. O diabo o desviou. Mande-o de volta ao inferno quando ele tentar desonrar seu corpo dessa maneira - o espírito imundo que odeia nosso Senhor. Prometa a Deus agora que você vai desistir desse pecado, desse miserável pecado."

Cego por suas lágrimas e pela luz da misericórdia de Deus, ele dobrou a cabeça e ouviu as graves palavras de absolvição proferidas e viu a mão do sacerdote erguida acima dele em sinal de perdão.

"Deus te abençoe, meu filho. Reze por mim."

Ele ajoelhou-se para dizer sua penitência, orando em um canto da igreja: e suas orações subiram ao céu de seu coração purificado como perfume brotando de um coração de rosa branca.

As ruas enlameadas estavam alegres. Ele passeava para casa, consciente de uma graça invisível que penetrava e fazia da luz seus membros. Apesar de tudo, ele tinha feito isso. Ele havia confessado e Deus o havia perdoado. Sua alma foi tornada justa e santa mais uma vez, santa e feliz.

Seria belo morrer se Deus assim o quisesse. Era lindo viver em graça uma vida de paz e virtude e de paciência com os outros.

Ele sentou-se à lareira na cozinha, não ousando falar de felicidade. Até aquele momento ele não sabia o quanto a vida poderia ser bela e pacífica. O quadrado verde de papel preso em volta da lâmpada baixava um tom de ternura. Na cômoda havia um prato de salsichas e pudim branco e na prateleira havia ovos. Eles serviriam para o café da manhã, após a comunhão na capela do colégio. Pudim branco e ovos e salsichas e xícaras de chá. Afinal, como a vida era simples e bela! E a vida estava diante dele.

Em um sonho, ele adormeceu. Em um sonho, ele se levantou e viu que era de manhã. Em um sonho acordado, ele passou por uma manhã tranquila em direção ao colégio.

Os meninos estavam todos lá, ajoelhados em seus lugares. Ele ajoelhou-se entre eles, feliz e tímido. O altar estava amontoado com fragrantes massas de flores brancas: e, pela manhã, as chamas pálidas das velas entre as flores brancas eram claras e silenciosas como sua própria alma.

Ele ajoelhou-se diante do altar com seus colegas de classe, segurando o pano do altar com eles sobre um trilho vivo de mãos. Suas mãos tremiam e sua alma tremia ao ouvir o padre passar com a cibório de comunicante para comunicante.

"Corpus Domini nostri." [O corpo de nosso Senhor.]

Poderia ser? Ajoelhou-se ali sem pecado e tímido: e segurava em sua língua o hospedeiro e Deus entrava em seu corpo purificado.

"In vitam eternam. Amen." [Em vida eterna. Amém.]

Outra vida! Uma vida de graça, virtude e felicidade! Era verdade. Não era um sonho do qual ele acordaria. O passado era passado.

"Corpus Domini nostri." [O corpo de nosso Senhor.]

O cibório tinha chegado até ele.

CAPÍTULO IV

O domingo foi dedicado ao mistério da Santíssima Trindade, segunda-feira ao Espírito Santo, terça-feira aos Anjos da Guarda, quarta-feira a São José, quinta-feira ao Santíssimo Sacramento do Altar, sexta-feira a Jesus sofredor, sábado à Santíssima Virgem Maria.

Todas as manhãs ele se consagrava de novo na presença de alguma imagem ou mistério sagrado. Seu dia começava com uma oferta heroica de cada momento de pensamento ou ação pelas intenções do soberano pontífice e com uma missa antecipada. O ar bruto da manhã aguçava sua piedade resoluta; e muitas vezes, ao ajoelhar-se entre os poucos adoradores no altar lateral, seguindo com sua oração intercalada o murmúrio do sacerdote, ele olhava para cima por um instante em direção à figura de vestido de pé na escuridão entre as duas velas, que eram o antigo e o novo testamento, e imaginava que estava ajoelhado na missa nas catacumbas.

Sua vida cotidiana estava disposta em áreas devocionais. Por meio de preferências e orações, ele guardou sem rancor as almas em séculos de dias e quarentenas e anos de purgatório; contudo, o triunfo espiritual que ele sentiu ao alcançar com facilidade tantos momentos fabulosos de penitências canônicas não recompensou totalmente seu zelo de oração, uma vez que ele nunca pôde saber quanto castigo temporal ele havia remetido por sufrágio para as almas agonizantes: e temeroso, para que em meio ao fogo do purgatório, que se diferenciava do infernal apenas por não ser eterno, sua penitência não pudesse valer mais do que uma gota de umidade que conduzia sua alma diariamente por um círculo crescente de obras de rogação.

Cada parte de seu dia, dividida pelo que ele considerava agora como os deveres de seu posto na vida, circulava sobre seu próprio centro de energia espiritual. Sua vida parecia ter se aproximado da eternidade; cada pensamento, palavra e ação, cada instância de consciência podia ser feita para reviver radiantemente no céu: e às vezes sua sensação de repercussão tão imediata era tão viva que ele parecia sentir sua alma em devoção pressionando como dedos o teclado de uma grande caixa registradora e ver o valor de sua compra começar imediatamente no céu, não como um número mas como uma frágil coluna de incenso ou como uma flor esbelta.

Os rosários, também, que ele dizia constantemente - pois levava suas contas soltas nos bolsos das calças para poder contá-las enquanto caminhava pelas ruas - se transformaram em coroas de flores de uma textura tão vaga e desgarrada que lhe pareciam tão sem nome e sem cheiro quanto sem nome. Ele ofereceu cada uma de suas três capelas diárias para que sua alma crescesse forte em cada uma das três virtudes teologais, na fé no Pai que o criou, na esperança no Filho que o redimiu e no amor ao Espírito Santo que o santificou; e esta tríplice oração ele ofereceu às Três Pessoas através de Maria em nome de seus mistérios alegres e dolorosos e gloriosos.

Em cada um dos sete dias da semana ele orou ainda mais para que um dos sete dons do Espírito Santo descesse sobre sua alma e expulsasse dela dia após dia os sete pecados mortais que a haviam profanado no passado; e orou por cada dom em seu dia designado, confiante de que desceria sobre ele, embora às vezes lhe parecesse estranho que a sabedoria, a compreensão e o conhecimento fossem tão distintos em sua natureza que cada um deveria ser rezado à parte dos outros. No entanto, ele acreditava que em algum estágio futuro de seu progresso espiritual esta dificuldade seria removida quando sua alma pecaminosa tivesse sido levantada de sua fraqueza e iluminada pela Terceira Pessoa da Santíssima Trindade. Ele acreditava ainda mais nisso, e com receio, por causa da escuridão e do silêncio divinos onde habitava o Paracleto invisível, cujos símbolos eram uma pomba e um vento poderoso, pecar contra Quem era um pecado além do perdão, o eterno e misterioso Ser a Quem, como Deus, os sacerdotes ofereciam missa uma vez por ano, orbitavam no escarlate das línguas de fogo.

As imagens através das quais a natureza e o parentesco das Três Pessoas da Trindade eram obscuramente sombreados nos livros de devoção que ele lia - o Pai contemplando desde toda a eternidade como num espelho Suas Divinas Perfeições e assim gerando eternamente o Filho Eterno e o Espírito Santo saindo do Pai e do Filho desde toda a eternidade - eram mais fáceis de serem aceitos por sua mente em razão de sua augusta incompreensibilidade do que o simples fato de Deus ter amado sua alma desde toda a eternidade, por eras antes de nascer no mundo, por eras antes que o próprio mundo existisse.

Ele tinha ouvido os nomes das paixões de amor e ódio pronunciados solenemente no palco e no púlpito, tinha-os encontrado expostos solenemente nos livros e tinha se perguntado por que sua alma era incapaz de abrigá-los por algum tempo ou forçar seus lábios a pronunciar seus nomes com convicção. Uma breve raiva o havia investido com frequência, mas ele nunca havia sido capaz de fazer disso uma paixão permanente e sempre se sentira desmaiar como se seu próprio corpo estivesse sendo despojado com facilidade de alguma pele externa ou casca. Ele havia sentido uma presença sutil, escura e murmurosa penetrar seu ser e despedi-lo com uma breve luxúria iníqua: também ela havia escorregado além de seu alcance deixando sua mente lúcida e indiferente. Este, parecia, era o único amor e que o único ódio que sua alma abrigaria.

Mas ele não podia mais descrer da realidade do amor, pois o próprio Deus havia amado sua alma individual com amor divino desde toda a eternidade. Gradualmente, à medida que sua alma foi sendo enriquecida com conhecimento espiritual, ele viu o mundo inteiro formar uma vasta expressão simétrica do poder e do amor de Deus. A vida tornou-se um presente divino para cada momento e sensação de que, se fosse a visão de uma única folha pendurada no galho de uma árvore, sua alma deveria louvar e agradecer ao doador. O mundo por toda sua substância sólida e complexidade não existia mais para sua alma, exceto como um teorema do poder divino e do amor e da universalidade. Tão inteiro e inquestionável era este sentido do significado divino em toda a natureza concedido a sua alma que ele mal podia entender por que era de alguma forma necessário que ele continuasse a viver. Contudo, isso fazia parte do propósito divino e ele não ousava questionar seu uso, ele acima de todos os outros que haviam pecado tão profundamente e de forma tão infame contra o propósito divino. Manso e humilhado por esta consciência da única eterna realidade perfeita onipresente, sua alma retomou seu fardo de tartes, massas e orações e sacramentos e mortificações, e só então, pela primeira vez desde que ele tinha brotado no grande mistério do amor, ele sentiu dentro de si um movimento caloroso como o de alguma vida recém-nascida ou virtude da própria alma. A atitude de arrebatamento na arte sagrada, as mãos levantadas e separadas, os lábios e os olhos separados como de alguém prestes a desmaiar, tornou-se para ele uma imagem da alma em oração, humilhada e desmaiada diante de seu Criador.

Mas ele tinha sido prevenido dos perigos da exaltação espiritual e não se permitia desistir da menor ou menor devoção, esforçando-se também pela constante mortificação para desfazer o passado pecaminoso em vez de alcançar uma santidade repleta de perigos. Cada um de seus sentidos foi colocado sob uma rigorosa disciplina. A fim de mortificar o sentido da visão, ele fez sua regra de andar na rua com os olhos abatidos, sem olhar nem para a direita nem para a esquerda e nunca atrás dele. Seus olhos evitavam cada encontro com os olhos das mulheres. De vez em quando, ele também as abafava por um esforço repentino da vontade, como ao levantá-las de repente no meio de uma frase inacabada e fechar o livro.

Para mortificar sua audição, ele não exercia nenhum controle sobre sua voz que depois se quebrava, não cantava nem assobiava e não fazia nenhuma tentativa de fugir dos ruídos que lhe causavam irritação nervosa dolorosa, como a afiação das facas no cutelo da faca, a coleta de cinzas na pá da fogueira e o galho do tapete. Para mortificar seu cheiro foi mais difícil, pois ele não encontrou em si mesmo nenhuma repugnância instintiva aos maus odores, quer fossem os odores do mundo exterior, como os do esterco ou do alcatrão, quer os odores de sua própria pessoa, entre os quais ele havia feito muitas comparações e experimentos curiosos. Ele descobriu no final que o único odor contra o qual seu olfato se revoltava era um certo mau cheiro de peixe como o de urina de longa data; e sempre que era possível, ele se submetia a este odor desagradável. Para mortificar o gosto, ele praticava hábitos rígidos à mesa, observava ao pé da letra todos os jejuns da igreja e procurava por distração desviar sua mente dos sabores de diferentes alimentos. Mas foi para a mortificação do toque que ele trouxe o mais assíduo engenho de inventividade.

Ele nunca mudou conscientemente sua posição na cama, sentava-se nas posições mais desconfortáveis, sofria pacientemente cada coceira e dor, mantinha-se afastado do fogo, permanecia de joelhos durante toda a missa exceto nos evangelhos, deixava parte de seu pescoço e rosto descobertos para que o ar pudesse picá-los e, sempre que não fazias suas orações, carregava seus braços duramente ao seu lado como um corredor e nunca nos bolsos ou se agarrava atrás dele.

Ele não tinha tentações de pecar mortalmente. Surpreendeu-o, entretanto, descobrir que no final de seu curso de piedade intrincada e autocontenção ele estava tão facilmente à mercê de imperfeições infantis e indignas. Suas orações e jejuns pouco lhe valeram para a supressão da raiva ao ouvir sua mãe espirrar ou ao ser perturbado em suas devoções. Era necessário um esforço imenso de sua vontade para dominar o impulso que o incitava a dar vazão a tal irritação. Imagens das explosões de raiva trivial que ele havia notado com frequência entre seus mestres, suas bocas trêmulas, lábios fechados e bochechas coradas, recorreram à sua memória, desencorajando-o, por toda sua prática de humildade, pela comparação. Fundir sua vida na maré comum de outras vidas era mais difícil para ele do que qualquer jejum ou oração, e foi seu constante fracasso em fazer isso com sua própria satisfação que causou finalmente em sua alma uma sensação de secura espiritual junto com um crescimento de dúvidas e escrúpulos. Sua alma atravessou um período de desolação no qual os próprios sacramentos pareciam ter se transformado em fontes de ressecamento.

Sua confissão se tornou um canal para a fuga de imperfeições escrupulosas e não arrependidas. Sua recepção real da eucaristia não lhe trouxe os mesmos momentos dissolventes de auto rendimento virginal que aquelas comunhões espirituais feitas por ele algumas vezes no encerramento de alguma visita ao Santíssimo Sacramento. O livro que ele usava para essas visitas era um livro antigo e negligenciado, escrito pelo Santo Afonso de Ligório, com caracteres desbotados. Um mundo desbotado de amor fervoroso e respostas virginais parecia ser evocado para sua alma pela leitura de suas páginas, nas quais a imagem dos cânticos se entrelaçava com as orações do comunicante. Uma voz inaudível parecia acariciar a alma, dizendo-lhe nomes e glórias, dizendo-lhe que se levantasse para ser desposada e se afastasse, dizendo-lhe que olhasse para a frente, uma esposa, de Amana e das montanhas dos leopardos; e a alma parecia responder com a mesma voz inaudível, entregando-se: *Inter ubera mea commorabitur.* [Entre meus seios.]

Esta ideia de rendição tinha uma atração perigosa para sua mente, agora que ele se sentia mais uma vez assolado pelas vozes insistentes da carne que começaram a murmurar para ele novamente durante suas orações e meditações. Isso lhe deu uma intensa sensação de poder para saber que ele poderia, por um único ato de consentimento, em um momento de reflexão, desfazer tudo o que ele havia feito. Ele parecia sentir uma inundação avançando lentamente em direção a seus pés nus e esperar que a primeira onda tímida tocasse sua pele febril. Então, quase no instante daquele toque, quase à beira do consentimento pecaminoso, ele se viu de pé longe do dilúvio em uma margem seca, salvo por um ato repentino da vontade ou um súbito proferimento: e, vendo a linha prateada do dilúvio longe e recomeçando seu lento avanço em direção a seus pés, uma nova emoção de poder e satisfação sacudiu sua alma ao saber que ele não havia cedido nem desfeito tudo.

Quando ele havia escapado muitas vezes do dilúvio da tentação desta maneira, ficava perturbado e se perguntava se a graça que ele se recusara a perder não estava sendo preenchida por ele aos poucos. A clara certeza de sua própria imunidade tornou-se fraca e a ela sucedeu um medo vago de que sua alma tivesse realmente caído desprevenida. Foi com dificuldade que ele recuperou sua velha consciência de seu estado de graça dizendo a si mesmo que havia rezado a Deus a cada tentação e que a graça pela qual havia rezado deveria ter sido dada a ele na medida em que Deus era obrigado a dá-la. A própria frequência e violência das tentações lhe mostrou finalmente a verdade do que tinha ouvido sobre as provações dos santos. Tentações frequentes e violentas eram uma prova de que a cidadela da alma não tinha caído e que o diabo se enfurecia para fazê-la cair.

Muitas vezes, quando confessava suas dúvidas e escrúpulos, alguma desatenção momentânea na oração, um movimento de raiva trivial em sua alma, ou uma vontade sutil na fala ou no ato, ele era convidado por seu confessor a nomear algum pecado de sua vida passada antes que lhe fosse dada a absolvição. Ele o nomeava com humildade e vergonha e se arrependia mais uma vez. Humilhou-o e envergonhou-o ao pensar que nunca se libertaria totalmente dele, por mais santidade que vivesse ou quaisquer virtudes ou perfeições que pudesse alcançar. Um sentimento inquieto de culpa estaria sempre presente com ele: ele confessaria e se arrependeria e seria absolvido, confessaria e se arrependeria novamente e seria absolvido novamente, sem frutos. Talvez aquela primeira confissão apressada, arrancada dele pelo medo do inferno, não tivesse sido boa? Talvez, preocupado apenas com sua iminente desgraça, ele não tivesse tido uma tristeza sincera por seu pecado? Mas o sinal mais seguro de que sua confissão tinha sido boa e de que ele tinha tido uma tristeza sincera por seu pecado era, ele sabia, a emenda de sua vida.

"Eu emendei minha vida, não emendei?" perguntou ele a si mesmo.

***

O diretor ficou na seteira da janela, de costas para a luz, apoiando um cotovelo na cortina marrom e, enquanto falava e sorria, balançando lentamente e enrolando a corda da outra cortina, Stephen estava diante dele, seguindo por um momento com os olhos, o minguante da longa luz do dia de verão acima dos telhados ou os movimentos lentos e hábeis dos dedos sacerdotais. O rosto do padre estava na sombra total, mas a luz do dia minguante atrás dele tocou as têmporas profundamente sulcadas e as curvas do crânio. Stephen acompanhava também com os ouvidos os acentos e os intervalos da voz do padre enquanto falava com gravidade e cordialidade de temas indiferentes, as férias que acabavam de terminar, os colégios da ordem no estrangeiro, a transferência de mestres. A voz grave e cordial continuou facilmente com sua história, e nas pausas Stephen sentiu-se obrigado a reiniciá-la com perguntas respeitosas. Ele sabia que a história era um prelúdio e sua mente esperava pela sequência. Desde que a mensagem de convocação chegara para ele do diretor, sua mente lutava para encontrar o significado da mensagem; e, durante o longo tempo inquieto em que ficou sentado na sala de aula esperando o diretor entrar, seus olhos vagaram de uma imagem sóbria para outra nas paredes e sua mente vagou de uma suposição para outra até o significado da convocação quase ficou claro. Então, no momento em que desejava que algum imprevisto impedisse a vinda do diretor, ouviu a maçaneta da porta girando e o barulho de uma batina.

O diretor começara a falar das ordens dominicana e franciscana e da amizade entre São Tomás e São Boaventura. O vestido dos capuchinhos, ele pensou, era muito...

O rosto de Stephen devolveu o sorriso indulgente do padre e, não ansioso para dar uma opinião, ele fez um leve movimento dúbio com os lábios.

"Acredito," continuou o diretor, "que agora se fala entre os próprios capuchinhos de acabar com isso e seguir o exemplo dos outros franciscanos."

"Suponho que eles o manteriam no claustro?" disse Stephen.

"Certamente," disse o diretor. "Para o claustro está tudo bem, mas para a rua eu realmente acho que seria melhor acabar com isso, você não acha?"

"Deve ser um incômodo, imagino."

"É claro que sim, é claro. Imagine quando eu estava na Bélgica, costumava vê-las pedalando em todos os tipos de clima com esta coisa nos joelhos! Era realmente ridículo. *Les jupes* [saias], eles os chamam na Bélgica."

A vogal era tão modificada a ponto de ser indistinta.

"Como eles os chamam?"

"Les jupes." [Saias]

"Oh!"

Stephen sorriu novamente em resposta ao sorriso que não podia ver no rosto sombreado do padre, sua imagem ou espectro só passava rapidamente por sua mente enquanto o baixo sotaque discreto caía sobre sua orelha. Ele olhou calmamente diante dele para o céu minguante, contente com o frio da noite e com o fraco brilho amarelo que escondia a pequena chama que se acendia em sua face.

Os nomes de artigos de vestuário usados pelas mulheres ou de certas coisas suaves e delicadas usadas em sua confecção trouxeram sempre à sua mente um perfume delicado e pecaminoso. O chocou quando sentiu pela primeira vez sob seus dedos trêmulos a textura quebradiça da meia de uma mulher, pois, retendo nada de tudo o que lia, a não ser aquilo que lhe parecia um eco ou uma profecia de seu próprio estado, foi somente em meio a frases suaves ou dentro de tecidos de rosas que ele ousou conceber a alma ou o corpo de uma mulher movendo-se com terna vida.

Mas a frase nos lábios do padre era tendenciosa, pois ele sabia que um padre não deveria falar de ânimo leve sobre esse tema. A frase tinha sido dita levemente com desígnio e ele sentia que seu rosto estava sendo procurado pelos olhos na sombra. O que quer que ele tivesse ouvido ou lido sobre o ofício de jesuítas que ele havia posto de lado francamente como não confirmado por sua própria experiência. Seus mestres, mesmo quando não o tinham atraído, pareciam-lhe sempre sacerdotes inteligentes e sérios, prefeitos atléticos e espirituosos. Ele pensava neles como homens que lavavam seus corpos bruscamente com água fria e usavam roupa limpa e fria.

Durante todos os anos que viveu entre eles em Clongowes e em Belvedere, ele recebeu apenas dois castigos e, embora estes tivessem sido tratados de forma errada, ele sabia que muitas vezes havia escapado da punição. Durante todos aqueles anos, ele nunca havia ouvido de nenhum de seus mestres uma palavra de irreverência: foram eles que lhe ensinaram a doutrina cristã e o incitaram a viver uma boa vida e, quando ele havia caído em pecado grave, foram eles que o levaram de volta à graça. A presença deles o tinha feito tímido quando ele era um garotinho em Clongowes e o tinha feito tímido também quando ele tinha mantido sua posição equivocada em Belvedere. Uma sensação constante disso permaneceu com ele até o último ano de sua vida escolar. Ele nunca havia desobedecido ou permitido que companheiros turbulentos o seduzissem de seu hábito de obediência silenciosa; e, mesmo quando ele duvidava de alguma afirmação de um mestre, ele nunca havia presumido duvidar abertamente. Ultimamente alguns de seus julgamentos haviam soado um pouco infantis em seus ouvidos e o haviam feito sentir pesar e piedade como se estivesse lentamente desmaiando de um mundo acostumado e estivesse ouvindo sua linguagem pela última vez. Um dia, quando alguns rapazes se reuniram em torno de um padre debaixo do galpão perto da capela, ele ouviu o padre dizer:

"Creio que Lorde Macaulay era um homem que provavelmente nunca cometeu um pecado mortal em sua vida, ou seja, um pecado mortal deliberado."

Alguns dos meninos tinham então perguntado ao padre se Victor Hugo não era o maior escritor francês. O padre havia respondido que Victor Hugo nunca havia escrito tão bem quando se voltou contra a igreja como havia escrito quando era católico.

"Mas há muitos críticos franceses eminentes," disse o padre, "que consideram que mesmo Victor Hugo, grande como ele certamente era, não tinha um estilo francês tão puro quanto Louis Veuillot."

A pequena chama que a alusão do padre tinha acendido na bochecha de Stephen tinha se afundado novamente e seus olhos ainda estavam fixados calmamente no céu incolor. Mas uma dúvida sem fundamento voou para cá e para lá em sua mente. Memórias mascaradas passaram rapidamente diante dele: ele reconheceu cenas e pessoas, mas estava consciente de que havia falhado em perceber alguma circunstância vital nelas. Ele se viu andando pelo terreno assistindo aos esportes em Clongowes e correndo nos campos de cricket. Alguns jesuítas andavam pela ciclovia na companhia de senhoras. Os ecos de certas expressões usadas em Clongowes soavam em cavernas remotas de sua mente.

Seus ouvidos escutavam esses ecos distantes em meio ao silêncio da sala quando se deu conta de que o padre estava se dirigindo a ele com uma voz diferente.

"Eu o chamei hoje, Stephen, porque desejava falar com você sobre um assunto muito importante."

"Sim, senhor."

"Você já sentiu que tinha uma vocação?"

Stephen separou seus lábios para responder sim e depois reteve a palavra de repente. O padre esperou pela resposta e acrescentou:

"Você já sentiu dentro de si, em sua alma, o desejo de entrar para a ordem? Pense."

"Por vezes eu pensei nisso," disse Stephen.

O padre deixou a corda da cortina cair de lado e, unindo suas mãos, encostou gravemente seu queixo sobre elas, comungando consigo mesmo.

"Em uma escola como esta," disse ele longamente, "há um menino ou talvez dois ou três meninos que Deus chama para a vida religiosa. Tal rapaz se destaca entre seus companheiros pela sua piedade, pelo bom exemplo que ele dá aos outros. Ele é olhado por eles; ele é escolhido talvez como prefeito por seus companheiros. E você, Stephen, tem sido um rapaz assim neste colégio, prefeito da santidade de Nossa Senhora. Talvez você seja o rapaz neste colégio que Deus deseja chamar a Si mesmo."

Uma forte nota de orgulho reforçando a gravidade da voz do padre fez com que o coração de Stephen se acelerasse em resposta. "Receber esse chamado, Stephen," disse o padre, "é a maior honra que o Deus Todo-Poderoso pode dar a um homem. Nenhum rei ou imperador nesta terra tem o poder do sacerdote de Deus. Nenhum anjo ou arcanjo no céu, nenhum santo, nem mesmo a própria Virgem Santa, tem o poder de um sacerdote de Deus: o poder das chaves, o poder de ligar e desligar do pecado, o poder do exorcismo, o poder de expulsar das criaturas de Deus os maus espíritos que têm poder sobre elas; o poder, a autoridade, de fazer o grande Deus do céu descer sobre o altar e tomar a forma de pão e vinho. Que poder terrível, Stephen!"

Uma chama começou a tremer novamente no rosto de Stephen ao ouvir neste discurso orgulhoso um eco de seus próprios devaneios. Quantas vezes ele se via como um padre empunhando calma e humildemente o terrível poder de que anjos e santos se revestiam em reverência! Sua alma havia gostado de musicar em segredo sobre este desejo. Tinha-se visto a si mesmo, um padre jovem e silencioso, entrando rapidamente num confessionário, subindo os altares, incendiando, realizando os vagos atos do sacerdócio que lhe agradavam em razão de sua aparência de realidade e de sua distância dela. Naquela vida fraca que tinha vivido em suas reflexões, ele tinha assumido as vozes e os gestos que ele tinha notado com vários sacerdotes. Ele havia dobrado o joelho para o lado como tal, ele havia sacudido o trovão apenas um pouco como tal, sua casula havia se aberto como a de um outro, ao se voltar novamente para o altar depois de ter abençoado o povo. E, acima de tudo, ele tinha ficado satisfeito em ocupar o segundo lugar naquelas cenas sombrias de sua imaginação. Ele encolheu-se da dignidade de celebrante porque o desagradou imaginar que toda a pompa vaga deveria terminar em sua própria pessoa ou que o ritual deveria atribuir-lhe um cargo tão claro e definitivo. Ele almejava que os ofícios sagrados menores, para serem revestidos com a túnica do diácono em alta missa, para se afastar do altar, esquecido pelo povo, seus ombros cobertos por um véu, segurando a patena dentro de suas dobras ou, quando o sacrifício tivesse sido realizado, para ficar de pé como diácono em uma dalmática de pano de ouro no degrau abaixo do celebrante, suas mãos unidas e seu rosto em direção ao povo, e cantar o cântico e missa. Se alguma vez ele se tinha visto celebrando era como nas fotos dos livros de missa, em uma igreja sem adoradores, exceto pelo anjo do sacrifício, em um altar nu, e servido por um acólito pouco mais infantil do que ele mesmo. Em vagos atos sacrificiais ou sacramentais, sua vontade parecia ser atraída para encontrar a realidade; e foi em parte a ausência de um rito designado que sempre o constrangera à inação, quer tivesse permitido o silêncio para cobrir sua raiva ou orgulho, quer tivesse sofrido apenas um abraço que ansiava dar.

Ele ouviu em reverente silêncio agora o apelo do padre e através das palavras que ouviu ainda mais distintamente uma voz que o convidava a se aproximar, oferecendo-lhe conhecimento secreto e poder secreto. Ele saberia então qual era o pecado de Simão Mago e qual era o pecado contra o Espírito Santo para o qual não havia perdão. Ele saberia coisas obscuras, escondidas dos outros, daqueles que foram concebidos e nasceram filhos da ira. Ele conheceria os pecados, os anseios pecaminosos e os pensamentos e atos pecaminosos dos outros, ouvindo-os murmurar nos ouvidos do confessionário sob a vergonha de uma capela escura pelos lábios das mulheres e das meninas: mas tornado imune misteriosamente em sua ordenação pela imposição de mãos, sua alma passaria novamente sem ser contaminada pela paz branca do altar. Nenhum toque de pecado permaneceria sobre as mãos com as quais ele elevaria e quebraria a hóstia; nenhum toque de pecado permaneceria sobre seus lábios em oração para fazê-lo comer e beber a condenação para si mesmo não discernindo o corpo do Senhor. Ele manteria seu conhecimento secreto e seu poder secreto, sendo tão sem pecado quanto os inocentes: e ele seria um sacerdote para sempre de acordo com a ordem São Melchisedeque.

"Oferecerei minha missa amanhã de manhã," disse o diretor, "para que Deus Todo-Poderoso lhe revele sua santa vontade. E que você, Stephen, faça uma novena ao seu santo padroeiro, o primeiro mártir, que é muito poderoso com Deus, para que Deus possa iluminar sua mente. Mas você deve estar bastante seguro, Stephen, de que tem uma vocação, porque seria terrível se você descobrisse depois que não tinha nenhuma. Uma vez sacerdote sempre sacerdote, lembre-se. Seu catecismo lhe diz que o sacramento da Ordem sagrada é um daqueles que só podem ser recebidos uma vez porque imprime na alma uma marca espiritual indelével que nunca pode ser apagada. É antes de você pesar bem, não depois. É uma pergunta solene, Stephen, porque dela pode depender a salvação de sua alma eterna. Mas rezaremos juntos a Deus."

Ele segurou a pesada porta do salão e deu sua mão como se já fosse a um companheiro na vida espiritual. Stephen se dirigiu para a ampla plataforma acima dos degraus e estava consciente da carícia do ar suave da noite. Em direção à igreja de Findlater, um quarteto de homens jovens caminhava com os braços unidos, balançando a cabeça e pisando na melodia ágil da concertina de seu líder. A música passava em um instante, como os primeiros compassos de música repentina sempre fizeram, sobre os fantásticos tecidos de sua mente, dissolvendo-os sem dor e sem ruído, como uma onda repentina dissolve as torres de areia construídas pelas crianças. Sorrindo ao ar trivial, ele levantou os olhos para o rosto do padre e, vendo nele um reflexo sem alegria do dia afundado, desprendeu lentamente sua mão, que havia cedido vagarosamente no companheirismo.

Ao descer os degraus, a impressão que apagou sua perturbada auto comunhão foi a de uma máscara sem alegria que refletia um dia afundado do limiar do colégio. A sombra, então, da vida do colégio passou gravemente sobre sua consciência. Era uma vida grave, ordenada e sem paixão que o esperava, uma vida sem cuidados materiais. Ele se perguntava como iria passar a primeira noite no noviciado e com que consternação acordaria na primeira manhã no dormitório. O cheiro perturbador dos longos corredores de Clongowes voltou para ele e ele ouviu o murmúrio discreto das chamas de gás ardentes. Imediatamente de cada parte de sua agitação começou a irradiar. Uma aceleração febril de seus impulsos se seguiu, e um barulho de palavras sem sentido levou seus pensamentos racionais para cá e para lá de forma confusa. Seus pulmões se dilataram e afundaram como se ele estivesse inalando um ar quente e insustentável, e ele sentiu novamente o cheiro do ar quente úmido que pairava no banheiro em Clongowes acima da água lenta e colorida da grama.

Algum instinto, despertando para estas memórias, mais forte do que a educação ou a piedade se acelerou dentro dele a cada aproximação daquela vida, um instinto sutil e hostil, e o armou contra a aquiescência. O arrepio e a ordem da vida o repeliram. Ele se viu levantando no frio da manhã e se apresentando com os outros para a missa e tentando em vão lutar com suas orações contra a doença de seu estômago. Ele se viu sentado no jantar com a comunidade de um colégio. O que, então, tinha sido daquela timidez profundamente enraizada que o tinha feito comer ou beber sob um telhado estranho? O que tinha acontecido com o orgulho de seu espírito que sempre o fez conceber-se como um ser separado em cada ordem?

O Reverendo Stephen Dedalus, S.J.

Seu nome naquela nova vida saltava em personagens diante de seus olhos e a ela seguia uma sensação mental de um rosto indefinido ou cor de rosto. A cor desbotou e tornou-se forte como um brilho variável de vermelho pálido de tijolo: Era o brilho avermelhado cru que ele havia visto com tanta frequência nas manhãs de inverno nas guelras raspadas dos padres? O rosto era sem olhos, azedo e devoto, baleado com tons de rosa de raiva sufocada. Não era um espectro mental do rosto de um dos jesuítas que alguns dos meninos chamavam de Lantern Jaws e outros de Foxy Campbell?

Ele estava passando naquele momento diante da casa dos jesuítas na Rua Gardimer, e se perguntava vagamente qual janela seria sua se ele alguma vez entrasse para a ordem. Então ele se perguntava sobre a indefinição de sua maravilha, sobre o distanciamento de sua própria alma em relação ao que até então havia imaginado seu santuário, sobre o frágil porão que tantos anos de ordem e obediência tinham dele quando uma vez um ato definitivo e irrevogável de sua ameaça de acabar para sempre, no tempo e na eternidade, sua liberdade. A voz do diretor exortando a ele as orgulhosas reivindicações da igreja e o mistério e poder do ofício sacerdotal se repetia ociosamente em sua memória. Sua alma não estava lá para ouvi-lo e cumprimentá-lo e ele sabia agora que a exortação que ele havia escutado já havia caído em um conto formal ocioso. Ele nunca balançaria o trovão diante do tabernáculo como sacerdote. Seu destino era ser elusivo de ordens sociais ou religiosas. A sabedoria do apelo do padre não o tocava ao rápido. Ele estava destinado a aprender sua própria sabedoria à parte dos outros ou a aprender a sabedoria dos próprios outros vagando entre as armadilhas do mundo.

As armadilhas do mundo eram seus caminhos de pecado. Ele caía. Ele ainda não havia caído, mas cairia silenciosamente, em um instante. Não cair era muito duro, muito duro: e ele sentia o lapso silencioso de sua alma, como seria em algum instante, caindo, caindo, mas ainda não caído, ainda não caído, mas prestes a cair.

Ele cruzou a ponte sobre a corrente do Tolka, e virou seus olhos friamente por um instante em direção ao santuário azul desbotado da Santíssima Virgem, que se erguia em direção a um poste no meio de um acampamento em forma de presunto de pobres cabanas. Então, inclinando-se para a esquerda, ele seguiu a faixa que levava até sua casa. O tênue fedor azedo das couves apodrecidas veio em sua direção a partir das hortas da cozinha, no terreno acima do rio. Ele sorriu ao pensar que era esta desordem e confusão da casa de seu pai e a estagnação da vida vegetal, que era para ganhar o dia em sua alma. Em seguida, uma pequena gargalhada partiu de seus lábios enquanto ele pensava naquele solitário fazendeiro nas hortas da cozinha atrás de sua casa, a quem eles haviam apelidado de O Homem com o Chapéu. Uma segunda gargalhada, levantando-se do primeiro depois de uma pausa, partiu dele involuntariamente enquanto ele pensava em como O Homem com o Chapéu funcionava, considerando por sua vez os quatro pontos do céu e depois, pesarosamente, mergulhando sua pá na terra.

Ele empurrou a porta sem trinco do alpendre e passou pelo corredor nu para a cozinha. Um grupo de seus irmãos e irmãs estava sentado em volta da mesa. O chá estava quase acabado e apenas o último do segundo chá regado permanecia no fundo dos pequenos potes de vidro e dos potes de geleia que serviam como xícaras de chá. Crostas descartadas e pedaços de pão com açúcar, tornados marrons pelo chá que havia sido derramado sobre eles, estavam espalhados sobre a mesa. Pequenos poços de chá estavam aqui e ali sobre a tábua, e uma faca com cabo de marfim quebrado foi espetada através da medula de um volume de negócios devastado.

O triste brilho cinza da morte do dia entrou pela janela e pela porta aberta, cobrindo e acalmando silenciosamente um súbito instinto de remorso no coração de Stephen. Tudo o que lhes havia sido negado havia sido dado livremente a ele, o mais velho: mas o brilho silencioso da noite não lhe mostrava em seus rostos nenhum sinal de rancor.

Ele sentou-se perto deles à mesa e perguntou onde estavam seu pai e sua mãe. Um respondeu:

"Foram procurar por uma nova casa."

Ainda outra remoção! Um menino chamado Fallon, em Belvedere, perguntou-lhe muitas vezes com um riso bobo por que se mudavam tão frequentemente. Um olhar de desprezo escureceu rapidamente sua testa enquanto ouvia novamente o riso tolo do autor da pergunta.

Ele perguntou:

"Por que estamos de novo nos mudando, se é uma pergunta justa?"

"Porque o proprietário vai nos colocar para fora."

A voz de seu irmão mais novo do lado mais distante da lareira começou a cantar o ar "*Oft in the Stilly Night*". Um a um os outros tomaram o ar até que um coro completo de vozes estava cantando. Eles cantavam assim durante horas, melodia após melodia, alegria após alegria, até que a última luz pálida morresse no horizonte, até que as primeiras nuvens escuras da noite surgiram e a noite caiu.

Ele esperou por alguns momentos, ouvindo, antes de também tomar o ar com eles. Ele escutava com dor de espírito o tom de cansaço atrás de suas frágeis vozes inocentes e frescas. Mesmo antes de partirem na jornada da vida, eles já pareciam cansados do caminho.

Ele ouviu o coro de vozes na cozinha ecoar e se multiplicar através de uma reverberação sem fim dos coros de infinitas gerações de crianças e ouviu em todos os ecos um eco também da nota recorrente de cansaço e dor. Tudo parecia cansado da vida, mesmo antes de entrar nela. E ele lembrou que Newman tinha ouvido esta nota também nas linhas quebradas de Virgílio "dando expressão, como a própria voz da natureza, a essa dor e cansaço, mas esperança de coisas melhores que tem sido a experiência de seus filhos em todos os tempos."

***

Ele não podia esperar mais.

Da porta da casa pública de Byron para o portão da Capela Clontarf, do portão da Capela Clontail para a porta da casa pública de Byron e depois novamente para a capela e depois novamente para a casa pública ele tinha andado lentamente no início, plantando seus passos escrupulosamente nos espaços da manta de retalhos do caminho, depois cronometrando sua queda para a queda dos versos. Uma hora inteira havia passado desde que seu pai havia entrado com Dan Crosby, o tutor, para descobrir para ele algo sobre a universidade. Durante uma hora inteira ele tinha andado para cima e para baixo, esperando: mas ele não podia esperar mais.

Ele partiu abruptamente para Bull Island, caminhando rapidamente para que o assobio estridente de seu pai não o chamasse de volta; e em poucos momentos ele havia completado a curva no quartel da polícia e estava a salvo.

Sim, sua mãe era hostil à ideia, como ele havia lido no silêncio indiferente dela. No entanto, a desconfiança dela o picou mais intensamente do que o orgulho de seu pai e ele pensou friamente como ele havia observado a fé que estava se desvanecendo em sua alma envelhecendo e se fortalecendo nos olhos dela. Um antagonismo obscuro reuniu força dentro dele e escureceu sua mente como uma nuvem contra a deslealdade dela e quando ela passou, como uma nuvem, deixando sua mente serena e obediente para com ela novamente, ele foi conscientizado de forma obscura e sem arrependimento de um primeiro sonoro pôr do sol de suas vidas.

A universidade! Assim, ele havia passado além do desafio dos sentinelas que haviam permanecido como guardiões de sua infância e haviam procurado mantê-lo entre eles para que ele pudesse estar sujeito a eles e servir a seus fins. O orgulho após a satisfação o elevou como longas ondas lentas. O fim que ele havia nascido para servir ainda não o havia visto o havia levado a escapar por um caminho invisível e agora lhe acenou mais uma vez e uma nova aventura estava prestes a se abrir para ele. Parecia-lhe que ouvia notas de música em forma saltando para cima um tom e para baixo um quarto diminuído, para cima um tom e para baixo um terceiro maior, como chamas triplas saltando em forma, chama após chama, de um bosque à meia-noite. Era um prelúdio de elfo, infinito e sem forma; e, à medida que crescia mais selvagem e mais rápido, as chamas saltando fora do tempo, ele parecia ouvir de baixo dos ramos e gramas criaturas selvagens correndo, seus pés patinando como chuva sobre as folhas. Seus pés passavam em um tumulto de remendos sobre sua mente, os pés de lebres e coelhos, os pés de harpas e de corças e antílopes, até que ele não os ouvia mais e lembrava apenas uma cadência orgulhosa de Newman:

“Cujos pés são como os pés de cervos e debaixo dos braços eternos.”

O orgulho daquela imagem sombria trouxe de volta à sua mente a dignidade do emprego que ele havia recusado. Durante toda a sua infância, ele havia pensado naquilo que tantas vezes havia pensado ser seu destino e quando chegou o momento de obedecer ao chamado que ele havia deixado de lado, obedecendo a um instinto de desvio. Ele havia recusado. Por quê?

Ele virou para o mar a partir da estrada em Dollymount e ao passar para a ponte de madeira fina, sentiu as tábuas tremerem. Um esquadrão de Irmãos Cristãos estava voltando de Bull Island e começou a passar, dois a dois, através da ponte. Logo a ponte inteira tremia e ressoava. Os rostos rudes passaram por ele dois a dois, manchados de amarelo ou vermelho ou lívidos pelo mar, e, enquanto ele se esforçava para olhar para eles com facilidade e indiferença, uma ligeira mancha de vergonha pessoal e comiseração subiu a seu próprio rosto. Zangado consigo mesmo, ele tentou esconder seu rosto dos olhos deles, olhando para baixo, de lado, para as águas rasas e redondas sob a ponte, mas ainda viu um reflexo de seus chapéus de seda pesados, e humildes colarinhos de seda e roupas de escritório soltas e penduradas.

Sua piedade seria como seus nomes, como seus rostos, como suas roupas; e era ocioso para ele dizer a si mesmo que seus corações humildes e contritos, poderia ser, pagaram um tributo muito mais rico de devoção do que o seu jamais havia sido, um presente dez vezes mais aceitável do que sua elaborada adoração. Era ocioso para ele se mover para ser generoso com eles, para dizer a si mesmo que se alguma vez chegasse aos seus portões, despojado de seu orgulho, espancado e no joio do mendigo, eles seriam generosos com ele, amando-o como a si mesmos. Ocioso e amargo, finalmente, para argumentar, contra sua própria certeza desapaixonada, que o mandamento do amor nos obrigava a não amar o próximo como a nós mesmos com a mesma quantidade e intensidade de amor, mas a amá-lo como a nós mesmos com o mesmo tipo de amor.

Ele tirou uma frase de seu tesouro e a falou suavemente para si mesmo:

"Um dia de nuvens marinhas salpicadas."

A frase e o dia e a cena se harmonizaram em um acorde. As palavras. Foram suas cores? Ele permitiu que elas brilhassem e desaparecessem, tonalidade após tonalidade: o ouro do nascer do sol, a carepa e o verde dos pomares de maçã, o azul das ondas, o velo cinzento das nuvens. Não, não eram suas cores: era o equilíbrio e o equilíbrio do próprio período. Será que ele amava então a ascensão e queda rítmica das palavras melhor do que suas associações de lenda e cor? Ou era que, sendo tão fraco de vista quanto tímido de espírito, ele tirava menos prazer do reflexo do mundo sensível brilhante através do prisma de uma linguagem e ricamente armazenada do que da contemplação de um mundo interior de emoções individuais espelhadas perfeitamente em uma prosa periódica lúcida e flexível.

Ele passou da ponte trêmula para terra firme novamente. Naquele instante, como lhe pareceu, o ar arrefeceu; e, olhando com desconfiança para a água, ele viu uma praga voar escurecendo e estalando de repente a maré. Um leve clique em seu coração, um leve palpitar na garganta lhe disse mais uma vez como sua carne temia o frio odor infra-humano do mar: ainda assim, ele não bateu sobre as depressões à sua esquerda, mas se segurou diretamente ao longo da espinha dorsal das rochas que apontavam contra a boca do rio.

Uma luz velada do sol iluminou fracamente o lençol cinza de água onde o rio estava embutido. À distância, ao longo do curso lento dos mastros delgados do Rio Liffey e, mais distante ainda, o tecido escuro da cidade tendia à névoa. Como uma cena em alguma vaga arras, velha como o cansaço do homem, a imagem da sétima cidade da cristandade era visível para ele através do ar atemporal, nem mais velha, nem mais cansada, nem menos paciente de sujeição do que nos dias da coisa mais importante.

Desanimado, ele levantou os olhos em direção às nuvens que se moviam lentamente, sarapintadas e marítimas. Eles estavam viajando através dos desertos do céu, uma multidão de nômades em marcha, viajando alto sobre a Irlanda, em direção ao oeste. A Europa de onde eles tinham vindo se estendia além do Mar da Irlanda, Europa de línguas e vales estranhos e de camponeses e citadinos e de raças entrincheiradas e marchas. Ele ouviu uma música confusa dentro dele como de memórias e nomes dos quais estava quase consciente, mas que não conseguia captar nem por um instante; então a música parecia retroceder, retroceder, retroceder: e de cada rastro de música nebulosa caía sempre uma longa nota de chamada, perfurando como uma estrela o crepúsculo do silêncio. Novamente! Novamente! Novamente! Uma voz de além do mundo estava chamando.

"Olá, Stephanos!"

"Aí vem o Dedalus!"

Ele reconheceu sua fala coletivamente antes de distinguir seus rostos. A simples visão daquela mistura de nudez úmida o gelou até os ossos. Seus corpos, brancos como cadáveres ou impregnados de uma pálida luz dourada ou de um bronzeado crua pelos sóis, brilhavam com a umidade do mar. Seus trajes de mergulho, equilibrados em seus suportes rústicos e balançando, e as pedras rústicas do quebra-mar inclinado sobre as quais eles trepavam em suas brincadeiras, brilhavam com um brilho úmido e frio. As toalhas com que batiam em seus corpos estavam pesadas de água fria do mar: e encharcados de salmoura fria estavam seus cabelos emaranhados.

Ele ficou parado em deferência aos seus apelos e parou a sua brincadeira com palavras fáceis. Como eles pareciam sem caráter: Shuley, sem seu colarinho desabotoado profundo, Ennis sem seu cinto escarlate com o fecho serpenteado, e Connolly sem seu casaco Norfolk com os bolsos laterais sem abas! Foi uma dor ao vê-los e uma dor como uma espada ao ver os sinais da adolescência que fizeram repelir sua nudez lamentável. Talvez eles tivessem se refugiado em número e barulho do pavor secreto em suas almas. Mas ele, além deles e em silêncio, lembrou-se em que pavor estava do mistério de seu próprio corpo.

"Stephanos Dedalus!"

A brincadeira deles não era nova para ele e agora lisonjeava sua suave soberania orgulhosa. Agora, como nunca antes, seu estranho nome lhe parecia uma profecia. Tão intemporal parecia o ar quente cinza, tão fluido e impessoal de seu próprio humor, que todas as idades eram como uma só para ele. Um momento antes que o fantasma do antigo reino dos dinamarqueses tivesse olhado para frente através da veste da cidade embrulhada. Agora, ao nome do fabuloso artifício, ele parecia ouvir o barulho das ondas fracas e ver uma forma alada voando acima das ondas e subindo lentamente no ar. O que isso significava? Era um dispositivo curioso abrindo uma página de algum livro medieval de profecias e símbolos, um homem parecido com um falcão voando ao sol sobre o mar, uma profecia do fim que ele havia nascido para servir e que havia seguido através das brumas da infância, um símbolo do artista forjando de novo em sua oficina a partir da matéria preguiçosa da terra um novo ser imperecível e em ascensão?

Seu coração tremia; sua respiração vinha mais rapidamente e um espírito selvagem passava por cima de seus membros como se ele estivesse voando ao sol. Seu coração tremeu em um êxtase de medo e sua alma estava em voo. Sua alma elevou-se em um ar além do mundo e o corpo que ele conhecia era purificado em uma respiração e liberado da incerteza e se tornava radiante e misturado com o elemento do espírito. Um êxtase de voo tornava radiantes seus olhos e sua respiração selvagem e tremulante e radiante seus membros expostos ao vento.

"Um! Dois! Cuidado!"

"Oh, caramba, estou afogando!"

"Um! Dois! Três e fora!"

"Oh, caramba, estou afogando!"

"O próximo! O próximo!"

"Um!"

"Stephaneforos!"

Sua garganta doía com o desejo de chorar em voz alta, o grito de um falcão ou águia no alto, de chorar ferozmente de sua libertação aos ventos. Este era o chamado da vida para sua alma, não a voz grosseira e monótona do mundo dos deveres e do desespero, não a voz desumana que o havia chamado para o serviço pálido do altar. Um instante de voo selvagem o havia libertado e o grito de triunfo que seus lábios retinham, o cérebro.

"Stephaneforos!"

O que eram agora senão certezas sacudidas do corpo da morte - o medo que ele tinha caminhado de noite e de dia, a incerteza que o tinha tocado em volta, a vergonha que o tinha humilhado dentro e fora, - os lençóis da sepultura?

Sua alma havia surgido do túmulo da infância, cuspindo-lhe a roupa da sepultura. Sim! Sim! Sim! Ele criaria orgulhosamente da liberdade e do poder de sua alma, como o grande artífice cujo nome ele carregava, um ser vivo, novo e ascendente e belo, impalpável.

Ele começou nervosamente a partir do bloco de pedra, pois não conseguia mais apagar a chama em seu sangue. Ele sentiu suas bochechas inflamadas e sua garganta inflamada com o canto. Havia uma luxúria de vaguear em seus pés que ardia para partir para os confins da terra. Em frente! Seu coração parecia chorar. A noite se aprofundava acima do mar, a noite caía sobre as planícies, o amanhecer brilhava diante do vagabundo e lhe mostrava estranhos campos, colinas e rostos. Onde?

Ele olhou para o norte, em direção a Howth. O mar tinha caído abaixo da linha do quebra mar no lado raso e já a maré estava se esgotando rapidamente ao longo da orla. Já um longo banco oval de areia estava quente e seco em meio às ondas. Aqui e ali, ilhas de areia quente brilhavam sobre a maré rasa: e sobre as ilhas e ao redor do longo banco e em meio às correntes rasas da praia havia figuras claras, vagueando e mergulhando.

Em poucos momentos ele estava descalço, suas meias dobradas nos bolsos e seus sapatos de lona pendurados por seus atacadores com alguns nós sobre seus ombros: e, pegando um pau de salteado pontiagudo entre as rochas, ele se agachou na encosta do quebra mar.

Havia um longo riacho no cordão: e, enquanto subia lentamente seu curso, ele se perguntava sobre a interminável deriva das algas marinhas. Esmeralda e preta e carepa e azeitona, ela se movia sob a corrente, balançando e girando. A água do riacho era escura com uma deriva interminável e espelhava as nuvens altas. As nuvens flutuavam sobre ele silenciosamente e silenciosamente o assento do riacho flutuava abaixo dele; e o ar quente cinza continuava: e uma nova vida selvagem cantava em suas veias.

Onde estava agora sua infância? Onde estava a alma que havia pendurado de volta ao seu destino, para chocar sozinha com a vergonha de suas feridas e em sua casa de miséria e subterfúgio para enraizá-lo em certezas desbotadas e em grinaldas que murchavam ao toque? Ou onde ele estava.

Ele estava sozinho. Ele estava descuidado, feliz e próximo ao coração selvagem da vida. Ele estava sozinho e jovem e voluntarioso e de coração selvagem, sozinho em meio a um desperdício de ar selvagem e águas salobras e a colheita do mar de conchas e emaranhados e velados de luz solar cinzenta e de figuras de crianças e meninas e vozes infantis e femininas no ar.

Uma menina estava diante dele no meio do rio: sozinha e imóvel, olhando para o mar. Ela parecia uma pessoa que a magia havia mudado para a semelhança de uma estranha e bela ave marinha. Suas longas e finas pernas nuas eram delicadas como um guindaste e puras salvo onde um rastro esmeralda de algas marinhas havia se moldado como um sinal sobre a carne. Suas coxas, mais cheias e macias como marfim, eram barradas quase até os quadris, onde as franjas brancas de suas gavetas eram como penas de branco suave para baixo. Sua saia azul-escuro foi corajosamente enrolada sobre sua cintura e com uma cauda de pomba atrás dela. Seu peito era como o de uma ave, macio e leve, leve e macio como o peito de alguma pomba escura e traumatizada. Mas seu longo cabelo louro era de menina, e tocava com a maravilha da beleza mortal, seu rosto.

Ela estava sozinha e imóvel, olhando para o mar; e quando sentiu a presença dele e a adoração de seus olhos, seus olhos se voltaram para ele em silêncio sofrimento de seu olhar, sem vergonha ou falta de vontade. Durante muito, muito tempo ela sofreu o olhar dele e depois, em silêncio, retirou seus olhos dos dele e os dobrou em direção ao riacho, agitando suavemente a água com seu pé para cá e para lá. O primeiro ruído suave de água em movimento quebrou o silêncio, baixo e fraco e sussurrando, desmaiando como os sinos do sono; aqui e acolá, aqui e acolá: e uma leve chama tremia em sua face.

"Deus celestial!" exclamou a alma de Stephen, em uma explosão de alegria profana.

Ele se afastou dela de repente e partiu para o outro lado do cordão. Suas bochechas estavam inflamadas; seu corpo estava incandescente; seus membros tremiam.

Sua imagem havia passado para sempre para sua alma e nenhuma palavra havia quebrado o silêncio santo de seu êxtase. Seus olhos o haviam chamado e sua alma havia saltado ao chamado. Para viver, para errar, para cair, para triunfar, para recriar a vida fora da vida! Um anjo selvagem lhe aparecera, o anjo da juventude e da beleza mortal, um enviado dos tribunais justos da vida, para abrir diante dele em um instante de êxtase as portas de todos os caminhos do erro e da glória. Sempre em frente e sempre em frente!

Ele parou de repente e ouviu seu coração no silêncio. Até onde ele havia caminhado? Que horas eram?

Não havia nenhuma figura humana perto dele, nem nenhum som que lhe fosse transmitido pelo ar. Mas a maré estava perto da curva e já o dia estava em declínio. Ele virou para terra e correu em direção à costa e, correndo pela praia inclinada, imprudente com a telha afiada, encontrou um recanto arenoso em meio a um anel de pedras de areia tufada e deitou-se ali para que a paz e o silêncio da noite ainda pudessem ser o motim de seu sangue.

Ele sentiu acima dele a vasta cúpula indiferente e os processos calmos dos corpos celestes: e a terra abaixo dele, a terra que o havia carregado, o havia levado ao seu peito.

Ele fechou seus olhos na languidez do sono. Suas pálpebras tremiam como se sentissem o vasto movimento cíclico da terra e seus observadores, tremiam como se sentissem a estranha luz de algum novo mundo. Sua alma estava desmaiando em algum novo mundo, fantástico, escuro, incerto como debaixo do mar, atravessado por formas e seres nebulosos. Um mundo, um vislumbre ou uma flor? Cintilação e tremor, tremor e desdobramento, uma luz que se quebra, uma flor que se abre, espalhou-se em sucessão interminável para si mesmo, quebrando-se em pleno carmesim e desdobrando-se e desvanecendo-se até a rosa mais pálida, folha por folha e onda de luz por onda de luz, inundando todos os céus com seus suaves fluxos, cada descarga mais profunda que a outra.

A noite havia caído quando ele acordou e a areia e as ervas áridas de sua cama não brilhavam mais. Ele levantou-se lentamente e, lembrando-se do arrebatamento de seu sono, suspirou com sua alegria.

Ele subiu até a crista do monte de areia e o contemplou. A noite havia caído. Uma borda da jovem lua fendia o pálido desperdício de horizonte, a borda de um aro prateado incrustado na areia cinza: e a maré corria rapidamente para a terra com um sussurro baixo de suas ondas, ilhando algumas últimas figuras em piscinas distantes.

CAPÍTULO V

Ele esvaziou sua terceira xícara de chá aguado até o fim e começou a mastigar as cascas de pão frito que estavam espalhadas perto dele, olhando para a poça escura do jarro. O gotejamento amarelo havia sido esvaziado como um buraco no chão e a piscina embaixo dele trouxe de volta à sua memória a água escura da poça em Clongowes, cor de turfa. A caixa de tíquetes de penhor acabara de ser aberta e ele pegou preguiçosamente, um após o outro, com os dedos engordurados, os cartões azuis e brancos rabiscados, lixados e amassados e que traziam o nome do penhor como Daly ou MacEvoy. Consistia de: um par de botas, um casaco de lã, uma calça masculina.

Então ele as colocou de lado e olhou pensativamente para a tampa da caixa, salpicada com marcas de cupim, e perguntou vagamente:

"O relógio está funcionando?"

Sua mãe endireitou o despertador que estava deitado de lado, no meio da lareira, e depois o colocou novamente de lado.

"Uma hora e vinte e cinco minutos," disse ela. "A hora certa agora é dez e vinte. Oh, querido, sabe que você pode tentar chegar a tempo para suas aulas."

"Prepare a bacia para que eu me lave," disse Stephen.

"Katey, preencha a bacia para que Stephen se lave."

"Booty, preencha a bacia para Stephen se lavar."

"Não posso, estou de saída. Preencha, você, Maggie."

Quando o lavatório esmaltado foi colocado no espaço da pia e a velha esponja de lavagem jogada de lado, ele permitiu que sua mãe esfregasse seu pescoço, as dobras das orelhas e os interstícios nas asas do nariz.

"Bem, é um caso triste," disse ela, "quando um estudante universitário está tão sujo que sua mãe tem que lavá-lo."

"Mas isso lhe dá prazer," disse Stephen calmamente.

Um apito ensurdecedor foi ouvido lá de cima e sua mãe colocou um pano úmido em suas mãos, dizendo:

"Seque-se você mesmo e se apresse pelo amor de Deus."

Um segundo apito estridente, prolongado de raiva, levou uma das meninas ao pé da escadaria.

"Sim, pai?"

"A cadela preguiçosa de seu irmão já saiu?"

"Sim, pai."

A garota voltou, fazendo sinais para ele ser rápido e sair calmamente pelos fundos. Stephen riu e disse:

"Ele tem uma curiosa ideia de gênero se acha que uma cadela é masculina."

"Ah, isso é uma vergonha escandalosa para você, Stephen," disse sua mãe, "e você viverá para lamentar o dia em que colocou os pés naquele lugar. Eu sei como isso mudou você."

"Boa manhã a todos," disse Stephen, sorrindo e beijando as pontas de seus dedos em sinal de adeus.

A estrada atrás do terraço estava encharcada e enquanto ele descia lentamente, escolhendo seus passos entre montes de lixo molhado, ouviu uma freira louca gritando no manicômio das freiras além do muro.

"Jesus! Ó Jesus! Jesus!"

Ele sacudiu o som de seus ouvidos por um arremesso irado de sua cabeça e se apressou, tropeçando através das miudezas em forma de mofo, seu coração já mordido por uma dor de repugnância e amargura. O assobio de seu pai, os murmúrios de sua mãe, o grito de uma maníaca invisível, eram para ele agora tantas vozes ofendendo e ameaçando humilhar o orgulho de sua juventude. Ele expulsou seus ecos até mesmo de seu coração com uma execução: mas, enquanto caminhava pela avenida e sentia a luz cinza da manhã caindo sobre ele através das árvores pingando e cheirando o estranho cheiro selvagem das folhas molhadas e da casca, sua alma foi desprendida de suas misérias.

As árvores carregadas de chuva da avenida evocavam nele, como sempre, lembranças das meninas e mulheres nas peças de Gerhart Hauptmann; e a memória de suas pálidas tristezas e a fragrância caindo dos galhos molhados se misturavam em um clima de tranquila alegria. Sua caminhada matinal através da cidade havia começado; e ele pressentiu que, ao passar pelas terras de lama de Fairview, ele pensaria na prosa de Newman; que, ao caminhar pela North Strand Road, olhando ociosamente para as janelas das lojas de provisões, ele se lembraria do humor sombrio de Guido Cavalcanti e sorriria; que ao passar pelos trabalhos de corte de pedra de Baird em Talbot Place, o espírito de Ibsen sopraria através dele como um vento agudo, um espírito de beleza infantil traiçoeiro; e que ao passar pela loja de um negociante de marinha sujo além do Liffey, ele repetiria a canção de Ben Jonson que começa: "Eu não estava mais cansado onde estava."

Sua mente, quando cansava de sua busca pela essência da beleza em meio às palavras espectrais de Aristóteles ou Tomás de Aquino, se voltava com frequência para seu prazer para as delicadas canções dos Elizabetanos. Sua mente, na veste de um monge duvidoso, ficava muitas vezes na sombra sob as janelas daquela época, para ouvir a música grave e zombeteira dos tocadores de alaúde, ou o riso franco dos colecionadores até uma risada muito baixa, uma frase, manchada pelo tempo, de camuflagem, onde a falsa honra picava seu orgulho monge e o expulsava de seu lugar de espreita.

A tradição que acreditava que ele passaria seus dias meditando de modo que o arrebatou da companhia da juventude, era apenas um amontoado de frases esguias da poética e psicologia de Aristóteles e uma Filosofia escolástica da mente de São Tomás. Seu pensamento era um crepúsculo de dúvida e desconfiança de si mesmo, iluminado em momentos pelos relâmpagos da intuição, mas relâmpagos de um esplendor tão claro que naqueles momentos o mundo perecia sobre seus pés como se o fogo tivesse sido consumido: a língua ficava pesada e ele encontrava os olhos dos outros com olhos sem resposta, pois ele sentia que o espírito da beleza o envolvia como um manto e que em devaneio pelo menos ele havia conhecido a nobreza. Mas quando este breve orgulho de silêncio não o sustentava mais, ele ficava feliz por se encontrar ainda no meio de vidas comuns, passando por entre a miséria, o barulho e a preguiça da cidade sem medo e com o coração leve.

Perto dos entesouramentos no canal, ele encontrou o homem consumista com o rosto de boneca e o chapéu sem borda vindo na sua direção, descendo pela encosta da ponte com pequenos degraus, abotoado firmemente em seu sobretudo marrom, e segurando seu guarda-chuva enrolado um ou dois centímetros dele como uma vara adivinhadora. Devem ser onze horas, pensou ele, e espreitou para dentro de um laticínio para ver o tempo. O relógio na leiteria lhe disse que faltavam cinco minutos para às onze, mas, quando ele se virou, ouviu um relógio em algum lugar perto dele, mas sem ser visto, batendo onze golpes com precisão rápida. Ele riu enquanto o ouvia, pois o fez pensar em McCann; e o viu de cócoras e bermudas e com uma bela barbicha, parado ao vento no canto de Hopkins, e o ouviu dizer:

"Dedalus, você é um ser antissocial, envolto em você mesmo. Eu não sou. Sou um democrata: e vou trabalhar e agir pela liberdade social e igualdade entre todas as classes e sexos na Europa do futuro."

Onze! Então ele também estava atrasado para aquela aula. Em que dia da semana era isso? Ele parou em um quiosque para ler a manchete de um cartaz. Quinta-feira. Ele gostava da aula de língua inglesa e se sentiu, mesmo a essa distância, inquieto e desamparado. Ele viu seus colegas de turma se curvarem mansamente enquanto escreviam em seus cadernos de anotações os pontos que lhes eram oferecidos, definições nominais, definições essenciais e exemplos ou datas de nascimento ou morte, obras principais, uma crítica favorável e uma crítica desfavorável lado a lado. Sua própria cabeça não estava dobrada por seus pensamentos vagueando pelo exterior e se ele olhava ao redor da pequena turma de estudantes ou pela janela através dos jardins desolados do Green, um odor o assaltava de cave sem alegria, úmido e decadente. Outra cabeça diferente da dele, bem antes dele, nos primeiros bancos, estava posicionada bem acima de seus companheiros dobrados como a cabeça de um padre apelando sem humildade para o tabernáculo para os humildes adoradores a seu respeito. Por que, quando ele pensava em Cranly, nunca podia levantar diante de sua mente toda a imagem de seu corpo, mas apenas a imagem da cabeça e do rosto? Mesmo agora contra a cortina cinza da manhã ele o viu diante de si como o fantasma de um sonho, o rosto de uma cabeça cortada ou de uma máscara da morte, coroada nas sobrancelhas por seus rígidos cabelos pretos e verticais como por uma coroa de ferro. Era um rosto semelhante a um sacerdote, semelhante a um sacerdote em sua palidez, no nariz largo alado, nas sombras abaixo dos olhos e ao longo das mandíbulas, semelhante a um sacerdote nos lábios que eram longos e sem sangue e com um leve sorriso: e Stephen, lembrando-se rapidamente de como havia contado ao Cranly todos os tumultos, agitações e anseios em sua alma, dia após dia e noite após noite, apenas para ser respondido pelo silêncio auditivo de seu amigo, teria dito a si mesmo que era o rosto de um padre culpado que ouviu confissões daqueles que não tinha poder para absolver, mas que sentiu novamente na memória o olhar de seus olhos escuros e femininos.

Através desta imagem, ele teve um vislumbre de uma estranha caverna escura de especulação, mas imediatamente se afastou dela, sentindo que ainda não era a hora de entrar nela. Mas a sombra noturna da indiferença de seu amigo parecia estar difundindo no ar ao seu redor uma exalação tênue e mortal; e ele se viu olhando de uma palavra casual a outra à sua direita ou à sua esquerda em uma maravilha estólida que tinham sido tão silenciosamente esvaziadas de sentido instantâneo até que toda lenda amarrou sua mente como as palavras de um feitiço e sua alma se encolheu suspirando com a idade enquanto caminhava em uma faixa entre montes de língua morta. Sua própria consciência de linguagem estava fugindo de seu cérebro e se arrastando para dentro das próprias palavras, que se ligavam e se desarticularam em ritmos desordenados:

> *"As hera choramingam sobre a parede,*
>
> *E lamentos e cordéis sobre a parede,*
>
> *A hera amarela sobre a parede,*
>
> *Hera, hera na parede."*

Alguém já ouviu tal conversa fiada? Senhor Todo-Poderoso! Quem já ouviu falar de hera chorando em um muro? Hera amarela: tudo bem. E a hera de marfim?

A palavra agora brilhava em seu cérebro, mais clara e brilhante do que qualquer marfim serrado com as presas mosqueadas de elefantes. Marfim. Um dos primeiros exemplos que ele tinha aprendido em latim tinha corrido: *India mittit ebur* [Marfim da Índia]; e ele lembrou a face astuta do reitor que o havia ensinado a interpretar as Metamorfoses de Ovídio em um inglês cortês, tornado caprichoso pela menção de porcos e cisnes e chineses de bacon. Ele tinha aprendido o pouco que sabia das leis do verso latino a partir de um livro esfarrapado escrito por um padre português.

As crises e vitórias e secessões da história romana foram-lhe entregues nas palavras banais em tanto discriminação e ele havia tentado penetrar na vida social da cidade das cidades através das palavras *implere ollam denariorum* [pote completo de dinheiro] que o reitor havia proferido sonoramente como o enchimento de um pote com dinheiro. As páginas de seu Horácio, que já havia passado dos tempos, nunca sentiram frio ao toque, mesmo quando seus próprios dedos estavam frios: eram páginas humanas e cinquenta anos antes haviam sido viradas pelos dedos humanos de John Duncan Inverarity e por seu irmão, William Malcolm Inverarity. Sim, esses eram nomes nobres na folha escura e, mesmo para um latinista tão pobre como ele, os versos escurecidos eram tão perfumados como se tivessem ficado todos aqueles anos em murta e lavanda e verbena; mas ainda assim o feriu pensar que ele nunca seria senão um tímido convidado na festa da cultura do mundo e que o aprendizado monge, em termos do qual ele estava se esforçando para forjar uma filosofia estética, não era mais elevado pela idade em que ele vivia do que os jargões sutis e curiosos da heráldica e da falcoaria.

O bloco cinzento do Trinity College, à sua esquerda, colocado fortemente na ignorância da cidade como uma pedra monótona colocada em um anel incômodo, puxou sua mente para baixo e enquanto ele se esforçava desta maneira e que para libertar seus pés das grilhetas da consciência reformada, ele veio sobre a estátua do poeta nacional da Irlanda.

Ele olhou para tudo sem raiva: pois, embora a preguiça do corpo e da alma rastejasse sobre isso como vermes invisíveis, sobre os pés embaralhados e sobre as dobras do manto e ao redor da cabeça servil, ele parecia humildemente consciente de sua indignidade. Era um Firbolg [tribos de semi-gigantes que se enclausuram em redutos remotos na floresta, preferindo passar seus dias em harmonia tranquila com a natureza] com o manto emprestado por um habitante de Mileto; e ele pensou em seu amigo Davin, o estudante camponês. Era um nome jocoso entre eles, mas o jovem camponês aborrecia com ele levemente:

"Vá em frente, Stevie, eu tenho a cabeça dura, você me diz. Chama-me o que quiseres."

A versão caseira de seu nome cristão nos lábios de seu amigo havia tocado Stephen agradavelmente quando foi ouvido pela primeira vez, pois ele era tão formal no discurso com os outros quanto eles o eram com ele. Muitas vezes, ao sentar-se nos quartos de Davin na Grantham Street, perguntando-se sobre as botas bem feitas de seu amigo que flanqueavam a parede par a par e repetindo para o ouvido simples de seu amigo os versos e cadências dos outros que eram os véus de seu próprio anseio e desânimo, a mente rude de Firbolg de seu ouvinte havia puxado sua mente em direção a ele e o atirou de volta novamente, desenhando-o por uma calma cortesia consanguínea, ou por uma curiosa reviravolta do velho discurso inglês ou pela força de sua delícia em habilidade corporal rude - pois Davin tinha sentado aos pés de Michael Cusack, o Gael repelindo rápida e repentinamente por uma grosseira falta de inteligência ou por um olhar de terror nos olhos, o terror da alma de uma aldeia irlandesa faminta na qual o toque de recolher ainda era um medo noturno.

Lado a lado com sua memória dos feitos de proeza de seu tio Mat Davin, o atleta, o jovem camponês venerava a triste lenda da Irlanda. Os mexericos de seus colegas estudantes, que se esforçavam para tornar significativa a vida plana da faculdade a qualquer custo, adoravam pensar nele como um jovem feniano. Sua enfermeira o havia ensinado irlandês e moldado sua imaginação rude com as luzes quebradas do mito irlandês. Ele se posicionava em direção ao mito sobre o qual nenhuma mente individual jamais havia traçado uma linha de beleza e às suas histórias pesadas que se dividiam contra si mesmas à medida que desciam os ciclos na mesma atitude que em relação à religião católica romana, a atitude de um servo leal e sem graça. Qualquer coisa de pensamento ou de sentimento que lhe chegasse da Inglaterra, ou por meio da cultura inglesa, sua mente estava armada em obediência a uma senha: e do mundo que estava além da Inglaterra, ele conhecia apenas a legião estrangeira da França na qual ele falava em servir.

Associando essa ambição ao humor do jovem, Stephen o chamou muitas vezes de um dos gansos mansos: e havia até mesmo um ponto de irritação no nome apontado contra essa mesma relutância de falar e agir em seu amigo, que parecia tantas vezes estar entre a mente de Stephen, ávido de especulações, e os caminhos ocultos da vida irlandesa.

Certa noite, o jovem camponês, com o espírito atormentado pela linguagem violenta ou luxuosa com que Stephen escapava do frio silêncio da revolta intelectual, evocou na mente de Stephen uma estranha visão. Os dois caminhavam lentamente em direção aos quartos de Davin pelas ruas estreitas e escuras dos judeus mais pobres.

"Uma coisa aconteceu comigo mesmo, Stevie, no outono passado, vindo no inverno, e eu nunca disse isso a uma alma viva e você é a primeira pessoa a quem eu disse isso agora. Eu não me lembro se foi em outubro ou novembro. Era outubro porque foi antes de eu vir para cá para entrar na classe de matrículas."

Stephen tinha voltado seus olhos sorridentes para o rosto de seu amigo, lisonjeado por sua confiança e conquistado a simpatia pelo sotaque simples do orador.

"Estava longe de minha própria casa em Buttevan - não sei se você sabe onde isso fica - numa partida de arremesso entre os Croke's Own Boys e os Fearless Thurles e por Deus, Stevie, essa era uma luta difícil. Meu primo em primeiro lugar, Fonsy Davin, foi despojado de seus ombros naquele dia, cuidando friamente dos Limericks, mas ele estava com os atacantes na metade do tempo e gritando como louco. Eu nunca vou esquecer aquele dia. Certo momento, um dos Crokes fez uma limpeza terrível nele com seu taco e eu declaro a Deus que ele estava prestes a acertá-lo na lateral de sua têmpora. Oh, por Deus, se a curva do taco o atingisse ele estaria perdido."

"Fico feliz por ele ter escapado," Stephen tinha dito com uma risada, "mas certamente não foi isso o estranho que aconteceu com você?"

"Bem, suponho que isso não lhe interessa, mas pelo menos houve tanto barulho depois do jogo que perdi o trem de volta para casa e não consegui nenhum tipo de ajuda para me dar uma carona, pois, por sorte, houve uma reunião em massa naquele mesmo dia em Castletownroche e todos os táxis do país estavam lá. Portanto, minha única alternativa era ir para casa a pé. Bem, eu comecei a andar e continuei e estava chegando à noite quando cheguei a Ballyhoura Hills, que fica a mais de dez milhas de Kilmallock e há uma longa estrada solitária depois disso. Não se via o sinal de uma casa cristã ao longo da estrada, nem se ouvia algum som. Estava quase escuro como breu. Uma ou duas vezes parei no caminho debaixo de um arbusto para acender meu cigarro e pelo motivo do orvalho ser grosso que eu não me estiquei lá fora e dormi. Finalmente, depois de uma curva da estrada, espiei uma pequena cabana com uma luz na janela. Subi e bati à porta. Uma voz perguntou quem estava lá e eu respondi que estava no jogo em Buttevant e que estava voltando e que eu ficaria grato por um copo d'água. Depois de um tempo, uma jovem mulher abriu a porta e me trouxe uma grande caneca de leite. Ela estava meia despida como se fosse para a cama quando eu bati e ela tinha o cabelo solto e eu pensei pela sua figura e por algo no olhar dela que ela deveria estar carregando uma criança. Ela me manteve em conversa durante muito tempo à porta, e eu achei estranho, porque seu peito e seus ombros estavam nus. Ela me perguntou se eu estava cansado e se eu gostaria de passar a noite ali. Ela disse que estava sozinha em casa e que seu marido havia ido naquela manhã para Queenstown com sua irmã. E todo o tempo que ela estava falando, Stevie, ela tinha os olhos fixos no meu rosto e estava tão perto de mim que podia ouvir sua respiração. Quando finalmente lhe devolvi a caneca, ela pegou minha mão para me puxar para dentro da soleira e disse: 'Entre e passe a noite aqui. Você não precisa se preocupar. Não há ninguém aqui a não ser nós mesmos...' Eu não entrei, Stevie. Agradeci a ela e segui meu caminho novamente. Na primeira curva da estrada, olhei para trás e ela estava de pé à porta."

As últimas palavras da história de Davin cantaram em sua memória e a figura da mulher na história ficou em pé, refletida em outras figuras das mulheres camponesas que ele havia visto de pé nas portas de Clane, enquanto os carros universitários passavam, como um tipo de sua raça e da sua própria, uma alma tipo morcego despertando para a consciência de si mesmo na escuridão e no segredo e solidão e, através dos olhos e da voz e do gesto de uma mulher sem engano, chamando o estranho para sua cama.

Uma mão foi colocada em seu braço e uma voz jovem disse:

"Ah, cavalheiro! Seja minha primeira venda de hoje, cavalheiro. Compre esse belo ramalhete. Você comprará, cavalheiro?"

As flores azuis que ela levantou para ele e seus jovens olhos azuis lhe pareceram naquele instante imagens de engano; e ele parou até que a imagem desaparecera e viu apenas seu vestido esfarrapado e seu cabelo úmido e seu rosto.

"Faça-o, cavalheiro!"

"Não tenho dinheiro," disse Stephen.

"Compre as adoráveis flores, sim, senhor? Só um centavo."

"Você ouviu o que eu disse?" perguntou Stephen, inclinando-se para ela. "Eu lhe disse que não tinha dinheiro. Digo-lhe novamente agora."

"Bem, claro, outro dia então, por favor," a menina respondeu após um instante.

"Possivelmente," disse Stephen, "mas não creio que seja provável."

Ele a deixou rapidamente, temendo que a intimidade dela pudesse se transformar em escárnio e desejando estar fora do caminho antes que ela oferecesse sua mercadoria a outro, um turista da Inglaterra ou um estudante da Trinity. A Rua Grafton, ao longo da qual ele caminhou, prolongou aquele momento de pobreza desencorajada. No caminho à frente da rua, foi colocada uma placa em memória de Wolfe Tone e ele se lembrou de ter estado presente com seu pai na sua colocação. Ele lembrou-se com amargura daquela cena de tributo. Havia quatro delegados franceses e um deles, um jovem gordo e sorridente, segurava, preso em um bastão, um cartão no qual estavam impressas as palavras: *Vive l'Irlande*! [Viva a Irlanda!]

Mas as árvores em Stephen's Green eram perfumadas pela chuva e a terra ensanguentada dava seu odor mortal, um leve incenso subindo através do molde de muitos corações. A alma da galante cidade venal de que seus anciãos lhe falaram tinha encolhido com o tempo para um leve odor mortal que se elevava da terra e ele sabia que em um momento em que entrasse no colégio sombrio estaria consciente de uma corrupção diferente da de Buck Egan e Burnchapel Whaley.

Era tarde demais para ir lá em cima para a aula de francês. Ele atravessou o salão e tomou o corredor à esquerda que levava ao teatro de física. O corredor era escuro e silencioso, mas não inoportuno. Por que ele sentiu que não era inoportuno? Será porque ele tinha ouvido que na época de Buck Whaley havia uma escadaria secreta lá? Ou a casa dos jesuítas era extraterritorial e ele estava andando entre alienígenas? A Irlanda do Tom e de Parnell parecia ter recuado no espaço.

Ele abriu a porta do teatro e parou na luz cinza gelada que se debatia através das janelas poeirentas. Uma figura estava agachada diante da grande grade e por sua magreza e cinzento ele sabia que era o vice-reitor que acendia o fogo. Stephen fechou a porta silenciosamente e se aproximou da lareira.

"Bom dia, senhor! Posso ajudá-lo?"

O padre olhou rapidamente para cima e disse:

"Um momento agora, Sr. Dedalus, e você verá. Há uma arte em acender uma fogueira. Nós temos as artes liberais e temos as artes úteis. Esta é uma das artes úteis..."

"Tentarei aprender," disse Stephen.

"Não colocar muito carvão," disse o reitor, "que trabalhava com afinco em sua tarefa - esse é um dos segredos."

Ele produziu quatro pontas de vela a partir dos bolsos laterais de sua batina e as colocou habilmente entre o carvão e os papéis retorcidos. Stephen o observou em silêncio. Ajoelhando-se assim para acender o fogo e ocupado com a disposição de seus pedaços de papel e pontas de vela, ele parecia mais do que nunca um humilde servidor preparando o lugar de sacrifício em um templo vazio, a convite do Senhor. Como uma túnica de linho liso, a batina gasta e desbotada cobria a figura ajoelhada de alguém que os canônicos barrigudos iriam irritar e incomodar. Seu próprio corpo envelhecera em serviço humilde do Senhor - ao cuidar da fogueira sobre o altar, ao cuidar dos problemas secretamente, ao esperar pelos mundanos, ao atacar rapidamente quando licitado - e, no entanto, permanecera descorado por algo de santo ou de beleza prelatícia. Não, sua própria alma havia envelhecido naquele serviço sem crescer em direção à luz e à beleza ou sem espalhar no exterior um odor doce de sua santidade - um mortificado não responderia mais à emoção de sua obediência do que à emoção do amor ou do combate ao seu corpo envelhecido, sobressalente e tendinoso, cinzento com um tom prateado.

O vice-reitor descansou sobre seus calcanhares e aguardou o fogo começar a arder. Stephen, para preencher o silêncio, disse:

"Estou certo de que não consegui acender uma fogueira."

"Você é um artista, não é, Sr. Dedalus?" disse o vice-reitor, olhando para cima e piscando seus olhos pálidos. "O objetivo do artista é a criação do belo. E que é o belo, é outra questão."

Ele esfregou suas mãos lentamente e driblou sobre a dificuldade.

"Pode resolver esta questão agora?" perguntou ele.

"Tomás de Aquino," respondeu Stephen, "diz: *pulcra sunt quæ visa placent.*"

"Este fogo em nossa frente," disse o vice-reitor, "vai ser agradável aos olhos. Será, portanto, bonito?"

"Na medida em que for apreendido pela visão, o que suponho que significa aqui intelecto estético, será belo. Mas Tomás de Aquino também diz que *Bonum est in quod tendit appetitus,* ou seja, depende do ponto de visão. Na medida em que satisfaz o anseio do animal pelo fogo quente, é um bem. No inferno, no entanto, é um mal."

"Exatamente!" disse o reitor. "Você certamente acertou o prego na cabeça."

Ele se levantou ágil e foi em direção à porta, colocou-a entreaberta e disse:

"Diz-se que a corrente de ar é uma ajuda nestes assuntos."

Ao voltar para sua posição, coxeando ligeiramente, mas com um passo rápido, Stephen viu a alma silenciosa de um jesuíta olhando para ele com os olhos pálidos e sem amor. Como Inácio, ele era coxo, mas em seus olhos não queimava nenhuma centelha do entusiasmo de Inácio. Mesmo a lendária arte da empresa, uma arte mais sutil e mais secreta do que seus lendários livros de sabedoria sutil secreta, não havia disparado sua alma com a energia do apostolado. Parecia que ele usava os turnos e a sabedoria e a astúcia do mundo, como se desejava, para a maior glória de Deus, sem alegria no manuseio ou ódio daquilo que neles havia de mal, mas transformando-os, com um gesto firme de obediência, de volta a si mesmos: e por todo esse serviço silencioso parecia que ele não amava de todo o mestre e pouco, ou nada, os fins que ele servia. *Similiter atque senis baculus* [Da mesma forma, e o velho com seu cajado], ele era, como o fundador o teria tido, como um bastão na mão de um velho, para ser apoiado na estrada ao cair da noite ou em estresse do tempo, para deitar-se com o nariz de uma senhora em um assento de jardim, para ser criado em perigo.

O vice-reitor voltou à lareira e começou a acariciar seu queixo.

"Quando podemos esperar ter algo de você sobre a questão estética?" perguntou ele.

“De mim?” disse Stephen espantado. “Tropeço em uma ideia uma vez por quinzena se tiver sorte.”

“Estas perguntas são muito profundas, Sr. Dedalus,” disse o vice-reitor, “é como olhar desde os penhascos de Moher para as profundezas. Muitos descem para as profundezas e nunca sobem. Somente o mergulhador treinado pode descer a essas profundezas e explorá-las e vir à superfície novamente.”

“Se você quer dizer especulação, senhor,” disse Stephen, “também tenho certeza de que não existe tal coisa como livre pensamento, na medida em que todos os pensamentos devem estar vinculados por suas próprias leis.”

“Ha!”

“Para meu propósito, posso trabalhar atualmente à luz de uma ou duas ideias de Aristóteles e Tomás de Aquino.”

“Vejo. Vejo bem o seu ponto de vista.”

“Eu só preciso dele para meu próprio uso e orientação até que eu tenha feito algo por mim mesmo à luz dele. Se a lâmpada queimar ou cheirar mal, tentarei apará-la. Se não der luz suficiente, vou vende-la e comprar outra.”

“Epictetus também tinha um candeeiro,” disse o vice-reitor, “que foi vendido por um preço extravagante após sua morte. Era a lâmpada pela qual ele escreveu suas dissertações filosóficas. Você conhece Epictetus...”

“Um velho cavalheiro,” disse Stephen grosseiramente, “que disse que a alma é muito parecida com um balde cheio de água.”

“Dizia-nos, à sua maneira caseira, que o decano pôs uma lâmpada de ferro diante de uma estátua de um dos deuses e que um ladrão roubou a lâmpada. O que fez o filósofo? Ele refletiu que estava no caráter de um ladrão roubar e determinado a comprar uma lâmpada de barro no dia seguinte, em vez de usar a lâmpada de ferro.”

Um cheiro de sebo derretido surgiu das pontas das velas do reitor e se fundiu na consciência de Stephen com o jingle das palavras, balde e lâmpada e candeeiro e balde. A voz do padre, também, tinha um tom de jingle duro. A mente de Stephen parou por instinto, verificada pelo tom estranho e pela imagem e pelo rosto do padre que parecia uma lâmpada apagada ou um refletor pendurado em um foco falso. O que estava por trás ou dentro dela? Um torpor tedioso da alma ou o entorpecimento do trovão, carregado de intelectualidade e capaz da escuridão de Deus?

"Significa que ele queria um tipo diferente de lâmpada," disse Stephen.

"Sem dúvida," disse o vice-reitor.

"Uma dificuldade," disse Stephen, "na discussão estética é saber se as palavras estão sendo usadas de acordo com a tradição literária ou de acordo com a tradição do mercado. Lembro-me de uma frase de Newman na qual ele diz da Santíssima Virgem que ela foi detida na companhia de todos os santos. O uso da palavra no mercado é bem diferente. Espero não estar detendo o senhor."

"Nem um pouco!" disse o vice-reitor educadamente.

"Não, não," disse Stephen, sorrindo.

"Sim, sim. Veja," disse o vice-reitor rapidamente, "eu entendo bem o ponto: deter."

Ele empurrou seu maxilar inferior para frente e pronunciou uma tosse seca e curta.

"Voltamos à lâmpada," disse ele, "a alimentação da mesma também é um bom problema. Você deve escolher o óleo puro e deve ter cuidado ao despeja-lo para não o transbordar, para não o despejar mais do que o funil pode aguentar."

"Que funil?" perguntou Stephen.

"O funil através do qual você derrama o óleo em sua lâmpada."

"Isso?" disse Stephen. "Isso se chama funil? Não é um distribuidor?"

"O que é um distribuidor?"

"Isso. O... o funil..."

"É como se chama na Irlanda?" indagou o vice-reitor. "Nunca ouvi a palavra em minha vida."

"É chamado de distribuidor em Lower Drumcondra," disse Stephen, rindo. "Onde eles falam o melhor inglês."

"Um distribuidor," disse o vice-reitor refletindo. "Essa é uma palavra muito interessante. Devo olhar para essa palavra. A partir de minha palavra, devo..."

Sua cortesia de maneira soou um pouco falsa e Stephen olhou para o inglês convertido com os mesmos olhos que o irmão mais velho da parábola pode ter se virado contra o pródigo. Um humilde seguidor na esteira de conversões clamorosas, um pobre inglês na Irlanda, parecia ter entrado no palco da história dos jesuítas quando aquele estranho jogo de intriga e sofrimento e inveja e luta e indignidade havia sido dado quase que por um tardio comer, um espírito tardio. Do que ele havia se proposto? Talvez ele tivesse nascido e sido criado entre dissidentes sérios, vendo a salvação somente em Jesus e abominando as pompas vãs do estabelecimento. Teria ele sentido a necessidade de uma fé implícita em meio à confusão do sectarismo e ao jargão de seus cismas turbulentos, seis homens principais, pessoas peculiares, batistas de sementes e serpentes, dogmáticos? Teria ele encontrado a verdadeira igreja, de repente, ao ser enrolada até o fim, como um carretel de algodão, alguma linha de raciocínio fino sobre a insuflação da imposição das mãos ou da procissão do Espírito Santo? Ou o Senhor Cristo o havia tocado e mandado segui-lo, como aquele discípulo que havia se sentado ao receber o costume, ao sentar-se à porta de alguma capela com telhado de zinco, bocejando e contando sobre o pence de sua igreja?

O vice-reitor repetiu a palavra mais uma vez.

"Distribuidor! Bem, agora, isso é interessante!"

"A pergunta que você me fez há pouco me parece mais interessante. Qual é aquela beleza que o artista luta para expressar a partir de pedaços de terra?" disse Stephen friamente.

A pequena palavra parecia ter virado um ponto mais sensível contra este inimigo cortês e vigilante. Ele sentiu com uma esperteza de desânimo que o homem a quem ele estava falando era um compatriota de Ben Jonson. Ele pensou:

"O idioma em que estamos falando é o dele antes de ser o meu. Quão diferentes são as palavras em seus lábios e em meus! Eu não posso falar ou escrever estas palavras sem agitação de espírito. Sua língua, tão familiar e tão estrangeira, será sempre para mim um discurso adquirido. Eu não fiz nem aceitei suas palavras. Minha voz as mantém à distância. Minha alma se inquieta na sombra de sua língua."

"E para distinguir entre o belo e o sublimado," o vice-reitor acrescentou, "distinguir entre a beleza moral e a beleza material. E para Indagar que tipo de beleza é próprio de cada uma das várias artes. Estes são alguns pontos interessantes que podemos retomar."

Stephen, desanimado subitamente pelo tom seco e firme do reitor, ficou em silêncio: e através do silêncio, um barulho distante de muitas botas e vozes confusas subia a escadaria.

"Em busca destas especulações," disse o vice-reitor conclusivo, "há, no entanto, o perigo de perecer de inanição. Primeiro você deve tirar o seu diploma. Defina isso diante de você como seu primeiro objetivo. Depois, pouco a pouco, você verá seu caminho. Em todos os sentidos, seu caminho na vida e no pensamento. No início, pode ser uma pedalada de subida. Veja o Sr. Moonan. Ele esteve muito tempo antes de chegar ao topo. Mas ele chegou lá."

"Posso não ter seu talento," disse Stephen silenciosamente.

"Você nunca saberá," disse brilhantemente o vice-reitor. "Nunca podemos dizer o que está em nós. Eu certamente não deveria estar desanimado."

Ele deixou a lareira rapidamente e foi em direção ao desembarque para supervisionar a chegada da primeira classe de artes.

Encostado à lareira, Stephen o ouviu cumprimentar de forma rápida e imparcial cada aluno da classe e quase pôde ver os sorrisos francos dos alunos mais grosseiros. Uma piedade desoladora começou a cair como orvalho sobre seu coração facilmente amargo por este fiel servidor do cavaleiro Loyola, por este meio-irmão do clero, mais venal do que eles na fala, mais firme de alma do que eles, a quem ele nunca chamaria de seu pai fantasmagórico: e ele pensou como este homem e seus companheiros haviam ganho o nome de mundanos nas mãos não só dos mundanos, mas também dos mundanos por terem pleiteado, durante toda a sua história, na barra da justiça de Deus para as almas dos frouxos e dos tépidos e prudentes.

A entrada do professor foi percebida e os alunos se sentaram no andar mais alto do sombrio teatro sob as janelas de teia de aranha cinza. A chamada presencial começou e as respostas aos nomes foram dadas em todos os tons até que o nome de Peter Byrne foi alcançado.

"Aqui!"

Uma nota de baixo profundo em resposta veio do nível superior, seguida por tosses de protesto ao longo das outras bancadas.

O professor fez uma pausa em sua leitura e chamou o nome seguinte:

"Cranly!"

Sem resposta.

"Sr. Cranly!"

Um sorriso voou sobre o rosto de Stephen enquanto ele pensava nos estudos de seu amigo.

"Tente Leopardo!" disse uma voz do banco atrás.

Stephen olhou para cima rapidamente, mas o rosto de Moynihan, delineado sobre a luz cinza, era impassível. Uma fórmula foi dada. Em meio ao barulho dos cadernos, Stephen voltou para trás e disse:

"Dê-me um papel, por amor de Deus!"

"Você é tão mau quanto isso..." disse Moynihan com um largo sorriso.

Ele rasgou uma folha de seu rabisco e a passou para baixo, sussurrando:

"Em caso de necessidade, qualquer leigo ou mulher pode fazê-lo."

A fórmula que ele escreveu obedientemente na folha de papel, os cálculos de enrolar e desenrolar do professor, os símbolos espetaculares de força e velocidade fascinaram e deixaram a mente de Stephen exausta. Ele tinha ouvido alguns dizerem que o velho professor era um maçom ateu. Oh, o dia cinzento e tedioso! Parecia um limbo de indolor consciência paciente através do qual as almas dos matemáticos podiam vaguear, projetando longos tecidos esbeltos de plano em plano de crepúsculo cada vez mais raro e pálido, irradiando rápidos redemoinhos até as últimas vergas de um universo cada vez mais vasto, mais distante e mais impalpável.

"Pois, devemos distinguir entre elíptico e elipsoidal. Talvez alguns de vocês conheçam as obras do Sr. W. S. Gilbert. Em uma de suas canções, ele fala do bilhar afiado que está condenado a tocar:"

> *"Sobre um pano falso*
>
> *Com um taco retorcido*
>
> *E bolas de bilhar elípticas."*

"Ele quer explicar sobre uma bola com a forma da elipsoide dos eixos principais dos quais falei há pouco."

Moynihan inclinou-se para baixo em direção à orelha de Stephen e murmurou: "Que preço as bolas elipsoidais! Perseguem-me, senhoras, estou na cavalaria!"

O humor rude de seu companheiro de classe correu como uma rajada no claustro da mente de Stephen, sacudindo em vestes sacerdotais da vida alegre que penduraram nas paredes, fazendo-as balançar e cativar em um sábado de desgoverno. As formas da comunidade surgiram a partir das vestes sopradas pela rajada, o vice-reitor, o ecônomo portentoso com seus cabelos grisalhos, o presidente, o pequeno padre de cabelos emplumados que escreveu versos devotos, a forma camponesa de cócoras do professor de economia, a forma alta do jovem professor de ciências mentais, discutindo no desembarque um caso de consciência com sua classe como uma girafa cortando folhas altas entre uma manada de antílopes, o professor de italiano de cabeça redonda gorda com os olhos de seu vilão. Eles vinham deambulando e tropeçando, cambaleando e cativando, dando golpes em seus vestidos para dar um salto de sapo, segurando-se uns aos outros, sacudindo com profundo riso falso, batendo uns nos outros atrás e rindo de sua malícia rude, chamando uns aos outros por apelidos familiares, protestando com súbita dignidade por algum uso rude, sussurrando dois e dois atrás de suas mãos.

O professor tinha ido para as caixas de vidro na parede lateral, de uma prateleira da qual ele tirou um conjunto de bobinas, soprou o pó de muitos pontos e, levando-o cuidadosamente para a mesa, segurou um dedo enquanto prosseguia com sua palestra. Ele explicou que os fios das bobinas modernas eram de um composto chamado platinoide, recentemente descoberto por F. W. Martino.

Ele falou claramente as iniciais e o sobrenome do descobridor. Moynihan sussurrou por trás:

"Bem, meu velho Martino de Água Doce!"

"Pergunte a ele!" Stephen sussurrou de volta com humor cansado. "Se ele quer um assunto para eletrocussão. Ele pode me ter."

Moynihan, vendo o professor se dobrar sobre as bobinas, levantou-se em sua bancada e, estalando ruidosamente os dedos de sua mão direita, começou a chamar com a voz de um ouriço baboso: "Por favor, professor! Este garoto acabou de dizer uma palavra ruim, professor..."

"Platinoide," o professor disse solenemente, "é preferido à prata alemã porque tem um coeficiente de resistência mais baixo pelas mudanças de temperatura. O fio platinoide é isolado e a cobertura de seda que o isola é enrolada nas bobinas de ebonite exatamente onde meu dedo está. Se fosse enrolado individualmente, uma corrente extra seria induzida nas bobinas. As bobinas são saturadas com cera de parafina quente..."

Uma voz afiada do Ulster, dita a partir do banco abaixo de Stephen:

"É provável que nos façam perguntas sobre ciência aplicada..."

O professor começou a fazer malabarismos com os termos ciência pura e ciência aplicada. Um estudante de construção pesada, vestindo óculos de ouro, olhou com alguma maravilha para o questionador. Moynihan murmurou por trás em sua voz natural:

"Não é MacAlister um demônio para sua libra de carne?"

Stephen olhava friamente no crânio oblongo por baixo dele, com os cabelos emaranhados de cor dupla. A voz, o sotaque, a mente do questionador o ofendeu e ele permitiu que a ofensa o levasse à indelicadeza intencional, fazendo com que sua mente pensasse que o pai do estudante teria feito melhor se ele tivesse enviado seu filho a Belfast para estudar e tivesse guardado algo no bilhete do trem ao fazê-lo.

O crânio oblongo não se virou para encontrar este eixo de pensamento e ainda assim o eixo voltou a seu tendão: pois ele viu em um momento o rosto pálido do soro de leite do estudante.

"Este pensamento não é meu," ele disse a si mesmo rapidamente. "Veio do irlandês cômico no banco atrás. Paciência. Você pode dizer com certeza por quem a alma de sua raça foi trocada e sua eleição traída pelo questionador ou pelo zombador? Paciência. Lembre-se de Epictetus. Provavelmente está em seu caráter fazer tal pergunta em tal momento, em tal tom, e pronunciar a palavra ciência como um monossílabo."

A voz zangada do professor continuou a se enrolar lentamente em torno das bobinas de que falava, dobrando, triplicando, quadruplicando sua energia sonolenta à medida que a bobina multiplicava seus ômios de resistência.

A voz de Moynihan chamou por trás em eco a um sino distante:

"Prazo acabado, senhores!"

O salão de entrada estava lotado e barulhento de conversa. Em uma mesa próxima à porta havia duas fotografias emolduradas e entre elas um longo rolo de papel com uma cauda irregular de assinaturas. MacCann ia e voltava entre os estudantes, falando rapidamente, respondendo rebuçados e conduzindo um após o outro para a mesa. No salão interno, o vice-reitor estava conversando com um jovem professor, acariciando seu queixo gravemente e acenando com a cabeça.

Stephen, verificado pela multidão à porta, parou irresolutamente. De debaixo da folha larga que caía de um chapéu macio, os olhos escuros de Cranly o observavam.

"Vocês assinaram?" Stephen perguntou.

Cranly fechou sua longa boca fina, comungou consigo mesmo um instante e respondeu:

"Sim."

"Para que serve?"

"Como?"

"Para que serve?"

Cranly virou seu rosto pálido para Stephen e disse de forma branda e amarga:

"Por pax universalis." [Pela paz universal]

Stephen apontou para a fotografia do Czar e disse:

"Ele tem o rosto de um Cristo apaixonado."

O desprezo e a raiva em sua voz trouxeram os olhos de Cranly de volta de um levantamento calmo das paredes do salão.

"Está aborrecido?" perguntou ele.

"Não," respondeu Stephen.

"Você está de mau humor?"

"Não..."

"Dredo ut vos sanguinarius mendax estis," disse Cranly, *"quia facies vostra monstrat ut vos in damno malo humore estis."* [Acredito que você seja um mentiroso de sangue que mostra sua cara na perda do mau humor.]

Moynihan, a caminho da mesa, disse ao ouvido de Stephen:

"MacCann está em forma de ponta. Pronto para derramar a última gota. Um mundo totalmente novo. Sem estimulantes e votos para as cadelas."

Stephen sorriu à maneira desta confiança e, quando Moynihan passou, virou-se novamente para encontrar os olhos de Cranly.

"Talvez você possa me dizer," disse ele, "por que ele derrama sua alma tão livremente em meu ouvido. Você pode..."

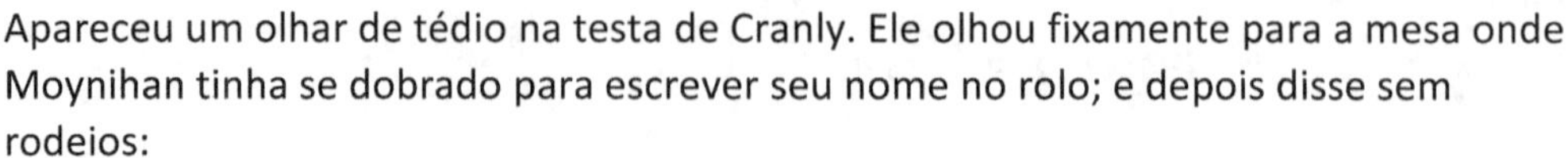

Apareceu um olhar de tédio na testa de Cranly. Ele olhou fixamente para a mesa onde Moynihan tinha se dobrado para escrever seu nome no rolo; e depois disse sem rodeios:

"Açúcar!"

"Quis est in malo humor," disse Stephen, *"ego aut vos?"* [Quem está de mau humor, eu ou você?]

Cranly não aceitou o escárnio. Ele chocou-se com o seu julgamento e repetiu com a mesma força plana:

"Um açúcar em chamas, é o que ele é!"

Era seu epitáfio para todas as amizades mortas e Stephen se perguntava se alguma vez seria falado no mesmo tom sobre sua memória. A pesada frase granulosa afundou lentamente como uma pedra através de um atoleiro. Stephen viu-a afundar como se tivesse visto muitas outras, sentindo seu peso deprimir seu coração. O discurso de Cranly, ao contrário do de Davin, não tinha nem frases raras do inglês elizabetano, nem versões caprichosas de expressões idiomáticas irlandesas. Sua atratividade era um eco dos cais de Dublin devolvido por um porto marítimo em decadência, sua energia um eco da eloquência sagrada de Dublin devolvida de forma lisa por um púlpito Wicklow.

A pesada carranca desbotou do rosto de Cranly enquanto MacCann marchava bruscamente em direção a eles do outro lado do salão.

"Aqui estou!" disse MacCann alegremente.

"Aqui estou eu!" disse Stephen.

"Tardio como sempre. Você não pode combinar a tendência progressiva com o respeito à pontualidade?"

"Essa questão está fora de ordem," disse Stephen. "Próximo negócio."

Seus olhos sorridentes foram fixados em uma tábua prateada de chocolate ao leite que espreitava do bolso do propagandista. Um pequeno círculo de ouvintes fechou-se para ouvir a guerra de perspicácia. Um estudante magro com pele de azeitona e cabelo negro espetou seu rosto entre os dois, olhando de um para o outro a cada frase e parecendo tentar pegar cada frase voadora em sua boca úmida aberta. Cranly tirou do bolso uma pequena bola de mão cinza e começou a examiná-la de perto, virando-a várias vezes.

"Próximo assunto!" disse MacCann.

Ele deu uma grande gargalhada, sorriu amplamente e puxou duas vezes a barbicha cor de palha que estava pendurada em seu queixo rombo.

"O próximo negócio é assinar o depoimento."

"Você vai me pagar alguma coisa se eu assinar?" perguntou Stephen.

"Achei que você fosse um idealista," disse MacCann.

O estudante que parecia um cigano olhou para ele e se dirigiu aos espectadores com uma voz indistinta e sangrenta.

"O inferno, essa é uma noção estranha. Eu considero essa noção como uma noção mercenária."

Sua voz desvaneceu-se em silêncio. Nenhuma atenção foi dada às suas palavras. Ele virou seu rosto de azeitona, equino em expressão, para Stephen, convidando-o a falar novamente.

MacCann começou a falar com energia fluente da rescisão do Czar, de Stead, do desarmamento geral, da arbitragem em casos de disputas internacionais, dos sinais dos tempos, da nova humanidade e do novo evangelho da vida que faria com que fosse o negócio da comunidade assegurar o mais barato possível a maior felicidade possível do maior número possível.

O estudante cigano respondeu ao final do período chorando:

"Três vivas pela fraternidade universal!"

"Vá em frente, Temple," disse um aluno corajoso e robusto perto dele. "Pouco mais de um quartilho."

"Sou um crente na fraternidade universal," disse Temple, olhando para ele de seus olhos ovais escuros. "Marx é apenas um maldito bacalhau."

Cranly agarrou seu braço com força para verificar sua língua, sorrindo desconfortavelmente, e repetiu:

"Fácil, fácil, fácil!"

Temple lutou para liberar seu braço, mas continuou, sua boca salpicada por uma espuma fina:

"O socialismo foi fundado por um irlandês e o primeiro homem na Europa que pregou a liberdade de pensamento foi Collins. Duzentos anos atrás. Ele denunciou o sacerdócio, o filósofo de Middlesex. Três vivas para John Anthony Collins!"

Uma voz fina da beira do ringue respondeu:

"Pip! Pip!"

Moynihan murmurou ao lado do ouvido de Stephen:

"E quanto à pobre irmãzinha de John Anthony?"

"Lottie Collins perdeu as gavetas;

Você não vai gentilmente emprestar as suas a ela?"

Stephen riu e Moynihan, contente com o resultado, murmurou novamente:

"Teremos cinco bobinas para cada lado em John Anthony Collins."

"Estou esperando por sua resposta," disse MacCann brevemente.

"O caso não me interessa," disse Stephen. "Vocês sabem bem disso. Por que vocês fazem uma cena sobre isso?"

"Bom!" disse MacCann, batendo os lábios. "Então você é um reacionário..."

"Você acha que me impressiona," perguntou Stephen, "quando floresce sua espada de madeira?"

"Metáforas!" disse MacCann sem rodeios. "Venha para os fatos."

Stephen corou e virou de lado. MacCann se manteve de pé e disse com humor hostil:

"Os poetas menores, suponho, estão acima de questões tão triviais como a questão da paz universal."

Cranly levantou a cabeça e segurou as bolas entre os dois estudantes por meio de uma oferta de paz, dizendo:

"Pax super totum sanguinarium globum." [Paz, regra sangrenta em todo o globo.]

Stephen, afastando os espectadores, sacudiu seu ombro com raiva na direção da imagem do Czar, dizendo:

"Calme seu ícone. Se temos que ter um Jesus, deixe-nos ter um Jesus legítimo!"

"Para o inferno, essa é uma boa expressão!" disse o estudante cigano para aqueles que o rodeavam. "Essa é uma bela expressão. Eu gosto imensamente dessa expressão."

Ele engoliu a saliva em sua garganta como se estivesse engolindo a frase e, fumegando no auge de suas palavras, voltou-se para Stephen, dizendo:

"Desculpe-me, senhor, o que o senhor quer dizer com essa expressão que acabou de proferir?"

Sentindo-se empurrado pelos estudantes perto dele, disse-lhes ele:

"Estou curioso para saber o que ele quis dizer com essa expressão."

Ele se voltou novamente para Stephen e disse em um sussurro:

"Você acredita em Jesus? Eu acredito no homem. É claro, não sei se você acredita no homem. Eu o admiro, senhor. Admiro a mente do homem independente de todas as religiões. É essa a sua opinião sobre a mente de Jesus?"

"Vá em frente, Temple!" disse o robusto estudante corajoso, voltando, como era seu costume, à sua primeira ideia. "O quartilho está esperando por você."

"Ele pensa que sou um imbecil," Temple explicou a Stephen, "porque sou um crente no poder da mente."

Stephen, no ato de ser levado para longe, viu o rosto rombo de MacCann.

"A minha assinatura não importa," disse ele educadamente. "Vocês estão certos em seguir seus caminhos. Deixem-me seguir o meu."

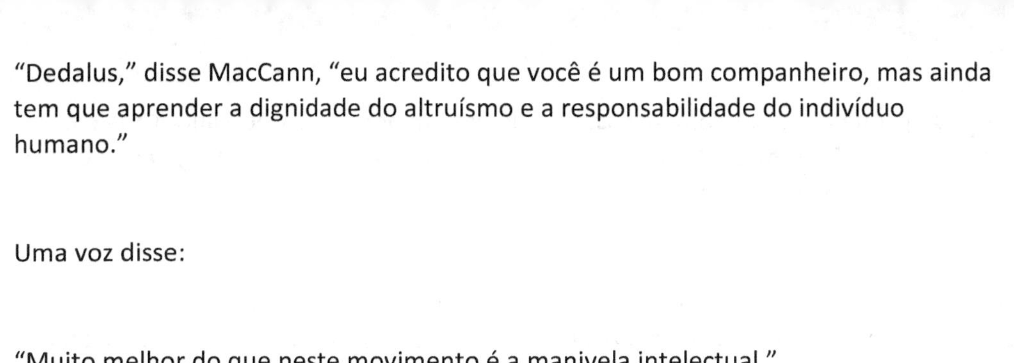

"Dedalus," disse MacCann, "eu acredito que você é um bom companheiro, mas ainda tem que aprender a dignidade do altruísmo e a responsabilidade do indivíduo humano."

Uma voz disse:

"Muito melhor do que neste movimento é a manivela intelectual."

Stephen, reconhecendo o tom duro da voz de MacAlister, não se virou na direção da voz. Cranly empurrou solenemente através da multidão de estudantes, ligando Stephen e Temple como um celebrante atendido por seus ministros a caminho do altar.

Temple se inclinou avidamente sobre o peito de Cranly e disse:

"Você ouviu MacAlister, o que ele disse? A juventude tem ciúmes de você. Você viu isso? Aposto que Cranly não viu isso. Pelo inferno, eu vi isso de uma vez."

Ao cruzarem o salão interno, o vice-reitor estava no ato de fugir do aluno com o qual ele havia conversado. Ele estava aos pés da escada, um pé no degrau mais baixo, sua batina descalça se reunia a seu redor para a subida com cuidado feminino, balançando a cabeça com frequência e repetindo:

"Não há dúvida disso, Sr. Hackett! Muito bem! Não há dúvida disso!"

No meio do salão, o diretor falava sério, com uma voz suave e querida, com um pensionista. Enquanto falava, ele enrugou um pouco sua testa de sardas e, entre suas frases, um lápis de osso minúsculo.

"Espero que todos os homens da área de matemática venham. Os primeiros homens das artes são bastante seguros. As segundas artes, também. Devemos ter certeza dos recém-chegados."

Temple se dobrou novamente através de Cranly, quando eles estavam passando pela porta, e disse em um sussurro rápido:

"Você sabe que ele é um homem casado? Ele era um homem casado antes que eles o convertessem. Ele tem uma esposa e filhos em algum lugar. Pelo inferno, acho que essa é a noção mais estranha que eu já ouvi! Eh?"

Seu sussurro se transformou em gargalhadas manhosas. No momento em que atravessaram a porta, Cranly o agarrou rudemente pelo pescoço e o sacudiu, dizendo:

"Seu tolo flamejante! Vou pegar minha bíblia moribunda, não há um macaco maior do que você em todo o mundo em chamas!"

Temple se mexeu em suas garras, rindo ainda com um conteúdo manhoso, enquanto Cranly repetia com força a cada sacudida rude:

"Um idiota flamejante e sangrento!"

Eles atravessaram juntos o jardim. O diretor, envolto em um pesado manto solto, vinha na direção deles ao longo de uma das caminhadas, lendo. No final da caminhada, ele parou antes de se virar e levantou os olhos. Os estudantes saudaram. Eles caminharam para frente em silêncio. Ao se aproximarem da viela, Stephen pôde ouvir os batimentos das mãos dos jogadores e as batidas molhadas da bola e a voz de Davin gritando animadamente a cada batida.

Os três alunos pararam ao lado de Davin para acompanhar o jogo. Temple, após alguns momentos, se desviou para Stephen e disse:

"Desculpe-me, queria perguntar se você acredita que Jean Jacques Rousseau era um homem sincero..."

Stephen riu sem rodeios. Cranly, pegando o bastão quebrado de um barril a seus pés, virou-se rapidamente e disse com firmeza:

"Temple, eu declaro ao Deus vivo se você disser outra palavra, você sabe, a qualquer um sobre qualquer assunto, eu o matarei!"

"Ele era como você," disse Stephen, "um homem emotivo."

"Maldito seja ele!" disse Cranly amplamente. "Não fale com ele de jeito nenhum. Claro, você pode muito bem estar falando, sabe, com um penico em chamas, do que falando com Temple. Vá para casa, Temple. Pelo amor de Deus, vá para casa!"

"Não me importo nada com você," Temple respondeu, movendo-se para fora do alcance do bastão erguido e apontando para Stephen. "É o único homem que vejo nesta instituição que tem uma mente individual."

"Instituição! Individual!" gritou Cranly. "Vá para casa, exploda-se, pois você é um maldito homem desesperado."

"Sou um homem emocionado," disse Temple, "o que está bem expresso. E estou orgulhoso de ser um emocionalista..."

Ele se esgueirou para fora do beco, sorrindo maliciosamente. Cranly o observou com um rosto vazio e sem expressão.

"Olhem para ele!" ele disse. "Vocês já viram uma parede dessas?"

Sua frase foi saudada por uma risada estranha de um estudante que se encostava contra a parede, com o gorro no topo de seus olhos. A gargalhada, com uma chave alta e vindo de uma estrutura tão musculosa, parecia o choro de um elefante. O corpo do estudante tremeu por toda parte e, para facilitar sua alegria, ele esfregou as duas mãos deliciosamente, sobre suas virilhas.

"Lynch está desperto," disse Cranly.

Lynch, para responder, endireitou-se e empurrou seu peito para frente.

"Lynch expõe seu peito," disse Stephen, "como uma crítica à vida."

Lynch bateu sonoramente no peito e disse:

"Quem tem algo a dizer sobre minha circunferência?"

Cranly o pegou na palavra e os dois começaram a brigar. Quando seus rostos se desmancharam com a luta, eles se desfizeram, ofegando. Stephen se inclinou para Davin que, com a intenção de jogar, não tinha dado atenção à conversa dos outros.

"E como está meu pequeno ganso manso?" perguntou ele. "Você também assinou?"

Davin acenou com a cabeça e disse: "E você, Stevie?"

Stephen balançou a cabeça.

"Você é um homem terrível, Stevie," disse Davin, tirando o cachimbo curto de sua boca, "sempre sozinho."

"Agora que você assinou a petição pela paz universal," disse Stephen, "suponho que você vai queimar aquele pequeno livro que vi em seu quarto."

Como Davin não respondeu, Stephen começou a citar:

"Longa caminhada, Fianna! Incline direito, Fianna! Fianna, por números, saudação, um, dois!" [Fianna eram um grupo de guerreiros independentes das mitologias irlandesa e escocesa.]

"É uma questão diferente," disse Davin. "Sou um nacionalista irlandês, antes de tudo. Mas isso é tudo para você. Você é um escarnecedor nato, Stevie."

"Quando você fizer a próxima rebelião com bastões de arremesso," disse Stephen, "e quiser um informante indispensável, diga-me. Posso encontrar alguns para você nesta faculdade."

“Não consigo entender você,” disse Davin. “Uma vez ouvi você falar contra a literatura inglesa. Agora você fala contra os informantes irlandeses. Com seu nome e suas ideias... você é irlandês de todo?”

“Venha comigo agora ao ofício de armas e eu lhe mostrarei a árvore da minha família,” disse Stephen.

“Então seja um de nós,” disse Davin. “Por que você não aprende irlandês? Por que você desistiu da aula depois da primeira lição?”

“Você sabe a razão,” respondeu Stephen.

Davin jogou a cabeça fora e riu.

“Oh, venha agora!” ele disse. “É por causa daquela certa jovem e do padre Moran? Mas tudo isso está em sua própria mente, Stevie. Eles estavam apenas conversando e rindo...”

Stephen fez uma pausa e colocou uma mão amiga sobre o ombro de Davin.

“Você se lembra,” ele disse, “quando nos conhecemos? Na primeira manhã em que nos conhecemos, você me pediu para lhe mostrar o caminho para a sala de matrículas, colocando uma tensão muito forte na primeira sílaba. Você se lembra? Então você se dirigia aos jesuítas como pais, lembra-se? Eu me perguntava sobre você: Ele é tão inocente quanto seu discurso?”

“Sou uma pessoa simples,” disse Davin. “Você sabe disso. Quando você me disse naquela noite na Harcourt Street aquelas coisas sobre sua vida privada, honestamente para Deus, Stevie, eu não pude jantar. Eu fiquei muito mal. Eu fiquei acordado por muito tempo naquela noite. Por que você me contou essas coisas...”

“Obrigado.” disse Stephen. “Você quer dizer que eu sou um monstro?”

“Não,” disse Davin, “mas eu preferia que você não me tivesse dito nada.”

Uma maré começou a subir sob a superfície calma da simpatia de Stephen.

"Esta raça e este país e esta vida me deixaram assim," disse ele. "Eu me expressarei como sou."

"Tente ser um de nós. No fundo, você é um irlandês, mas seu orgulho é muito poderoso."

"Os meus antepassados desconsideraram a língua deles e tomaram outra. Disseram que eles permitiram que um punhado de estrangeiros os submetesse. Você gostaria que eu pagasse para minha própria vida as dívidas pessoais que eles fizeram? Para quê?"

"Para a nossa liberdade," disse Davin.

"Nenhum homem honrado e sincero," disse Stephen, "entregou a vocês sua vida, sua juventude e seus afetos desde os dias de Parnell, mas vocês o venderam ao inimigo ou falharam com ele em necessidade, ou o injuriaram e o deixaram por outro. E vocês me convidam a ser um de vocês. Eu os veria condenados primeiro."

"Morreram por seus ideais," disse Davin. "Nosso dia ainda chegará, acredite-me."

Stephen, seguindo seu próprio pensamento, ficou em silêncio por um instante.

"A alma nasce," disse ele vagamente, "primeiro naqueles momentos de que lhe falei. Ela tem um nascimento lento e escuro, mais misterioso que o nascimento do corpo. Quando a alma de um homem nasce neste país, há redes atiradas sobre ela para impedi-la de voar. Você me fala de nacionalidade, língua, religião. Vou tentar voar por essas redes."

Davin tirou as cinzas de seu cachimbo.

"Muito profundo para mim. Mas o país de um homem vem primeiro. A Irlanda primeiro, Stevie. Você pode ser um poeta ou um místico depois."

"Você sabe o que é a Irlanda?" revidou Stephen com violência fria. "A Irlanda é a velha porca que come seu peido."

Davin levantou-se de seu assento e foi em direção aos jogadores, balançando a cabeça tristemente. Mas em um momento sua tristeza o deixou e ele estava disputando calorosamente com Cranly e os dois jogadores que haviam terminado seu jogo. Uma partida de quatro foi organizada, Cranly insistiu, no entanto, que sua bola deveria ser usada. Ele a deixou rebater duas ou três vezes na mão e bateu forte e rapidamente em direção à base do beco, exclamando em resposta a seu estrondo:

"Sua alma!"

Stephen ficou com Lynch até que o placar começou a subir. Em seguida, ele o puxou pela manga para se afastar. Lynch obedeceu, dizendo:

"Vamos ir embora, como Cranly disse..."

Stephen sorriu para este impulso lateral.

Eles passaram de volta pelo jardim e pelo corredor onde o porteiro que se esquivava estava colocando um aviso na moldura do corredor. Ao pé dos degraus eles pararam e Stephen tirou um maço de cigarros de seu bolso e o ofereceu ao seu companheiro.

"Sei que você é pobre," disse ele.

"Droga, seu insolente!" respondeu Lynch.

Esta segunda prova da cultura de Lynch fez Stephen sorrir novamente.

"Foi um grande dia para a cultura europeia," disse ele, "quando você se decidiu praguejar."

Eles acenderam seus cigarros e se viraram para a direita. Depois de uma pausa, Stephen começou:

"Aristóteles não definiu piedade e terror. Eu sim. Eu digo..."

Lynch parou e disse sem rodeios:

"Pare com isso! Eu não vou ouvir! Eu estou doente. Ontem à noite saí para beber com Horan e Goggins."

Stephen continuou:

"Piedade é o sentimento que prende a mente na presença de qualquer coisa que seja grave e constante nos sofrimentos humanos. O terror é o sentimento que prende a mente na presença de tudo o que é grave e constante nos sofrimentos humanos e a une com a causa secreta."

"Repita," disse Lynch.

Stephen repetiu as definições lentamente.

"Uma garota entrou em uma carruagem há alguns dias atrás," ele continuou, "em Londres. Ela estava a caminho de encontrar com sua mãe, que não via há muitos anos. Na esquina de uma rua, o eixo da carruagem se deslocou e estilhaçou a janela. Uma agulha longa e fina do vidro perfurou o coração da garota. Ela morreu no mesmo instante. O repórter chamou de morte trágica. Não foi. Está longe do terror e da piedade, de acordo com os termos de minhas definições."

"A emoção trágica, na verdade, é um rosto que olha para dois caminhos, para o terror e para a piedade, ambas fases da mesma. Você vê que eu uso a palavra prisão. Quero dizer que a emoção trágica é estática. Ou melhor, a emoção dramática é. Os sentimentos excitados pela arte imprópria são cinéticos, de desejo ou de aversão. O desejo nos impulsiona a possuir, a ir a algo; a aversão nos impulsiona a abandonar, a ir de algo. As artes que as excitam, pornográficas ou didáticas, são, portanto, artes impróprias. A emoção estética (eu usei o termo geral) é, portanto, estática. A mente é presa e elevada acima do desejo e da aversão."

"Você diz que a arte não deve excitar o desejo," disse Lynch. "Eu lhe disse que um dia escrevi meu nome a lápis no verso da Vênus dos Praxiteles no Museu. Isso não era desejo?"

"Falo de natureza normal," disse Stephen. "Você também me disse que quando você era um garoto naquela encantadora escola de carmelita você comia pedaços de esterco seco."

Lynch quebrou novamente em uma risada e novamente esfregou as duas mãos sobre as virilhas, mas sem tirá-las de seus bolsos.

"Oh, eu comi! Eu comi!" ele exclamou.

Stephen voltou-se para seu companheiro e olhou-o por um momento com ousadia nos olhos. Lynch, recuperando-se de suas risadas, respondeu ao seu olhar de seus olhos humildes. O longo crânio esguio e achatado sob a longa tampa pontiaguda trouxe à mente de Stephen a imagem de um réptil encapuzado. Os olhos, também, eram como répteis em brilho e olhar. No entanto, naquele instante, humilhados e alerta em seu olhar, eles foram iluminados por um pequeno ponto humano, a janela de uma alma enrugada, pungente e auto encolhida.

"Quanto a isso," disse Stephen entre parênteses educados, "somos todos animais. Eu também sou um animal."

"você é!" disse Lynch.

"O desejo e a repugnância excitados por meios estéticos impróprios não são realmente emoções estéticas, não só porque têm um caráter cinético, mas também porque não são mais do que físicas. Nossa carne encolhe o que ela teme e responde ao estímulo ao que deseja por uma ação puramente reflexiva do sistema nervoso. Nossa pálpebra se fecha antes de percebermos que a mosca está prestes a entrar em nosso olho."

"Nem sempre," disse Lynch criticamente.

"Da mesma forma," disse Stephen, "sua carne respondeu ao estímulo de uma estátua nua, mas foi, digo eu, simplesmente uma ação reflexa dos nervos. A beleza expressa pelo artista não pode despertar em nós uma emoção que é cinética ou uma sensação puramente física. Ela desperta, ou deveria despertar, ou induzir, ou deveria induzir, uma estase estética, uma pena ideal ou um terror ideal, uma estase chamada, prolongada, e finalmente dissolvida pelo que eu chamo de ritmo da beleza."

"O que é isso exatamente?" perguntou Lynch.

"Ritmo," disse Stephen, "é a primeira relação estética formal de parte a parte em qualquer todo estético ou de um todo estético a sua parte ou partes ou de qualquer parte ao todo estético de que faz parte."

"Se isso é ritmo," disse Lynch, "deixe-me ouvir o que você chama de beleza: e, por favor, lembre-se, embora eu tenha comido um pouco de bosta de vaca uma vez, que só admiro a beleza."

Stephen levantou seu chapéu como se estivesse em saudação. Depois, corando levemente, colocou a mão na grossa manga de Lynch.

"Nós estamos certos," ele disse, "e os outros estão errados. Falar destas coisas e tentar compreender sua natureza e, tendo compreendido, tentar lenta e humildemente e constantemente expressar, pressionar novamente, a partir da terra bruta ou do que ela produz, do som e da forma e cor que são as portas da prisão de nossa alma, uma imagem da beleza a que chegamos - isto é, da arte..."

Tinham chegado à ponte do canal e, virando-se do seu curso, seguiram em frente, junto às árvores. Uma luz cinza bruta, espelhada na água morna e um cheiro de galhos molhados sobre suas cabeças pareciam entrar em guerra contra o curso do pensamento de Stephen.

"Mas você não respondeu à minha pergunta," disse Lynch. "O que é arte? Qual é a beleza que ela expressa?"

"Essa foi a primeira definição que eu lhe dei, seu cabeça preguiçosa," disse Stephen, "quando eu comecei a tentar pensar no assunto por mim mesmo. Você se lembra daquela noite? Cranly perdeu a calma e começou a falar sobre o bacon de Wicklow."

"Eu me lembro," disse Lynch. "Ele nos falou sobre os demônios gordos flamejantes dos porcos."

"Arte," disse Stephen, "é a disposição humana de matéria sensata ou inteligível para um fim estético. Você se lembra dos porcos e se esquece disso. Vocês formam um par angustiante, você e Cranly."

Lynch fez uma careta no céu cinza cru e disse:

"Se eu tiver que ouvir sua filosofia estética, dê-me pelo menos outro cigarro. Eu não me importo com isso. Eu nem me importo com as mulheres. Maldito seja você e maldito seja tudo. Eu quero um emprego de quinhentas libras por ano. Você não pode me conseguir um..."

Stephen entregou-lhe o maço de cigarros. Lynch pegou o último que ficou, dizendo simplesmente:

"Prossiga!"

"Tomás de Aquino," disse Stephen, "diz que é linda a apreensão do que agrada."

Lynch acenou com a cabeça.

"Eu me lembro disso," disse ele. "*Pulcra sunt quæ visa placent.*" [Existem muitas coisas lindas assim vistas.]

"Ele usa a palavra visto," disse Stephen, "para cobrir apreensões estéticas de todo tipo, seja através da visão ou audição ou através de qualquer outra via de apreensão. Esta palavra, embora seja vaga, é suficientemente clara para afastar o bem e o mal, o que excita o desejo e a aversão. Significa certamente uma estase e não uma cinesia. Que tal a verdade? Ela também produz uma estase da mente. Você não escreveria seu nome a lápis através da hipótese de um triângulo em ângulo reto?"

"Não," disse Lynch, "me dê a hipótese do uso da Vênus de Praxiteles."

"Estático por isso," disse Stephen. "Platão, creio eu, disse que a beleza é o esplendor da verdade. Não creio que tenha um significado, mas a verdade e o belo são semelhantes. A verdade é retida pelo intelecto que é apaziguado pelas relações mais satisfatórias do inteligível: a beleza é retida pela imaginação que é apaziguada pelas relações mais satisfatórias do sensato. O primeiro passo na direção da verdade é compreender a moldura e o alcance do próprio intelecto, compreender o próprio ato de intelectualidade. Todo o sistema filosófico de Aristóteles repousa em seu livro de psicologia e isso, creio, repousa em sua afirmação de que o mesmo atributo não pode, ao mesmo tempo e na mesma conexão, pertencer e não pertencer ao mesmo sujeito. O primeiro passo na direção da beleza é compreender o quadro e o alcance da imaginação, compreender o próprio ato de apreensão estética. Isso é claro?"

"Mas o que é beleza?" perguntou Lynch com impaciência. "Encerrar com outra definição. Algo que nós vemos e gostamos! É o melhor que você e Tomás de Aquino podem fazer?"

"Os gregos, os turcos, os chineses, os coptas, os hotentotes - todos admiram um tipo diferente de beleza feminina. Isso parece ser um labirinto do qual não podemos escapar. Vejo, no entanto, duas saídas. Uma é esta hipótese: que toda qualidade física admirada pelos homens nas mulheres está em conexão direta com as múltiplas funções das mulheres para a propagação da espécie. Pode ser que assim seja. O mundo, ao que parece, é mais sombrio do que mesmo você, Lynch, imaginava. De minha parte, eu não gosto dessa saída. Ela leva à eugenia, e não à estética. Ela o leva para fora do labirinto para uma nova sala de conferências onde MacCann, de um lado sobre 'A Origem das Espécies' e do outro sobre o 'Novo Testamento', lhe diz que você admirava os grandes flancos de Vênus porque você sente que ela lhe suportaria uma progênie corpulenta e admirava seus grandes seios porque você sentia que ela daria bom leite aos filhos dela e aos seus."

"Então, MacCann um mentiroso!" disse Lynch.

"Existe ainda outra saída," disse Stephen, rindo.

"Qual?" disse Lynch.

"Esta hipótese..." Stephen começou.

Uma longa carroça carregada de ferro velho chegou à esquina do hospital de Sir Patrick Dun, cobrindo o final do discurso de Stephen com o rugido áspero de metal emaranhado e chocalhado. Lynch tapou os ouvidos e prestou juramento após juramento até que o veículo passasse. Depois, ele bateu seus pés rudemente. Stephen também se virou e esperou por alguns momentos até que o mal humor de seu companheiro tivesse seu respiradouro.

"Essa hipótese," Stephen repetiu, "é a outra saída: que, embora o mesmo objeto possa não parecer belo para todas as pessoas, todas as pessoas que admiram um objeto belo encontram nele certas relações que satisfazem e coincidem com as próprias etapas de toda a apreensão estética. Estas relações do sensível, visíveis para você através de uma forma e para mim através de outra, devem ser, portanto, as qualidades necessárias da beleza. Agora, podemos voltar ao nosso velho amigo Santo Tomás por mais um tostão de sabedoria."

Lynch riu.

"Entretenho-me imensamente," disse ele, "ouvi-lo citar vez após vez, como um frade alegre e redondo. Você está rindo..."

"MacAlister," respondeu Stephen, "chamaria minha teoria estética de Tomás de Aquino aplicada. Até onde este lado da filosofia estética se estende, Tomás de Aquino me levará ao longo de toda a linha. Quando chegamos aos fenômenos de concepção artística, gestação artística e reprodução artística, necessito de uma nova terminologia e de uma nova experiência pessoal."

"Obviamente," Lynch disse. "Apesar do seu intelecto, Tomás de Aquino era exatamente um bom frade. Mas você me falará sobre a nova experiência pessoal e a nova terminologia em outro dia. Apresse-se e termine a primeira parte."

"Quem sabe?" disse Stephen, sorrindo. "Talvez Tomás de Aquino me entendesse melhor do que você. Ele mesmo foi um poeta. Ele escreveu um hino para a Quinta-feira Santa. Ele começa com as palavras *Pange lingua gloriosi*. Dizem que é a maior glória do hino. É um hino intrincado e calmante. Eu gosto: mas não há hino que possa ser colocado ao lado daquele canto lúgubre e majestoso, o *Vexilla Regis de Venantius Fortunatus*.

Lynch começou a cantar suave e solenemente com uma voz grave profunda:

> *"Inpleta sunt quæ concinit*
>
> *David fideli carmine*
>
> *Dicendo nationibus*
>
> *Regnavit a lingote Deus."*

"Isso é ótimo!" disse ele. "Estou bem satisfeito. Ótima música!"

Eles entraram na Lower Mount Street. A poucos passos da esquina, um jovem gordo, usando uma gravata de seda, saudou-os e parou. "Vocês ouviram o resultado dos exames?" ele perguntou. "Griffin foi depenado. Halpin e O'Flynn já passaram pelo civil. Moonan obteve o quinto lugar no Indiano. O'Shaughnessy ficou em décimo quarto. Os irlandeses do Clark's alimentaram-nos ontem à noite. Todos comeram caril."

Seu rosto pálido e inchado expressou malícia benevolente e, como ele havia avançado através de suas notícias de sucesso, seus olhos pequenos e gordurosos em volta desapareceram da vista e sua voz fraca e sibilante da audição.

Em resposta a uma pergunta de Stephen, seus olhos e sua voz saíram novamente de seus esconderijos.

"Sim, MacCullagh e eu," ele disse. "Ele está levando a matemática pura e eu estou levando a história constitucional. Há vinte sujeitos. Eu também estou levando a botânica. Você sabe que eu sou membro do clube de campo."

Ele se afastou dos outros dois de forma majestosa e colocou uma mão gorda com suas luvas de lã em seu peito, da qual saiu uma risada murmurada de um só golpe.

"Traga-nos alguns nabos e cebolas na próxima vez que vier," disse Stephen, "para fazer um guisado."

O estudante gordo riu indulgentemente e disse:

"Todos nós somos pessoas altamente respeitáveis no clube de campo. No sábado passado saímos para Glenmalure, sete de nós."

"Com mulheres, Donovan?" disse Lynch.

Donovan novamente colocou sua mão no peito e disse:

"Nosso fim é a aquisição de conhecimento."

Então ele disse rapidamente:

"Ouvi dizer que você está escrevendo alguns ensaios sobre estética."

Stephen fez um gesto vago de negação.

"Goethe e Lessing," disse Donovan, "escreveram muito sobre esse assunto, a escola clássica e a escola romântica e tudo mais. O Laocoonte me interessou muito quando o li. Claro que é idealista, alemão, ultra profundo."

Nenhum dos outros falou. Donovan se despediu deles urbanamente.

"Devo ir," disse ele suavemente e benevolentemente. "Tenho uma forte suspeita, quase uma convicção, de que minha irmã pretendia fazer panquecas hoje para o jantar da família Donovan."

"Não se esqueça dos nabos para mim e meu amigo," disse Stephen.

Lynch olhou atrás dele, seu lábio se encaracolando lentamente até que seu rosto se assemelhava a uma máscara do diabo:

"Pensar que aquele gordo pode conseguir um bom emprego..." disse ele longamente "e eu tenho que fumar cigarros baratos!"

Eles viraram o rosto em direção à Praça Merrion e seguiram em silêncio.

"Para terminar o que eu estava dizendo sobre a beleza," disse Stephen, "as relações mais satisfatórias dos sensatos devem, portanto, corresponder às fases necessárias de apreensão artística. Encontre-as e você encontrará as qualidades da beleza universal. Diz Tomás de Aquino: *Ad pulcritudinem tria requiruntur integritas, consonantia, claritas.* Eu o traduzo assim: Três coisas são necessárias para a beleza, a integridade, a consonância e o brilho. Será que estas correspondem às fases de apreensão? Você está seguindo?"

"Se você acha que eu tenho uma inteligência excrementícia corra atrás de Donovan e lhe peça que o escute, é claro!"

Stephen apontou para uma cesta que o garoto de um açougueiro havia invertido em sua cabeça.

"Olhe bem para aquela cesta," disse ele.

"Estou olhando," disse Lynch.

"Para ver aquela cesta," disse Stephen, "sua mente primeiro de tudo separa a cesta do resto do universo visível que não é a cesta. A primeira fase da apreensão é uma linha limite traçada sobre o objeto a ser apreendido. Uma imagem estética nos é apresentada tanto no espaço quanto no tempo. O que é audível é apresentado no tempo, o que é visível é apresentado no espaço. Mas temporal ou espacial, a imagem estética é primeiramente apreendida de forma luminosa como autolimitada e autocontida sobre o fundo imensurável do espaço ou tempo que não é ele. Apreendida como uma coisa. Você a vê como um todo. Você a apreende como um todo. Isto é integridade."

"O olho do touro!" disse Lynch, rindo. "Continue."

"Então," disse Stephen, "você passa de um ponto a outro, guiado por suas linhas formais; você o apreende como parte equilibrada dentro de seus limites; você sente o ritmo de sua estrutura. Em outras palavras, a síntese da percepção imediata é seguida pela análise da apreensão. Ter sentido primeiro que é uma coisa que você sente agora que é uma coisa. Você a apreende como complexa, múltipla, divisível, separável, composta de suas partes, o resultado de suas partes e sua soma, harmoniosa. Isso é consonância."

"O olho do touro novamente!" disse Lynch espirituosamente. "Diga-me agora o que é o brilho e você ganha o charuto."

"A conotação da palavra," disse Stephen, "é bastante vaga. Tomás de Aquino usa um termo que parece ser impreciso. Isso me deixou perplexo por um longo tempo. Isso o levaria a acreditar que ele tinha em mente simbolismo ou idealismo, sendo a qualidade suprema da beleza uma luz de algum outro mundo, a ideia da qual a matéria não era senão a sombra, a realidade da qual não era senão o símbolo. Pensei que ele poderia querer dizer que o brilho era a descoberta artística e a representação do propósito divino em qualquer coisa ou uma força de generalização que faria da imagem estética uma imagem universal, que a fizesse brilhar mais que suas próprias condições. Mas isso é conversa literária. Eu entendo isso. Quando você apreendeu essa cesta como uma coisa e depois a analisou de acordo com sua forma e a apreendeu como uma coisa que você faz a única síntese que é lógica e esteticamente permissível. Você vê que é essa coisa que é e nenhuma outra coisa. Esta qualidade suprema é sentida pelo artista quando a imagem estética é concebida pela primeira vez em sua imaginação. A mente naquele instante misterioso, Shelley comparou maravilhosamente a um carvão em desvanecimento. O instante em que essa suprema qualidade de beleza, o brilho claro da imagem estética, é apreendido luminosamente pela mente que foi presa por sua totalidade e fascinada por sua harmonia é a luminosa estase silenciosa do prazer estético, um estado espiritual muito semelhante àquela condição cardíaca que o fisiologista italiano Luigi Galvani, usando uma frase quase tão bela quanto a de Shelley, chamou de encantamento do coração."

Stephen fez uma pausa e, embora seu companheiro não tenha falado, sentiu que suas palavras haviam chamado em torno deles um silêncio pensado e ensoberbecido.

"O que eu quero dizer," ele recomeçou, "é que ele se refere à beleza no sentido mais amplo da palavra, no sentido que a palavra tem na tradição literária. No mercado, ela tem outro sentido. Quando falamos de beleza no segundo sentido do termo, nosso julgamento é influenciado em primeiro lugar pela própria arte e pela forma dessa arte. A imagem, é clara, deve ser colocada entre a mente ou os sentidos do próprio artista e a mente ou os sentidos dos outros. Se você levar isto em memória, verá que a arte necessariamente se divide em três formas que progridem de uma para a outra. Estas formas são: a forma lírica, a forma na qual o artista apresenta sua imagem em relação imediata consigo mesmo; a forma épica, a forma na qual ele apresenta sua imagem em relação mediata consigo mesmo e com os outros; a forma dramática, a forma na qual ele apresenta sua imagem em relação imediata com os outros."

"Que você me disse há algumas noites," disse Lynch, "e nós começamos a famosa discussão."

"Eu tenho um livro em casa," disse Stephen, "no qual escrevi perguntas que são mais divertidas do que as suas. Ao encontrar as respostas a elas, encontrei a teoria da estética que estou tentando explicar. Aqui estão algumas perguntas que eu mesmo coloquei: Uma cadeira é finamente feita de trágica ou cômica? O retrato de Mona Lisa é bom, se eu desejar vê-lo? O busto de Sir Philip Crampton é lírico, épico ou dramático? Se não, por que não...?"

"Por que não, de fato?" disse Lynch, rindo.

"Se um homem que se irrita com fúria contra um bloco de madeira," Stephen continuou, "e faz ali uma imagem de uma vaca, essa imagem é uma obra de arte? Se não, por que não?"

"Isso é adorável," disse Lynch, rindo de novo. "Isso tem o verdadeiro fedor escolar."

"Escute," disse Stephen, "não deveria ter levado um grupo de estátuas para escrever. A arte, sendo inferior, não apresenta as formas de que falei, claramente distintas uma da outra. Mesmo na literatura, a arte mais elevada e mais espiritual, as formas são muitas vezes confusas. A forma lírica é de fato a mais simples vestimenta verbal de um instante de emoção, um grito rítmico como há séculos aplaudia o homem que puxava o remo ou arrastava pedras por uma encosta. Aquele que o pronuncia é mais consciente do instante de emoção do que de si mesmo como emoção de sentimento. A forma épica mais simples é vista emergindo da literatura lírica, quando o artista se prolonga e se cria como o centro de um evento épico e esta forma progride até que o centro de gravidade emocional esteja equidistante do próprio artista e dos outros. A narrativa não é mais puramente pessoal. A personalidade do artista passa para a própria narração, fluindo ao redor e ao redor das pessoas e da ação como um mar vital. Este progresso você verá facilmente naquela velha balada inglesa Turpin Hero, que começa na primeira pessoa e termina na terceira pessoa. A forma dramática é atingida quando a vitalidade que fluiu e cristalizou ao redor de cada pessoa enche cada pessoa com tal força vital que ele ou ela assume uma vida estética própria e intangível. A personalidade do artista, a princípio um grito ou uma cadência ou um humor e depois uma narrativa fluida e lambida, finalmente se refina fora da existência, se imita, por assim dizer. A imagem estética na forma dramática é a vida purificada e reprojetada a partir da imaginação humana. O mistério da estética, como o da criação material, é realizado. O artista, como o Deus da criação, permanece dentro, atrás ou além ou acima de seu trabalho manual, invisível, refinado fora da existência, indiferente, aparando suas unhas."

"Tentando refiná-las também para fora da existência," disse Lynch.

Uma fina chuva começou a cair do alto céu velado e eles se dirigiram para o gramado para chegar à biblioteca nacional antes da chegada do aguaceiro.

"O que você quer dizer," Lynch perguntou, "por uma prosa sobre a beleza e a imaginação nesta miserável ilha abandonada por Deus? Não é de admirar que o artista tenha se aposentado dentro ou atrás de seu trabalho manual depois de ter perpetrado este país."

A chuva caiu mais rapidamente. Quando passaram pela passagem ao lado da casa Kildare, encontraram muitos estudantes abrigados sob a arcada da biblioteca. Cranly, encostado a um pilar, estava limpando seus dentes com um fósforo afiado, ouvindo alguns companheiros. Algumas garotas estavam de pé perto da porta de entrada. Lynch sussurrou para Stephen:

"Sua amada está aqui."

Stephen tomou seu lugar silenciosamente no degrau abaixo do grupo de estudantes, sem prestar atenção à chuva que caía rapidamente, voltando seus olhos para ela de vez em quando. Ela também permaneceu silenciosamente entre seus companheiros. Ela não tem nenhum padre com quem flertar, ele pensou com amargura consciente, lembrando-se de como a havia visto na última vez. Lynch estava certo. Sua mente esvaziada de teoria e coragem, voltou a cair em uma paz indiferente.

Ele ouviu os estudantes conversando entre si. Falavam de dois amigos que haviam passado no exame final, das chances de conseguir lugares nos transatlânticos, das práticas pobres e ricas.

"Isso é tudo uma bolha. A prática de um país irlandês é melhor."

"Hynes esteve dois anos em Liverpool e ele diz o mesmo. Um buraco assustador, ele disse que era. Nada além de casos de obstetrícia."

"Você quer dizer que é melhor ter um emprego aqui no campo do que em uma cidade rica como essa? Eu conheço um companheiro..."

"Hynes não tem cérebro. Ele conseguiu passar por guisado, guisado puro..."

"Não se preocupe com ele. Há muito dinheiro a ser feito em uma grande cidade comercial."

"Depende da prática."

"*Ego credo ut vita pauperum est simpliciter atrox, simpliciter sanguinarius atrox, in Liverpoolio.*" [Eu acredito que sua vida é simplesmente cruel e sanguinária simplesmente chocante, em Liverpool.]

Suas vozes chegaram a seus ouvidos como se de uma distância em pulsação interrompida. Ela estava se preparando para ir embora com suas colegas.

O rápido banho de luz havia se retirado, permanecendo em grupos de diamantes entre os arbustos do quadrilátero, onde uma exalação foi expirada pela terra escurecida. Suas botas de corte se enfeitaram enquanto estavam nos degraus da colunata, falando silenciosa e alegremente, olhando para as nuvens, segurando seus guarda-chuvas em ângulos astuciosos contra as poucas últimas gotas de chuva, fechando-os novamente, segurando suas saias modestamente.

E se ele a tivesse julgado com dureza? Se sua vida fosse um simples rosário de horas, sua vida simples e estranha como a vida de um pássaro, alegre pela manhã, agitada o dia todo, cansada ao pôr do sol? Seu coração simples e voluntarioso como o coração de um pássaro?

***

Ao amanhecer, ele acordou. Oh que música doce! Sua alma estava toda molhada de orvalho. Sobre seus membros em sono, pálidas e frescas ondas de luz haviam passado. Ele ficou quieto, como se sua alma estivesse em meio a águas frias, consciente de uma música doce e tênue. Sua mente estava acordando lentamente para um conhecimento matinal tremendo, uma inspiração matinal. Um espírito o encheu, puro como a água mais pura, doce como o orvalho, movendo-se como a música. Mas como era fraco, como era sem paixão, como se os próprios anjos estivessem respirando sobre ele! Sua alma acordava lentamente, com medo de acordar totalmente. Era aquela hora de madrugada sem vento, quando a loucura acorda e plantas estranhas se abrem para a luz e a traça voa silenciosamente.

Um encantamento do coração! A noite havia sido encantada. Em um sonho ou visão, ele tinha conhecido o êxtase da vida seráfica. Foi apenas um instante de encantamento ou longas horas e anos e idades?

O instante da inspiração parecia agora refletir-se de todos os lados de uma multidão de circunstâncias nebulosas do que havia acontecido ou do que poderia ter acontecido. O instante brilhava como um ponto de luz e agora de uma nuvem sobre uma nuvem de circunstâncias vagas e confusas, véu suavemente seu brilho posterior. Oh! No ventre virgem da imaginação, a palavra foi feita carne. Gabriel, o anjo, tinha chegado à câmara da virgem. Um brilho posterior se aprofundou em seu espírito, de onde a chama branca havia passado, aprofundando-se até uma rosa e uma luz ardente. Aquela rosa e luz ardente era seu estranho coração voluntarioso, estranho que nenhum homem tinha conhecido ou saberia, voluntarioso desde antes do início do mundo: e atraídos por aquele ardente brilho, os coros dos serafins estavam caindo do céu.

"Você não está cansado dos caminhos ardentes?

Atração do serafim caído?

Não conte mais sobre os dias encantados."

Os versos passavam de sua mente para seus lábios e, murmurando-os, ele sentia o movimento rítmico de um vilão passar por eles. O brilho rítmico enviava seus raios de rima; caminhos, dias, brilho, elogios, elevação. Seus raios queimavam o mundo, consumiam o coração dos homens e dos anjos: os raios da rosa que era seu coração voluntarioso.

> *"Seus olhos incendiaram o coração do homem.*
>
> *E você já teve sua vontade dele.*
>
> *Você não está cansado de maneiras ardentes?"*

E depois? O ritmo morreu, cessou, começou novamente a se mover e a bater. E então? Fumo, incenso subindo do altar do mundo.

> *"Acima da chama, a fumaça do louvor*
>
> *Sobe da borda do oceano para a borda*
>
> *Não fale mais de dias encantados."*

A fumaça subiu de toda a terra, dos oceanos de vapor, fumaça de seus elogios. A terra era como um balançar de incenso, uma bola de incenso, uma queda elipsoidal. O ritmo se extinguiu imediatamente; o grito de seu coração foi quebrado. Seus lábios começaram a murmurar os primeiros versos repetidamente; depois continuou tropeçando em meio versículo, gaguejando e desconcertado; depois parou. O grito de seu coração foi quebrado.

A hora velada sem vento havia passado e atrás das vidraças da janela nua a luz da manhã estava se acumulando. Um sino batia levemente muito longe. Um pássaro gorjeou; dois pássaros, três. O sino e o pássaro pararam: e a luz branca e sem brilho se espalhou para o leste e para o oeste, cobrindo o mundo, cobrindo a luz em seu coração.

Com medo de perder tudo, ele se levantou de repente no cotovelo para procurar papel e lápis. Não havia nenhum deles sobre a mesa; apenas o prato de sopa do qual ele havia comido o arroz para o jantar e o candelabro com seus gavinhas de sebo e sua tomada de papel, cantado pela última chama. Ele esticou seu braço cansado em direção ao pé da cama, tateando com a mão nos bolsos do casaco que ali estava pendurado. Seus dedos encontraram um lápis e depois um maço de cigarro. Ele deitou-se e, rasgando o maço, colocou o último cigarro na borda da janela e começou a escrever as estrofes do poema em letras pequenas e arrumadas na superfície áspera do papelão.

Depois de escrevê-las, deitou-se de costas no travesseiro grumoso, murmurando-as novamente. Os grumos do rebanho de nós sob sua cabeça lembravam-lhe os grumos de crina de cavalo com nós no sofá de sua sala de estar no qual ele costumava sentar, sorridente ou sério, perguntando-se por que tinha vindo, descontente com ela e consigo mesmo, confundido pela impressão do Sagrado Coração acima do aparador. Ele a viu aproximar-se dele em uma pausa da conversa e implorou-lhe que cantasse uma de suas curiosas canções. Então ele se viu sentado ao velho piano, tocando suavemente acordes de suas teclas salpicadas e cantando, em meio à conversa que havia ressuscitado na sala, a ela que se inclinava ao lado da lareira uma delicada canção dos Elizabetanos, uma triste e doce canção sobre partidas, o canto da vitória de Agincourt, o ar feliz de Greensleeves. Enquanto ele cantava e ela escutava, ou fingia escutar seu coração estava em repouso, mas quando as antigas canções pitorescas haviam terminado e ele ouviu novamente as vozes na sala, ele se lembrou de seu próprio sarcasmo: a casa onde os jovens são chamados por seus nomes cristãos um pouco cedo demais.

Em certos instantes seus olhos pareciam estar prestes a confiar nele, mas ele havia esperado em vão. Ela passou agora dançando levemente através de sua memória como havia sido naquela noite no baile de carnaval, seu vestido branco um pouco levantado, um spray branco acenando no cabelo dela. Ela dançou levemente na roda. Ela estava dançando em sua direção e, quando chegou, seus olhos foram um pouco desviados e um leve brilho estava em sua bochecha. Na pausa na corrente das mãos, a mão dela se deitou em sua mão em um instante, uma mercadoria macia.

"Você agora é um grande estranho."

"Sim, eu nasci para ser monge."

"Temo que você seja um herege."

"Você tem muito medo?"

Por resposta ela tinha dançado longe dele ao longo da cadeia de mãos, dançando leve e discretamente, não se entregando a ninguém. O spray branco acenou para sua dança e quando ela estava na sombra o brilho era mais profundo em sua bochecha.

Um monge! Sua própria imagem começou um profanador do claustro, um franciscano herético, disposto e disposto a não servir, girando como Gherardino da Borgo San Donnino, uma teia de sofismas e sussurros no ouvido dela.

Não, não era a sua imagem. Era como a imagem do jovem padre em cuja companhia ele a havia visto por último, olhando-o dos olhos da pomba, brincando com as páginas de seu livro de frases em irlandês.

"Sim, sim, as senhoras estão vindo até nós. Eu posso ver isso todos os dias. As senhoras estão conosco. Os melhores ajudantes que a língua tem..."

"E a igreja, Padre Moran..."

"E a igreja também. Também a igreja. O trabalho também está indo para lá. Não se preocupe com a igreja..."

Ele tinha feito bem em deixar a sala em desdém! Ele tinha feito bem em não a cumprimentar nos degraus da biblioteca. Ele tinha feito bem em deixá-la flertar com seu padre, em brincar com uma igreja que era a escultora-dama de cristo.

A raiva brutal e rude desviou de sua alma o último instante prolongado de êxtase. Ela quebrou violentamente sua imagem justa e jogou os fragmentos de todos os lados. Em todos os lados, reflexos distorcidos de sua imagem começaram a partir de sua memória: a menina das flores com o vestido esfarrapado de cabelo áspero úmido e o rosto de uma garota turbulenta que se chamava de sua própria menina e implorava ao seu sinal, a moça da cozinha da casa seguinte que cantava sobre o barulho de seus pratos, com o desenho de uma cantora campestre, as primeiras barras de "By Killarney's Lakes and Fells", uma garota que tinha rido com alegria de vê-lo tropeçar quando a grade de ferro no caminho perto de Cork Hill havia pegado a sola quebrada de seu sapato, uma garota que ele tinha olhado, atraída por sua pequena boca madura quando saía da fábrica de biscoitos de Jacob, que tinha olhado para ele por cima de seu ombro:

"Você gosta do que viu em mim, cabelos lisos e sobrancelhas encaracoladas?"

E mesmo assim ele sentiu que, por mais que ele pudesse injuriar e zombar da imagem dela, sua raiva também era uma forma de homenagem. Ele havia deixado a sala de aula em desdém que não era totalmente sincero, sentindo que talvez o segredo de sua raça estivesse atrás daqueles olhos escuros sobre os quais suas longas pestanas lançavam uma sombra rápida. Ele havia dito a si mesmo amargamente enquanto caminhava pelas ruas que ela era uma figura da feminilidade de seu país, uma alma despertando para a consciência de si mesma na escuridão, no segredo e na solidão, permanecendo por algum tempo, sem amor e sem pecado, com seu amante amável e deixando-o sussurrar transgressões inocentes no ouvido latente de um padre. Sua raiva contra ela encontrou um desabafo no gradeamento grosseiro de seu amante, cujo nome e voz e características ofendiam seu orgulho desconcertado: um camponês primitivo, com um irmão um policial em Dublin e um irmão um garoto de programa em Moycullen. Para ele, ela revelaria a nudez de sua alma tímida, a alguém que era apenas educado na descarga de um rito formal e não a ele, um sacerdote da imaginação eterna, transmutando o pão cotidiano da experiência no corpo radiante da vida eterna.

A imagem radiante da eucaristia uniu novamente em um instante seus pensamentos amargos e desesperados, seus gritos surgindo ininterruptamente em um hino de ação de graças.

"Nossos gritos quebrados e lamentos de luto

Ergueram-se em um hino eucarístico

Você não está cansado de maneiras ardentes?

Enquanto sacrifica as mãos erguidas

O cálice que flui até a borda,

Não fale mais de dias encantados."

Ele falou os versos em voz alta desde as primeiras linhas até que a música e o ritmo sufocaram sua mente, transformando-a em indulgência silenciosa; depois os copiou dolorosamente para senti-los melhor ao vê-los; depois, deitou-se de costas para o seu apoio.

A luz plena da manhã havia chegado. Nenhum som era para ser ouvido: mas ele sabia que a vida ao seu redor estava prestes a despertar em ruídos comuns, vozes roucas, orações sonolentas. Encolhendo-se daquela vida, ele se virou em direção à parede, fazendo uma carenagem do cobertor e olhando fixamente para as grandes flores escarlate do papel de parede esfarrapado. Ele tentou aquecer sua alegria periclitante em seu brilho escarlate, imaginando uma rosácea de onde se deitava para o céu, toda espalhada com flores escarlate. Cansado! Cansado! Ele também estava cansado dos caminhos ardentes.

Um calor gradual, um cansaço lânguido passou por cima dele, descendo ao longo de sua coluna vertebral de sua cabeça intimamente acobardada. Ele o sentiu descer e, vendo a si mesmo deitado, sorriu. Logo ele dormiria.

Ele tinha escrito versos para ela novamente após dez anos. Dez anos antes ela havia usado seu xaile sobre sua cabeça, enviando sprays de seu hálito quente para o ar noturno, batendo seu pé sobre a estrada vítrea. Era o último bonde; os cavalos marrons sabiam disso e balançavam seus sinos para a noite clara em admoestação. O condutor conversou com o motorista, ambos acenando com frequência com a luz verde da lâmpada. Eles ficaram de pé nos degraus do bonde, ele em cima, ela em baixo. Ela subiu ao degrau dele muitas vezes entre suas frases e desceu novamente e uma ou duas vezes ficou ao lado dele esquecendo de descer e depois desceu. Que seja! Deixemos estar!

Dez anos dessa sabedoria das crianças à sua loucura. Se ele lhe enviou os versos? Eles seriam lidos no café da manhã, em meio à batida das cascas de ovos. Loucura mesmo! Seus irmãos ririam e tentariam arrancar a página um do outro com seus dedos fortes e duros. O pai ou seu tio, sentados em suas poltronas, seguravam a página ao longo do braço, lendo-as e sorrindo em aprovação à forma literária.

Não, não: isso era tolice. Mesmo que ele lhe enviasse os poemas, ela não os mostraria aos outros. Não, não: ela não podia.

Ele começou a sentir que a havia enganado. Um sentimento de inocência dela o moveu quase a ter pena dela, uma inocência que ele nunca havia entendido até que ele soube disso através do pecado, uma inocência que ela também não havia entendido enquanto estava inocente ou antes que a estranha humilhação de sua natureza tivesse chegado a ela pela primeira vez. Então, primeiro sua alma havia começado a viver como sua alma quando ele havia pecado pela primeira vez: e uma terna compaixão encheu seu coração ao recordar sua palidez frágil e seus olhos, humilhados e tristes pela vergonha sombria da feminilidade.

Enquanto sua alma havia passado do êxtase à languidez, onde ela havia estado? Será que, nos modos misteriosos da vida espiritual, sua alma, naqueles mesmos momentos, tinha estado consciente de sua homenagem? Poderia ser.

Um brilho de desejo acendeu novamente sua alma e despediu e cumpriu todo o seu corpo. Consciente de seu desejo, ela despertava do sono odorífero, a tentação de seu poema. Os olhos dela, escuros e com um olhar de languidez, abriam-se para os olhos dele. Sua nudez rendia-se a ele, radiante, quente, odorífera e luxuosa, envolveu-o como uma nuvem brilhante, como água com uma vida líquida: e como uma nuvem de vapor ou como águas circunfluentes no espaço as letras líquidas da fala, símbolos do elemento de mistério, fluíam sobre seu cérebro.

***

Que aves eram elas? Ele ficou nos degraus da biblioteca para olhar para elas, apoiando-se exaustivamente no corrimão. Elas voavam ao redor de uma casa na Rua Molesworth. O ar do final da noite de março deixou claro o voo delas, seus corpos trêmulos e escuros voando claramente contra o céu como contra um pano manquejado de azul fumegante e tênue.

Ele observava seu voo; pássaro após pássaro: um clarão escuro, uma guinada, um bater de asas. Ele tentou contá-los antes que todos os seus corpos trepidantes de dardos passassem: Seis, dez, onze: e se perguntava se eles eram ímpares ou até mesmo em número. Doze, treze: para dois, vieram de cima do céu. Eles voavam alto e baixo, mas sempre em linhas retas e curvas e sempre voando da esquerda para a direita, circulando em torno de um templo de ar.

Ele ouvia os gritos, como o rangido dos ratos atrás da lambreta: uma nota estridente em duas partes. Mas as notas eram longas e estridentes e rodopiantes, ao contrário do grito de vermes, caindo uma terceira ou quarta e triplicando à medida que os bicos voadores cravavam o ar. Seu grito era agudo e claro e fino e caindo como fios de luz de seda desenrolados de bobinas giratórias.

O clamor desumano acalmou seus ouvidos, nos quais os soluços e as repreensões de sua mãe murmuravam insistentemente e os corpos sombrios e frágeis, trêmulos, rodopiando e balançando em torno de um templo arejado do céu tênue, acalmaram seus olhos que ainda viam a imagem do rosto de sua mãe.

Por que ele olhava para cima dos degraus da varanda, ouvindo seu grito estridente duas vezes, observando seu voo? Por um augúrio de bem ou de mal? Uma frase de

Cornelius Agrippa voou através de sua mente e depois voou para cá e para lá pensamentos sem forma de Swedenborg sobre a correspondência das aves às coisas do intelecto e de como as criaturas do ar têm seu conhecimento e conhecem seus tempos e épocas porque elas, ao contrário do homem, estão na ordem de suas vidas e não perverteram essa ordem pela razão.

E durante anos os homens olharam para cima enquanto olhavam para as aves em voo. A colunata acima dele o fez pensar vagamente em um antigo templo e na planta de cinzas sobre a qual ele se apoiava cansado da vara curva de um augúrio. Uma sensação de medo do desconhecido se moveu no coração de seu cansaço, um medo de símbolos e portentos, do homem semelhante ao falcão cujo nome ele carregava soprando de seu cativeiro em asas de vime tecidas, de Thoth, o deus dos escritores, escrevendo com uma palheta sobre uma tábua e levando em sua estreita cabeça a lua almofadada.

Ele sorriu ao pensar na imagem do deus, pois isso o fez pensar em um juiz com uma peruca, colocando vírgulas em um documento que ele segurava à distância de um braço, e ele sabia que não teria se lembrado do nome do deus, mas que era como um juramento irlandês. Era uma loucura. Mas era por essa loucura que ele estava prestes a deixar para sempre a casa de oração e prudência em que havia nascido e a ordem de vida da qual ele havia saído?

As aves voltaram com gritos estridentes sobre o ombro da casa, voando escuras contra o ar que se desvanece. Que pássaros eram eles? Ele pensou que deviam ser andorinhas que haviam voltado do sul. Então ele deveria ir embora... pois eram pássaros que iam e vinham, construindo sempre uma casa sem vida sob os telhados das casas dos homens e deixando sempre as casas que eles tinham construído para vaguear.

Uma alegria suave e líquida como o ruído de muitas águas fluía sobre sua memória e ele sentia em seu coração a paz suave dos espaços silenciosos do céu tênue que se desvanecia sobre as águas, do silêncio oceânico, das andorinhas voando pelo crepúsculo sobre as águas que corriam.

Uma alegria suave e líquida fluiu através das palavras onde as vogais longas e suaves arremessavam silenciosamente e caíam, lambendo e fluindo de volta e sempre sacudindo os sinos brancos de suas ondas em carrilhão mudo e repique mudo e grito baixo desmaiado; e ele sentiu que o augúrio que havia buscado nos pássaros que voavam e no espaço pálido do céu acima dele havia saído de seu coração como um pássaro saindo de uma torre silenciosa e rapidamente.

Símbolo de partida ou de solidão? Os versos cantaram ao ouvido de sua memória compostos lentamente diante de seus olhos recordadores a cena do salão, na noite da abertura do teatro nacional. Ele estava sozinho ao lado da sacada, olhando de olhos esmorecidos para a cultura de Dublin nas bancas e para os cenários e bonecos humanos emoldurados pelas luzes berrantes do palco. Um policial corpulento suou atrás dele e parecia que a cada momento estava prestes a agir. As gritarias e os assobios e gritos zombeteiros corriam em rajadas rudes ao redor do salão de seus colegas espalhados.

"Uma calúnia sobre a Irlanda!"

"Feita na Alemanha."

"Blasfêmia!"

"Nunca vendemos nossa fé!"

"Nenhuma mulher irlandesa jamais o fez!"

"Não queremos ateus amadores."

"Não queremos budistas amadores."

Um sibilo repentino e rápido caiu das janelas acima dele e ele soube que as lâmpadas elétricas haviam sido acesas na sala do leitor. Ele entrou no corredor de pilares, agora calmamente iluminado, subiu a escada e passou pela catraca que clicava.

Cranly estava sentado ao lado dos dicionários. Um livro grosso, aberto no frontispício, estava diante dele sobre o descanso de madeira. Ele se inclinou para trás em sua cadeira, inclinando sua orelha como a de um confessor para o rosto do estudante de medicina que estava lendo para ele um problema da página de um diário. Stephen sentou-se à sua direita e o padre do outro lado da mesa abandonou o xadrez com um estalido de raiva e se levantou.

Cranly olhou para ele de forma suave e vaga. O estudante de medicina continuou com uma voz mais suave:

"Peguei seu rei."

"É melhor irmos, Dixon," disse Stephen em advertência. "Estão nos esperando..."

Dixon abandonou o xadrez e levantou-se com dignidade, dizendo:

"Nossos homens se aposentaram em boa ordem."

"Com armas e gado," acrescentou Stephen, apontando para a página de título do livro de Cranly, onde estava escrito *Diseases of the Ox* [Doenças do boi].

Como eles passaram por uma faixa das mesas, Stephen disse:

"Cranly, eu quero falar com você."

Cranly não respondeu ou virou. Ele colocou seu livro sobre o balcão e desmaiou, seus pés de poço soando bem no chão. Na escada, ele fez uma pausa e, sem olhar para Dixon, repetiu:

"Peguei seu rei!"

Ele tinha uma voz silenciosa sem tom e maneiras urbanas e em um dedo de sua mão gorda e limpa exibia, em momentos, um anel de sinalização.

Ao cruzarem o salão, um homem de estatura anã veio em sua direção. Sob a cúpula de seu pequeno chapéu, seu rosto sem barba começou a sorrir de prazer e ele foi ouvido a murmurar. Os olhos estavam melancólicos como os de um macaco.

"Bom noite, cavalheiros," disse a cara de macaco.

"Mantemos as janelas abertas lá em cima."

Dixon sorriu. O rosto escurecido da cara de macaco enrugou sua boca humana com suave prazer e sua voz ronronou:

"O clima agradável para março. Simplesmente delicioso..."

"Há duas jovens simpáticas senhoras lá em cima, capitão, cansadas de esperar," disse Dixon.

Cranly sorriu e disse gentilmente:

"O capitão tem apenas um amor: Sir Walter Scott. Não é assim, Capitão?"

"O que o senhor está lendo agora, capitão?" perguntou Dixon. "A Noiva de Lammermoor..."

"Amo o velho Scott," disseram os lábios flexíveis. "Acho que ele escreve algo adorável. Nenhum escritor pode tocar sir Walter Scott."

Ele moveu uma fina mão castanha encolhida suavemente no ar a tempo de ser elogiado e suas finas pálpebras rápidas batiam com frequência sobre seus olhos tristes.

Mais triste para o ouvido de Stephen foi seu discurso: um sotaque gentil, baixo e úmido, manchado pelo erro: e, ouvindo-o, ele se perguntava se a história era verdadeira e se o sangue fino que fluía em sua moldura encolhida era nobre e vinha de um amor incestuoso?

As árvores do parque estavam pesadas de chuva e a chuva caía parada e sempre no lago. Um par de cisnes voou até lá e a água e a margem abaixo foram manchadas com seu lodo branco-esverdeado. Logo ali adiante estavam dois irmãos. Eles se abraçaram suavemente impelidos pela luz cinza chuvosa, as árvores molhadas e silenciosas, o escudo como se estivesse testemunhando o lago, os cisnes. Abraçaram-se sem alegria nem paixão, seu braço sobre o pescoço de sua irmã. Um manto de lã cinza foi envolto por ela do ombro até a cintura e sua bela cabeça foi dobrada em vergonha voluntária. Ele tinha os cabelos castanhos avermelhados soltos e as mãos macias e com sardas bem fortes. O rosto? Não havia nenhum rosto visto. O rosto do irmão estava dobrado sobre o seu lindo cabelo perfumado pela chuva. A mão com sardas, forte e bem torneada e carinhosa era a mão de Davin.

Ele franziu a testa com raiva diante de seu pensamento e do homem enrugado que o invocou. As zombarias de seu pai contra a gangue Bantry saltaram de sua memória. Ele os manteve à distância e meditou inquieto em seus próprios pensamentos novamente. Por que não eram as mãos de Cranly? A simplicidade e a inocência de Davin o magoaram mais secretamente?

Ele atravessou o corredor com Dixon, deixando Cranly se despedir de forma elaborada do anão.

Sob a colunata, Temple estava parado no meio de um pequeno grupo de alunos. Um deles disse:

"Dixon, venha ouvir isso. Temple está em grande forma."

Temple virou sobre ele seus olhos sombrios e ciganos.

"Você é um hipócrita," disse O'Keeffe. "E Dixon é um sorridente. Pelo inferno, acho que isso é uma boa expressão literária..."

Ele riu com lentidão, olhando no rosto de Stephen, repetindo:

"Para o inferno! Estou encantado com esse nome. Um sorridente."

Um estudante robusto que estava abaixo deles nos degraus disse:

"Venha de volta para a história, Temple. Queremos ouvir sobre isso."

"Ele tinha fé," disse Temple. "E ele também era casado. E todos os padres costumavam jantar lá. Caramba, acho que todos eles tiveram um toque."

"Vamos chamar de cavalgada para poupar o caçador," disse Dixon.

"Diga-nos, Temple," disse O'Keeffe, "quantos litros de álcool têm em você?"

"Toda sua alma intelectual está nessa frase, O'Keeffe," disse Temple com desprezo aberto.

Ele se movimentou com um andar desorganizado ao redor do grupo e falou com Stephen.

"Você sabia que os Forsters são os reis da Bélgica?" perguntou ele.

Cranly saiu pela porta do hall de entrada, com seu chapéu empurrado de volta na nuca e colhendo seus dentes com cuidado.

"E aqui está o sabichão," disse Temple. "Você sabe disso sobre os Fosters?"

Ele fez uma pausa para uma resposta. Cranly desalojou uma semente de figo de seus dentes na ponta de seu palito rude e olhou atentamente para ela.

"A família Forster," disse Temple, "é descendente de Baldwin, o Primeiro, rei da Flandres. Um descendente de Balduíno Primeiro, capitão Francis Forster, se estabeleceu na Irlanda e se casou com a filha do último chefe do Clanbrassil. Depois, há os Blake Forsters. Esse é um ramo diferente."

"De Baldhead, rei de Flandres," Cranly repetiu, torcendo de novo deliberadamente em seus dentes descobertos brilhantes.

"Onde você aprendeu toda essa história?" O'Keeffe perguntou.

"Eu também conheço toda a história de sua família," disse Temple, voltando-se para Stephen. "Você sabe o que Giraldus Cambrensis diz sobre sua família?"

"Ele também descende de Baldwin?" perguntou um estudante alto e tuberculoso de olhos escuros.

"Baldhead," repetiu Cranly, sugando uma fenda entre os dentes.

"*Pernobilis et pervetusta familia,*" [Antiga família nobre] Temple disse a Stephen.

O aluno robusto que estava abaixo deles nos degraus peidou brevemente. Dixon virou-se para ele dizendo em voz suave:

"Falou um anjo?"

Cranly também se virou e disse com veemência, mas sem raiva:

"Goggins, você é o diabo mais ardente e sujo que eu já conheci, você sabia?"

Goggins respondeu com firmeza. "Não fez mal a ninguém, fez?"

"Esperamos," disse Dixon suavemente, "que não fosse do tipo conhecido pela ciência."

"Eu não lhe disse que ele era um sorridente?" Disse Temple, virando à direita e à esquerda. "Não lhe dei esse nome?"

"Você deu. Não somos surdos!" disse o alto tuberculoso.

Cranly ainda franziu o cenho para o aluno robusto abaixo dele. Depois, com um cheiro de repugnância, ele o empurrou violentamente pelas escadas abaixo.

"Vá para longe daqui!" ele disse rudemente. "Vá para longe, seu malcheiroso. E você é um malcheiroso..."

Goggins saltou para o cascalho e imediatamente retornou ao seu lugar com bom humor. Temple voltou-se para Stephen e perguntou:

"Você acredita na lei da hereditariedade?"

"Você está bêbado, ou o que você está tentando dizer?" perguntou Cranly, enfrentando-o com uma expressão de admiração.

"A frase mais profunda já escrita," disse o Temple com entusiasmo. "A frase no final da zoologia. A reprodução é o início da morte."

Ele tocou Stephen timidamente no cotovelo e disse com entusiasmo:

"Você sente como isso é profundo porque você é um poeta?"

Cranly apontou seu longo dedo indicador.

"Olhem para ele!" ele disse com desprezo aos outros. "Vejam a esperança da Irlanda!"

Eles riram de suas palavras e de seus gestos. Temple se virou contra ele corajosamente, dizendo:

"Visivelmente, você está sempre zombando de mim. Eu posso ver isso. Mas eu sou tão bom quanto você em qualquer dia. Você sabe o que eu penso de você agora, em comparação comigo mesmo..."

"Meu querido homem," disse Cranly urbanamente, "você é incapaz, você sabe, absolutamente incapaz de pensar."

"Mas você sabe o que eu penso de você e de mim mesmo comparados juntos?"

"Fora com isso, Temple!" o aluno robusto gritou dos degraus. "Deixe-o em pedaços!"

Temple virou-se para a direita e para a esquerda, fazendo gestos repentinos e fracos enquanto falava.

"Eu sou vulgar," disse ele, balançando a cabeça em desespero, "eu sou e eu sei que sou. E eu admito que sou..."

Dixon deu-lhe um tapinha leve no ombro e disse suavemente:

"E isso lhe faz todo o crédito, Temple."

"Mas ele," Temple disse, apontando para Cranly, "ele também é um pobre coitado, como eu. Só que ele não o sabe. E essa é a única diferença, eu vejo."

Uma explosão de gargalhadas encobriu suas palavras. Mas ele se voltou novamente para Stephen e disse com uma repentina ânsia:

"Essa palavra é uma palavra muito interessante. Esse é o único número duplo em inglês. Você sabia?"

"É mesmo?" Stephen disse vagamente.

Ele estava observando o rosto sofrido de Cranly, iluminado agora por um sorriso de falsa paciência. O nome grosseiro havia passado por cima dele como água suja derramada sobre uma velha imagem de pedra, paciente de ferimentos: e, enquanto o observava, ele o viu levantar o chapéu em saudação e descobrir os cabelos pretos que se erguiam com força da testa como uma coroa de ferro.

Ele desceu do alpendre da biblioteca e se curvou sobre Stephen em resposta à saudação de Cranly. Ele também? Não houve um leve rubor na bochecha de Cranly? Ou ela tinha aparecido nas palavras de Temple? A luz tinha se apagado. Ele não conseguia ver.

Isso explicou o silêncio indiferente de seu amigo, seus comentários duros, as súbitas intrusões de discurso grosseiro com as quais ele havia quebrado tantas vezes as confissões ardentes e maldosas de Stephen? Stephen tinha perdoado livremente por ter encontrado essa rudeza também em si mesmo. E ele se lembrou de uma noite em que havia desmontado de uma bicicleta emprestada em um bosque perto de Malahide. Ele havia levantado seus braços e falado em êxtase para a nave sombria das árvores, sabendo que estava em solo sagrado e em uma hora santa. E, quando dois homens da polícia chegaram à vista em volta de uma curva na estrada sombria, ele havia interrompido sua oração para assobiar alto um ar da última pantomina.

Ele começou a bater com a ponta puída de sua planta de freixo contra a base de um pilar. Cranly não o ouvira? No entanto, ele poderia esperar. A conversa sobre ele cessou por um momento: e um leve assobio caiu novamente de uma janela acima. Mas nenhum outro som pairava no ar e as andorinhas, cujo voo se seguira com olhos ociosos, dormiam.

Ela havia passado pelo crepúsculo. E, portanto, o ar estava silencioso, exceto por um sibilo suave que caiu. E, portanto, as línguas sobre ele cessaram de tagarelar. A escuridão estava caindo.

Uma alegria trêmula, lambida como uma luz tênue, brincava como um anfitrião de fadas ao seu redor. Mas por quê? Sua passagem pelo ar escuro ou o verso com suas vogais negras e seu som de abertura, rico e alaúde?

Ele caminhou lentamente em direção às sombras mais profundas no final da colunata, batendo a pedra suavemente com seu bastão para esconder sua reverência dos estudantes que havia deixado: e permitiu que sua mente invocasse de volta a si a idade de Dowland e Byrd e Nash.

Olhos, abrindo-se da escuridão do desejo, olhos que obscureceram o leste quebrando. O que era sua graça lânguida senão a suavidade da câmara? E o que era o brilho deles senão o brilho da escória que cobria a fossa do pátio de um Stuart babado. E ele provou na linguagem da memória vinhos ambarados, morrendo de doces ares: e viu com os olhos da memória gentis senhoras no Covent Garden cortejando de suas varandas com bocas sugadoras e as prostitutas sujas de pústulas das tavernas e jovens esposas que, alegremente cedendo aos seus raptores, cortaram e cortaram novamente.

As imagens que ele havia convocado não lhe deram nenhum prazer. Eram secretas e inflamadas, mas sua imagem não foi enredada por elas. Essa não era a maneira de pensar nela. Não era nem mesmo a maneira como ele pensava nela. Poderia então sua mente não confiar em si mesma? Frases antigas, doces apenas com uma doçura desinteressada como as sementes de figo Cranly arrancadas de seus dentes reluzentes.

Não era pensamento nem visão, embora ele soubesse vagamente que a figura dela estava passando para casa através da cidade. Primeiro vagamente e depois de forma mais acentuada, ele sentiu o cheiro do corpo dela. Uma inquietação consciente se instalou em seu sangue. Sim, era o corpo dela que ele cheirava: um cheiro selvagem e lânguido: os membros tépidos sobre os quais sua música fluíra desejosamente e o linho suave secreto sobre o qual sua carne destilou odor e um orvalho.

Um inseto rastejou sobre a nuca e, colocando o polegar e o indicador habilmente sob seu colarinho solto, ele o pegou. Ele enrolou seu corpo, tenro, mas frágil como um grão de arroz, entre o polegar e o dedo por um instante antes de deixá-lo cair dele e se perguntou se ele viveria ou morreria. Veio-lhe à mente uma frase curiosa de Cornelius a Lapide que dizia que os vermes nascidos do suor humano não foram criados por Deus com os outros animais no sexto dia. Mas as cócegas da pele de seu pescoço fizeram sua mente ficar crua e vermelha. A vida de seu corpo, malvestido, mal alimentado, o fez fechar as pálpebras num súbito espasmo de desespero: e na escuridão ele viu os frágeis corpos brilhantes de insetos caindo do ar e virando-se com frequência à medida que caíam. Sim; e não foi a escuridão que caiu do ar. Era o brilho.

Ele nem mesmo havia se lembrado corretamente da linha de Nash. Todas as imagens que ele havia despertado eram falsas. Sua mente criava vermes. Seus pensamentos eram vermes nascidos do suor da preguiça.

Ele voltou rapidamente ao longo da colunata em direção ao grupo de estudantes. Então deixe-a ir e seja amaldiçoado por ela! Ela podia amar um atleta limpo que se lavava todas as manhãs até a cintura e tinha cabelos pretos no peito. Deixe-a ir.

Cranly havia tirado outro figo seco do suprimento em seu bolso e o estava comendo devagar e barulhento. Temple estava sentado no frontão de um pilar, inclinado para trás, seu chapéu puxado para baixo sobre seus olhos adormecidos. Um jovem de cócoras saiu do alpendre, um portfólio de couro enfiado debaixo de sua axila. Ele marchou em direção ao grupo. Então, levantando o guarda-chuva em saudação, ele disse a todos:

"Boa noite, senhores."

Ele titubeou enquanto sua cabeça tremia com um leve movimento nervoso. O alto estudante tuberculoso e Dixon e O'Keeffe estavam falando em irlandês e não lhe responderam. Então, voltando-se para Cranly, ele disse:

"Boa noite, particularmente para você."

Ele moveu o guarda-chuva em indicação e titulou novamente. Cranly, que ainda estava mastigando o figo, respondeu com fortes movimentos de suas mandíbulas.

"Boa? Sim. É uma boa noite."

O estudante de cócoras olhou seriamente para ele e sacudiu seu guarda-chuva suavemente e com repreensão.

"Eu posso ver," ele disse, "que você está prestes a fazer observações óbvias."

"Hum," Cranly respondeu, estendendo o que restava do figo meio mastigado e empurrando-o em direção à boca do estudante agachado em sinal de que ele deveria comer.

O estudante agachado não comeu, mas, entregando-se ao seu humor especial, disse gravemente, ainda rindo e cutucando sua frase com o guarda-chuva:

"Você pretende que..."

Ele parou, apontou diretamente para a polpa mastigada do figo e disse em voz alta:

"Eu me refiro a isso."

"Hum," Cranly disse como antes.

“Você pretende isso agora,” disse o estudante agachado, “pelo próprio fato ou, digamos, como se assim dizer?”

Dixon se afastou de seu grupo, dizendo:

“Goggins estava esperando por você, Glynn. Ele foi até o Adelphi para procurar por você e Moynihan. O que você pretendia fazer lá?” perguntou ele, batendo na carteira sob o braço de Glynn.

“Examinar documentos, Glynn. Ver seus extratos mensais para ver se estão lucrando com minha mensalidade.”

Ele também pegou o portfólio, tossiu gentilmente e sorriu.

“Mensalidade!” disse Cranly rudemente. “Suponho que você se refere às crianças descalças que são ensinadas por um macaco sanguinário como você. Que Deus as ajude!”

Ele mordeu o resto do figo e jogou fora o caule.

“Eu permito que as crianças pequenas venham até mim,” disse Glynn amigavelmente.

“-Um maldito macaco!” repetiu Cranly com ênfase. “E um maldito macaco blasfemo!”

Temple se levantou e, empurrando Cranly, dirigiu-se a Glynn:

“Essa frase que você disse agora,” disse ele, “é do novo testamento sobre permitir que os filhos venham a mim.”

“Vá dormir de novo, Temple,” disse O'Keeffe.

"Muito bem, então," Temple continuou, ainda se dirigindo a Glynn, "e se Jesus sofreu para que as crianças viessem, por que a igreja as manda todas para o inferno se elas morrem sem serem batizadas? Por que isso acontece?"

"Você mesmo foi batizado, Temple?" perguntou o estudante tuberculoso.

"Mas por que eles são enviados ao inferno se Jesus disse que todos eles são bem-vindos?" disse Temple, seus olhos procurando os olhos de Glynn.

Glynn tossiu e disse gentilmente, retendo com dificuldade o título nervoso em sua voz e movendo seu guarda-chuva a cada palavra:

"E, como você observa, se é assim, eu pergunto enfaticamente de onde vem esta atitude."

"Porque a igreja é cruel como todos os velhos pecadores," Temple disse.

"Você é bastante ortodoxo nesse ponto, Temple?" Dixon disse suavemente.

"Santo Agostinho diz isso sobre crianças não batizadas que vão para o inferno," Temple respondeu, "porque ele também era um velho pecador cruel."

"Eu me curvo a você," disse Dixon, "mas eu tinha a impressão de que o limbo existia para tais casos."

"Não discuta com ele, Dixon," Cranly disse brutalmente. "Não fale com ele ou olhe para ele!"

"Limbo!" exclamou Temple. "Essa também é uma bela invenção. Como o inferno."

"Mas com o desagrado deixado de fora," disse Dixon.

Ele se voltou sorrindo para os outros e disse:

"Acho que estou expressando as opiniões de todos os presentes ao dizer tanto..."

"Você está!" Glynn disse num tom firme. "Nesse ponto a Irlanda está unida."

Ele bateu a ponta de seu guarda-chuva no chão de pedra.

"Inferno!" disse Temple. "Posso respeitar essa invenção da esposa de Satanás. O inferno é romano, como as paredes dos romanos, forte e feio. Mas o que é limbo?"

"Coloque-o de volta no carrinho de bebê, Cranly!" O'Keeffe gritou.

Cranly deu um passo rápido em direção a Temple, parou, estampando seu pé, exclamando como se fosse para uma ave:

"Xô!"

Temple se afastou com agilidade.

"Você sabe o que é o limbo?" ele perguntou. "Você sabe o que chamamos de uma noção como essa no condado de Roscommon?"

"Xô! Maldito seja!" gritou Cranly, batendo palmas.

"Nem minha bunda, nem meu cotovelo!" gritou Temple com desdém. "E é isso que eu chamo de limbo."

"Me alcance aquele pedaço de pau ali," disse Cranly.

Ele agarrou um pedaço de pau do chão e desceu os degraus: mas Temple, vendo-o mover-se em perseguição, fugiu pelo crepúsculo como uma criatura selvagem, ágil. As pesadas botas de Cranly foram ouvidas em alto e bom som carregando através do quadrilátero e depois voltando pesadamente, abortando e cuspindo o cascalho a cada passo.

Seu passo era furioso e com um gesto abrupto e irado ele empurrou o bastão de volta para a mão de Stephen. Stephen sentiu que sua raiva tinha outra causa, mas, fingindo paciência, tocou levemente o braço e disse calmamente:

"Cranly, eu lhe disse que queria falar com você. Vamos embora."

Cranly olhou para ele por alguns momentos e perguntou:

"Agora..."

"Sim, agora!" Stephen disse. "Não podemos falar aqui. Venha!"

Eles cruzaram o quadrilátero juntos sem falar. O canto dos pássaros de Siegfried assobiou suavemente desde os degraus do alpendre. Cranly virou-se, e Dixon, que tinha assobiado, gritou:

"Para onde vocês estão indo? E quanto ao jogo, Cranly?"

Eles gritaram em voz baixa sobre um jogo de bilhar a ser jogado no hotel Adelphi. Stephen caminhou sozinho e saiu para o sossego da Kildare Street em frente ao hotel Maple, ele ficou esperando, paciente novamente. O nome do hotel, escrito em uma madeira incolor polida, o picou como um olhar de desdém educado. Ele olhou com raiva de volta para a sala de estar suavemente iluminada do hotel, na qual ele imaginava a vida elegante dos patrícios da Irlanda hospedados na calma. Eles pensavam em comissões do exército e agentes terrestres. Os camponeses os cumprimentavam ao longo das estradas do país: conheciam os nomes de certos pratos franceses e davam ordens aos garçons em vozes provincianas agudas que perfuravam seus sotaques de pele.

Como ele poderia bater na consciência deles ou como lançar sua sombra sobre a imaginação de seus filhos, antes que seus escudeiros as gerassem, para que eles pudessem criar uma raça menos desprezível do que a sua? E sob o crepúsculo profundo ele sentiu os pensamentos e desejos da raça à qual pertencia flertando como morcegos através das pistas escuras do campo, sob as árvores, junto às margens dos riachos e perto dos pântanos manchados da piscina. Uma mulher tinha esperado na entrada da porta, como Davin tinha passado à noite e, oferecendo-lhe um copo de leite, tinha-o cortejado até sua cama: pois Davin tinha os olhos suaves de alguém que podia ser confiável. Mas os olhos de nenhuma mulher o cortejaram.

Seu braço foi agarrado com força e a voz de Cranly disse:

"Estou aqui."

Eles caminharam para o sul em silêncio. Então Cranly disse:

"Temple idiota! Eu juro a Moisés, você sabe, que uma vez eu causarei a morte daquele sujeito."

Mas sua voz não estava mais zangada e Stephen se perguntava se ele estava pensando na saudação dela a ele sob o alpendre.

Eles se viraram para a esquerda e caminharam como antes. Quando eles tinham continuado assim por algum tempo, Stephen disse:

"Cranly, eu tive uma briga desagradável esta noite."

"Com seu povo..." Cranly perguntou.

"Com minha mãe..."

"Sobre a religião?"

"Sim," Stephen respondeu.

Depois de uma pausa, Cranly perguntou:

“Qual a idade de sua mãe?”

“Não é velha,” disse Stephen. “Ela deseja que eu cumpra meu dever de Páscoa.”

“E você vai?”

“Não vou,” disse Stephen.

“Por que não?” perguntou Cranly.

“Não vou servir,” respondeu Stephen.

“Essa observação foi feita antes?” Cranly disse calmamente.

“Está sendo feita agora!” disse Stephen com veemência.

Cranly pressionou o braço de Stephen, dizendo:

“Vá com calma, meu caro homem. Você é um homem excitável, você sabe...”

Ele riu nervosamente enquanto falava e, olhando para o rosto de Stephen com olhos comovidos e amigáveis, disse:

“Você sabe que é um homem excitável?”

“Atrevo-me a dizer que sou...” disse Stephen, rindo também.

Suas mentes, ultimamente distantes, pareciam de repente ter se aproximado, uma da outra.

"Você acredita na eucaristia?" perguntou o amigo com toda a sinceridade.

"Não acredito," disse Stephen.

"Você não acredita então?"

"Não acredito nem desacredito," Stephen respondeu.

"Muitas pessoas têm dúvidas, mesmo religiosas, mas as superam ou as põem de lado," disse Cranly. "E suas dúvidas sobre este ponto são muito fortes?"

"Não desejo superá-las," Stephen respondeu.

Cranly, envergonhado por um momento, tirou outro figo do bolso e estava prestes a comê-lo quando Stephen disse:

"Não, por favor. Você não pode discutir esta pergunta com a boca cheia de figos mastigados..."

Cranly examinou o figo pela luz de uma lâmpada, sob a qual ele parou. Depois ele o cheirou com as duas narinas, mordeu um pedaço minúsculo, cuspiu-o e jogou o figo rudemente na sarjeta. Abordando-o como estava, ele disse:

"Afaste-se de mim, maldito, para o fogo eterno!"

Tomando os braços de Stephen, ele prosseguiu novamente e disse:

"Você não teme que essas palavras lhe sejam ditas no dia do Juízo?"

"O que me é oferecido, por outro lado?" Stephen perguntou. "Uma eternidade de felicidade na companhia do reitor de estudos?"

"Lembre-se," Cranly disse, "que você seria glorificado."

"Sim," disse Stephen com certa amargura. "Brilhante, ágil, impassível e, acima de tudo, sutil."

"É uma coisa curiosa, você sabe, como sua mente está supersaturada com a religião na qual você diz que não acredita. Você acreditava nisso quando estava na escola? Aposto que sim."

"Eu acreditava," Stephen respondeu.

"E você estava mais feliz na época? Mais feliz do que é agora, por exemplo?"

"Muitas vezes feliz," Stephen disse, "e muitas vezes infeliz. Eu era outra pessoa então."

"Como alguém mais? O que você quer dizer com essa afirmação?"

"Quero dizer que eu não era eu mesmo como sou agora, como tinha que ser."

"Não como você é agora, não como precisa ser," Cranly repetiu. "Deixe-me fazer-lhe uma pergunta. Você ama sua mãe?"

Stephen balançou sua cabeça lentamente.

"Não sei o que suas palavras significam..." ele disse simplesmente.

"Você nunca amou ninguém?"

"Você quer dizer mulheres?"

"Não estou falando disso," Cranly disse com um tom mais frio. "Perguntei se você já sentiu amor por alguém ou por alguma coisa."

Stephen caminhou ao lado de seu amigo, olhando com tristeza o caminho para o pé.

"Tentei amar a Deus," ele disse longamente, "e agora parece que falhei. É muito difícil. Tentei unir minha vontade com a vontade de Deus instante a instante. Nisso eu nem sempre falhei. Talvez eu ainda pudesse fazer isso..."

Cranly o encurtou ao perguntar:

"Sua mãe teve uma vida feliz?"

"Como eu saberia?"

"Quantos filhos ela teve?"

"Nove ou dez," Stephen respondeu. "Alguns morreram."

"E seu pai... Não quero intrometer-me em seus assuntos familiares. Mas seu pai era o que se chama de rico? Quero dizer, quando você estava crescendo..."

"Sim," disse Stephen.

"O que ele fazia?" Cranly perguntou depois de uma pausa.

Stephen começou a enumerar de forma fluida os atributos de seu pai.

"Um estudante de medicina, um remador, um tenor, um ator amador, um político gritante, um pequeno proprietário, um pequeno investidor, um bêbado, um bom sujeito, um contador de histórias, um sócio de alguém, algo em uma destilaria, um coletor de impostos, um falido e no momento um elogiador de seu próprio passado..."

Cranly riu, apertando o braço de Stephen, e disse:

“A destilaria é muito boa!”

“Há mais alguma coisa que você queira saber?” perguntou Stephen.

“Você está em boas circunstâncias no momento?”

“Pois, eu pareço?” Stephen perguntou sem rodeios.

“Então,” Cranly continuou pensativo, “você nasceu no seio do luxo.”

Ele usou a frase de forma ampla e barulhenta, como se muitas vezes usasse expressões técnicas, como se desejasse que seu ouvinte entendesse que elas eram usadas por ele sem convicção.

“Sua mãe deve ter passado por muito sofrimento,” disse ele então. “Você não tentaria salvá-la de sofrer mais mesmo se... ou tentaria...?”

“Se eu pudesse,” disse Stephen, “isso me custaria muito pouco...”

“Então faça o que ela quer que você faça. O que é isso para você? Você não acredita nisso. É uma forma: nada mais. E você vai deixar a mente dela em paz.”

Ele cessou e, como Stephen não respondeu, permaneceu em silêncio. Então, como se estivesse se pronunciando sobre o processo de seu próprio pensamento, disse ele:

“Qualquer coisa que seja insegura neste mundo fedorento, o amor de uma mãe não é. Sua mãe traz você ao mundo, carrega você primeiro em seu corpo. O que sabemos sobre o que ela sente? Mas seja o que for que ela sinta, pelo menos deve ser real. Deve ser. Quais são nossas ideias ou ambições? Jogar. Ideias! Ora, aquele bode sangrento do Temple tem ideias. MacCann também tem ideias. Todo idiota que anda pelas estradas pensa que tem ideias.”

Stephen, que tinha escutado o discurso não dito por trás das palavras, disse com descuido assumido:

"Pascal, se bem me lembro, não sofreria que sua mãe o beijasse, pois ele temia o contato de seu sexo."

"Pascal era um porco!" disse Cranly.

"Aloysius Gonzaga, penso eu, era da mesma mente," disse Stephen.

"E ele era outro porco então!" disse Cranly.

"A igreja o chama de santo," Stephen objetou.

"Não me importo com o que chamam!" disse Cranly grosseiramente e sem rodeios. "Eu o chamo de porco!"

Stephen, preparando bem as palavras em sua mente, continuou:

"Jesus também parece ter tratado sua mãe com pouca cortesia em público, mas Suárez, um teólogo jesuíta e cavalheiro espanhol, pediu desculpas por ele."

"Você já teve a ideia de que Jesus não era o que ele fingia ser?"

"A primeira pessoa a quem essa ideia ocorreu," Stephen respondeu, "foi o próprio Jesus."

"Quer dizer," disse Cranly endurecendo em sua fala, "já lhe ocorreu a ideia de que ele mesmo era um hipócrita consciente, o que ele chamava de judeus de seu tempo, um sepulcro branco? Ou, para ser mais claro, que ele era um canalha?"

"Essa ideia nunca me ocorreu," Stephen respondeu. "Mas estou curioso em saber se você está tentando fazer de mim um convertido ou um pervertido de si mesmo..."

Ele se virou para o rosto do amigo e viu ali um sorriso cru que alguma força de vontade tentou tornar finamente significativo.

Cranly perguntou de repente em um tom simples e sensato: "Diga-me a verdade. Você ficou chocado com o que eu disse?"

"Um pouco," disse Stephen.

"E por que você ficou chocado," Cranly insistiu no mesmo tom, "se tem certeza de que nossa religião é falsa e que Jesus não era filho de Deus?"

"Não tenho certeza disso. Ele se parece mais com um filho de Deus do que com um filho de Maria."

"E é por isso que você não se comunica?" perguntou Cranly. "Porque você também não tem certeza disso, por que sente que o hospedeiro também pode ser o corpo e o sangue do filho de Deus e não uma hóstia de pão? E por que você teme que possa ser?"

"Sim," Stephen disse calmamente. "Sinto isso e também temo isso."

"Entendo," disse Cranly.

Stephen, tocado pelo seu tom de fechamento, reabriu a discussão imediatamente, dizendo:

"Temo muitas coisas: cães, cavalos, armas de fogo, o mar, tempestades, máquinas, as estradas rurais à noite."

"Mas por que você teme um pouco de pão?"

"Eu imagino que existe uma realidade malévola por trás dessas coisas que eu digo que temo."

"Você teme, então que o Deus dos católicos romanos o atinja e o amaldiçoe se você fizer uma comunhão sacrílega?"

"O Deus dos católicos romanos poderia fazer isso agora," disse Stephen, "temo mais do que a ação química que seria criada em minha alma por uma falsa homenagem a um símbolo por trás do qual estão reunidos vinte séculos de autoridade e veneração."

"Pode o senhor, em extremo perigo, cometer esse sacrilégio em particular? Por exemplo, se você vivesse nos dias penais..."

"Não posso responder pelo passado," respondeu Stephen. "Possivelmente não."

"Então," disse Cranly, "você não pretende se tornar um protestante..."

"Eu disse que tinha perdido a fé," Stephen respondeu, "mas não que eu tinha perdido o respeito próprio. Que tipo de libertação seria abandonar um absurdo que é lógico e coerente e abraçar um absurdo que é ilógico e incoerente?"

Eles tinham caminhado em direção ao município de Pembroke e agora, enquanto caminhavam lentamente pelas avenidas, as árvores e as luzes espalhadas pelas vilas acalmaram suas mentes. O ar de riqueza e repouso difundido sobre eles parecia confortar-lhes a necessidade. Atrás de uma sebe de louro uma luz brilhava na janela de uma cozinha e a voz de uma criada era ouvida cantando enquanto ela afiava facas.

Cranly parou para ouvir, dizendo:

"*Mulier cantat.*" [A mulher canta.]

A suave beleza das palavras latinas tocou com um toque encantador o escuro da noite, com um toque mais fraco e persuasivo do que o toque da música ou da mão de uma mulher. A briga de suas mentes foi apagada. A figura de uma mulher como ela que aparece na liturgia da igreja passou silenciosamente pela escuridão: uma figura vestida de branco, pequena e esbelta como um menino, e com uma cinta caindo. Sua voz, frágil e alta como a de um menino, foi ouvida entoando de um coro distante as primeiras palavras de uma mulher que perfuram a escuridão e o clamor do primeiro cântico da paixão:

"Et tu cum Jesu Galilæo eras." [Você estava com Jesus, o Galileu.]

E todos os corações foram tocados e voltados para sua voz, brilhando como uma jovem estrela, brilhando mais claro à medida que a voz entoava e mais fraco à medida que a cadência morria.

A cantoria cessou. Eles continuaram juntos, Cranly repetindo em ritmo fortemente estressado o fim do refrão:

> *"E quando estivermos casados,*
>
> *Oh, como seremos felizes*
>
> *Pois eu amo a doce Rosie O'Grady*
>
> *E Rosie O'Grady me ama."*

"Há poesia de verdade para você," disse Cranly, "há amor de verdade."

Ele olhou de lado para Stephen com um estranho sorriso e disse:

"Você considera essa poesia? Ou você sabe o que as palavras significam?"

"Eu quero ver Rosie primeiro," disse Stephen.

"Ela é fácil de encontrar," disse Cranly.

Seu chapéu havia caído na testa. Ele o empurrou para trás: e na sombra das árvores Stephen viu seu rosto pálido, emoldurado pela escuridão, e seus grandes olhos escuros. Sim. Seu rosto era bonito: e seu corpo era forte e duro. Ele havia falado do amor de uma mãe. Ele sentia então o sofrimento das mulheres, as fraquezas de seus corpos e almas: e as protegeria com um braço forte e resoluto e curvaria sua mente diante delas.

Longe, então: é hora de partir. Uma voz falava suavemente ao coração solitário de Stephen, dizendo-lhe que sua amizade estava chegando ao fim. Sim; ele iria. Ele não podia lutar contra outro. Ele sabia a sua parte.

"Provavelmente eu irei embora," disse ele.

"Para onde?" Cranly perguntou.

"Para onde eu puder," disse Stephen.

"Sim," disse Cranly. "Pode ser difícil para você morar aqui agora. Mas é isso que te faz ir?"

"Tenho que ir," Stephen respondeu.

"Porque você não precisa se considerar expulso se não quiser ir ou como um herege ou um fora da lei. Existem muitos bons crentes que pensam como você. Isso te surpreenderia? A igreja não é o edifício de pedra nem mesmo o clero e seus dogmas. É toda a massa daqueles que nasceram nela. Não sei o que você deseja fazer da vida. É aquilo que você me disse na noite em que estávamos do lado de fora da estação da Harcourt Street?"

"Sim," disse Stephen, sorrindo apesar de si mesmo na maneira de Cranly se lembrar dos pensamentos em conexão com os lugares. "Na noite em que você passou meia hora brigando com Doherty sobre o caminho mais curto entre Sallygap e Larras."

"O que ele sabe sobre o caminho de Sallygap a Larras?"

Ele deu uma grande gargalhada.

"Bem?" disse Stephen. "Você se lembra do resto?"

"O que você disse, é isso? Sim, eu me lembro. Descobrir o modo de vida ou de arte através do qual seu espírito poderia se expressar em liberdade sem restrições."

Stephen levantou seu chapéu em agradecimento.

"Liberdade!" repetiu Cranly. "Mas você ainda não é suficientemente livre para cometer um sacrilégio. Diga-me, você roubaria?"

"Eu imploraria primeiro."

"E se você não tivesse nada, você roubaria?"

"Quer que eu diga," Stephen respondeu, "que os direitos de propriedade são provisórios e que em certas circunstâncias não é ilegal roubar. Todos agiriam com base nessa crença. Portanto, não vou lhe dar essa resposta. Solicite ao teólogo jesuíta Juan Mariana de Talavera, que também lhe explicará em que circunstâncias você pode matar legalmente seu rei e se é melhor entregar a ele seu veneno em uma taça ou espalhá-lo em seu manto ou no arco da sela. Pergunte-me se eu permitiria que outros me roubassem ou, se o fizessem, eu invocaria o que eu acredito ser chamado de castigo do braço secular?"

"E você?"

"Acho," disse Stephen, "que me doeria tanto fazer isso quanto ser roubado."

"Entendo," disse Cranly.

Ele produziu seu fósforo e começou a limpar a fenda entre os dois dentes. Então ele disse descuidadamente:

"Diga-me, por exemplo, se você desfloraria uma virgem?"

"Desculpe-me," Stephen disse educadamente. "Não é essa a ambição da maioria dos jovens cavalheiros?"

"Qual é então o seu ponto de vista?" perguntou o amigo com toda a sinceridade.

Sua última frase, cheirando azedo como a fumaça do carvão e desanimador, excitou o cérebro de Stephen, sobre o qual seus vapores pareciam chocar.

"Escute, Cranly," disse ele. "Você me perguntou o que eu faria e o que não faria. Eu direi a você o que farei e o que não farei. Não servirei aquilo em que não acredito mais, quer se chame de minha casa, minha pátria ou minha igreja: e tentarei me expressar em algum modo de vida ou arte tão livremente quanto puder e tão completamente quanto puder, usando para minha defesa as únicas armas que me permito usar, silêncio, exílio e astúcia."

Cranly agarrou seu braço e o guiou de forma a levá-lo de volta para Leeson Park. Ele riu quase manhosamente e pressionou o braço de Stephen com o afeto de um ancião.

"Inteligente mesmo!" disse ele. "É você? Seu pobre poeta, você!"

"E você me fez confessar," disse Stephen, emocionado com seu toque, "como confessei tantas outras coisas a você, não é mesmo?"

"Sim, meu filho," disse Cranly, ainda alegre.

"Você me obrigou a confessar os medos que tenho. Mas eu também lhe direi o que não temo. Não tenho medo de ficar sozinho ou de ser desdenhado por outro ou de deixar o que quer que seja que eu tenha que deixar. E não tenho medo de cometer um erro, mesmo um grande erro, um erro para toda a vida, e talvez até para toda a eternidade também."

Cranly, agora novamente grave, desacelerou seu ritmo e disse:

"Sozinho, completamente só. Você não tem medo disso. E você sabe o que essa palavra significa? Não apenas estar separado de todos os outros, mas não ter nem mesmo um amigo."

"Eu assumirei o risco," disse Stephen.

"E não ter uma pessoa que seria mais do que um amigo, mais até do que o mais nobre e verdadeiro amigo que um homem já teve."

Suas palavras pareciam ter tocado um acorde profundo em sua própria natureza. Teria ele falado de si mesmo, de si mesmo como ele era ou desejava ser? Stephen observou seu rosto por alguns momentos em silêncio. Uma tristeza fria estava ali. Ele havia falado de si mesmo, de sua própria solidão, que ele temia.

"De quem você está falando?" Stephen perguntou longamente.

Cranly não respondeu.

***

- 20 de março. Longa conversa com Cranly sobre o assunto da minha revolta.

Ele tinha seus modos grandiosos. Eu flexível e suave. Atacou-me por amor à mãe. Tentei imaginar sua mãe: não consegui. Disse-me uma vez, em um momento de inconsciência, que seu pai tinha sessenta e um anos quando ele nasceu. Posso vê-lo. Tipo de agricultor forte. Pés quadrados. Barba grisalha despenteada. Provavelmente assiste a jogos de corrida. Paga suas dívidas regularmente, mas não abundantemente, ao Padre Dwyer de Larras. Às vezes fala com as meninas após o anoitecer. Mas sua mãe? Muito jovem ou muito velha? Dificilmente o primeiro. Nesse caso, Cranly não teria falado como ele falou. Velha então. Provavelmente, e negligenciada. Daí o desespero da alma de Cranly: o filho de lombos exaustos.

- 21 de março, manhã.

Pensei nisso na cama ontem à noite, mas estava muito preguiçoso e livre para acrescentar. Livre, sim. Os lombos exaustos são os de Elizabeth e Zacchary. Então ele é o precursor. Item: ele come principalmente bacon e figos secos. Colhe mel silvestre. Além disso, ao pensar nele, vi sempre uma cabeça cortada com popa ou uma máscara de morte como se estivesse delineada em uma cortina cinza ou verônica. Descoloração eles a chamam no ouro. Enredado por ora por São João no portão latino. O que eu vejo? Um percursor descolado tentando pegar a fechadura.

- 21 de março, noite.

Livre. Sem alma e sem fantasia. Deixe os mortos enterrar os mortos. E deixem os mortos se casar com os mortos.

- 22 de março.

Em companhia de Lynch segui uma enfermeira hospitalar de grande porte. A ideia de Lynch. Não gostou. Dois cães de caça magros e famintos andando atrás de uma novilha.

- 23 de março.

Não a vejo desde aquela noite. Não está bem? Senta-se no fogo talvez com o xale da mamãe sobre os ombros. Mas não é irritadiça. Uma bela tigela de papa de aveia? Você não quer agora?

- 24 de março.

Comecei com uma discussão com minha mãe. Assunto: B.V.M. Prejudicado pelo meu sexo e juventude. A fuga atrapalhou as relações entre Jesus e papai e entre Maria e seu filho. Disse que a religião não era um hospital. Mãe indulgente. Disse que tenho uma mente estranha e li demais. Não é verdade. Li pouco e entendi menos. Então ela disse que eu voltaria à fé porque tinha uma mente inquieta. Isso significa deixar a igreja pela porta dos fundos do pecado e entrar novamente pela claraboia do arrependimento. Não posso me arrepender. Disse-lhe isso e pedi seis pence. Tenho três pence.

Depois fui para a faculdade. Outra briga com o pequeno Ghezzi de cabeça redonda. Desta vez sobre Bruno, o Nolan. Começou em italiano e terminou em inglês. Ele disse que Bruno era um herege terrível. Eu disse que ele estava terrivelmente queimado. Ele concordou com isto com alguma tristeza. Depois me deu a receita do que ele chama de *ristollo alla bergamasca*. Quando ele pronuncia, ele projeta seus lábios carnais cheios como se beijasse a vogal. Será que ele o fez? E ele poderia se arrepender? Sim, ele poderia: e chorar duas lágrimas redondas de vilão, uma de cada olho.

Atravessando Stephen's, isto é, o Green, lembrei que seus compatriotas, e não os meus, haviam inventado o que Cranly chamou outra noite de nossa religião. Um quarteto deles, soldados do nonagésimo sétimo regimento de infantaria, sentou-se ao pé da cruz e jogou dados para o sobretudo do crucificado.

Fui para a biblioteca. Tentei ler três comentários. Sem utilidade. Ela ainda não saiu. Estou alarmado? Sobre o que? Que ela nunca mais vai sair.

Blake escreveu:

> *"Eu me pergunto se William Bond vai morrer*
>
> *Pois, com certeza, ele está muito doente."*

Pobre William!

Uma vez estive em um diorama em Rotunda. No final, havia fotos de grandes nobres. Dentre eles William Ewart Gladstone, logo depois morto. A orquestra interpretou O Willie, sentimos sua falta.

- 25 de março, manhã.

Uma noite conturbada de sonhos. Quero desabafar com eles.

Uma longa galeria de curvaturas. Do chão sobem pilares de vapores escuros. É povoado pelas imagens de reis fabulosos, colocadas em pedra. Suas mãos estão dobradas sobre os joelhos em sinal de cansaço e seus olhos estão escurecidos pelos erros dos homens que sobem diante deles para sempre como vapores escuros.

Figuras estranhas avançam como de uma caverna. Eles não são tão altos quanto os homens. Um não parece estar bem distante do outro. Seus rostos são fosforescentes, com raias mais escuras. Eles olham para mim e seus olhos parecem me perguntar algo. Eles não falam.

- 30 de março.

 Esta noite, Cranly estava na varanda da biblioteca, propondo um problema a Dixon e seu irmão. Uma mãe deixou seu filho cair no Nilo. Um crocodilo agarrou a criança. A mãe o pediu de volta. O crocodilo disse que tudo bem se ela lhe dissesse o que ele ia fazer com a criança, comê-la ou não a comer.

Esta mentalidade, diria Lepidus, é de fato criada a partir de sua lama pelo funcionamento de seu sol.

E a minha? Não é também? Então para dentro da lama do Nilo com ela!

- 1º de abril.

Desaprovem esta última frase.

- 2 de abril.

Vi-a tomando chá e comendo bolos no Johnston's, Mooney e O'Brien's. Em vez disso, Lynch viu-a quando passamos. Ele me disse que Cranly foi convidado pelo irmão. Ele trouxe seu crocodilo? Ele é a luz brilhante agora? Bem, eu o descobri. Protesto que sim. Brilhando silenciosamente atrás de um alqueire de farelo de Wicklow.

- 3 de abril.

Encontrei Davin na loja de charutos em frente à igreja de Findlater. Ele estava com uma camiseta preta e tinha um bastão de jogo. Perguntou-me se era verdade que eu estava indo embora e o motivo. Disse-lhe que o caminho mais curto para Tara era via Holyhead. Logo depois, meu pai veio à tona. Introdução. Pai, educado e observador. Perguntou a Davin se ele poderia oferecer-lhe um refresco. Davin não podia aceitar, estava indo a uma reunião. Quando viemos embora, meu pai me disse que tinha um bom olho honesto. Perguntou-me por que eu não me inscrevi em um clube de remo. Eu fingi pensar bem. Disse-me então como ele partiu o coração de Pennyfeather. Quer que eu leia a lei. Diz que eu fui talhado para isso. Mais lama, mais crocodilos.

- 5 de abril.

Primavera selvagem. Nuvens de escamação. Oh, vida! Corrente escura de água turbilhonante sobre a qual as macieiras lançaram suas delicadas flores. Olhos de meninas entre as folhas. Raparigas descuidadas e brincadeiras. Todas justas ou castanhas: sem escuras. Elas coram melhor.

- 6 de abril.

Certamente ela se lembra do passado. Lynch diz que todas as mulheres se lembram. Então ela se lembra da época de sua infância - e da minha, se eu alguma vez fui uma criança. O passado é consumido no presente e o presente é vivido apenas porque traz à tona o futuro. Estátuas de mulheres, se Lynch estiver certo, devem ser sempre totalmente drapeadas, uma mão da mulher sentindo-se pesarosamente com suas próprias partes obstruídas.

- 6 de abril, mais tarde.

Michael Robartes lembra-se da beleza esquecida e, quando seus braços a envolvem, ele pressiona em seus braços o encanto que há muito desapareceu do mundo. Isto não. De modo algum. Eu desejo pressionar em meus braços o encanto que ainda não chegou ao mundo.

- 10 de abril.

Cansado, sob a pesada noite, através do silêncio da cidade que passou dos sonhos para o sono sem sonhos como um amante cansado e sem carícias, o som de cascos na estrada. Não tão fraco agora ao se aproximarem da ponte: e num momento em que passam pelas janelas escurecidas, o silêncio é entrelaçado pelo alarme como por uma seta. Agora eles são ouvidos longe, cascos que brilham no meio da noite pesada como pedras preciosas, apressando-se para além dos campos adormecidos para que fim de viagem - que coração? Trazendo que notícias?

- 11 de abril.

Leia o que eu escrevi ontem à noite. Palavras vagas para uma vaga emoção. Será que ela gostaria? Eu acho que sim. Então eu deveria ter que gostar também.

- 13 de abril.

Esse distribuidor já está na minha cabeça há muito tempo. Procurei e encontrei em inglês e também no bom e velho inglês bruto. Maldito seja o vice-reitor e seu funil! Porque ele veio aqui para nos ensinar sua própria língua ou para aprender de nós. Maldito seja ele de uma forma ou de outra!

- 14 de abril.

John Alphonsus Mulrennan acaba de voltar do oeste da Irlanda. Documentos europeus e asiáticos, favor copiar. Ele nos disse que encontrou lá um homem velho em uma cabana na montanha. O velho tinha olhos vermelhos e um cachimbo. O velho falava irlandês. Mulrennan falava irlandês. Depois o velho e Mulrennan falavam inglês. Mulrennan falava com ele sobre o universo e as estrelas. O velho se sentava, ouvia, fumava, cuspia. Em seguida, disse: "Ah, deve haver terríveis criaturas estranhas no último fim do mundo."

Eu o temo. Eu temo seus olhos vermelhos e excitados. É com ele que devo lutar durante toda esta noite até o dia chegar, até que ele ou eu morra, agarrando-o pela garganta tendinosa até... até o quê? Até que ele se renda a mim? Não. Não quero fazer mal.

- 15 de abril.

Encontrei-a hoje em branco na rua Grafton. A multidão nos reuniu. Nós dois paramos. Ela me perguntou por que eu nunca tinha vindo, disse que tinha ouvido todo tipo de histórias sobre mim. Isto foi apenas para ganhar tempo. Perguntou-me se eu estava escrevendo poemas? "Sobre quem?" perguntei-lhe eu. Isto a confundiu mais e eu me arrependi e me senti mal. Desliguei imediatamente aquela válvula e abri o aparelho refrigerador heroico espiritual, inventado e patenteado em todos os países por Dante

Alighieri. Falei rapidamente de mim e de meus planos. No meio disso, sem sorte, fiz um gesto repentino de natureza revolucionária. Devo ter me parecido com um sujeito jogando um punhado de ervilhas no ar. As pessoas começaram a olhar para nós. Ela apertou as mãos um momento depois e, ao ir embora, disse que esperava que eu fizesse o que eu disse.

Agora eu chamo isso de amigável, não é mesmo?

Sim, eu gostei dela hoje. Um pouco ou muito? Não sei. Eu gostei dela e me parece uma nova sensação. Então, nesse caso, todo o resto, tudo o que eu pensava e tudo o que eu sentia, todo o resto antes, na verdade... O, desista, velho amigo! Vá dormir!

- 16 de abril. Fora! Fora!

O feitiço das armas e das vozes: os braços brancos das estradas, sua promessa de abraços fechados e os braços negros dos navios altos que se erguem contra a lua, sua história de nações distantes. Eles se esforçam para dizer: Estamos sozinhos. E as vozes dizem com eles: Nós somos seus parentes. E o ar é espesso com sua companhia, como eles chamam para mim, seu parente, preparando-se para partir, sacudindo as asas de sua exultante e terrível juventude.

- 26 de abril.

A mãe está colocando minhas novas roupas de segunda mão em ordem. Ela reza agora, diz ela, para que eu possa aprender em minha própria vida e longe de casa e dos amigos o que é o coração e o que sente. Amém. Que assim seja. Bem-vinda, ó vida! Vou encontrar pela milionésima vez a realidade da experiência e forjar no ferreiro da minha alma a consciência não criada da minha raça.

- 27 de abril.

Velho pai, velho artífice, me sustenta agora e sempre em boa posição.

Dublin, 1904.

Trieste, 1914.